Tomás Eloy Martínez
Der Tangosänger

Roman

Aus dem Spanischen von
Peter Schwaar

Suhrkamp Verlag

Die Originalausgabe erschien 2004
unter dem Titel *El cantor de tango* bei Planeta, Barcelona.

Druck: Nomos Verlagsgesellschaft Baden-Baden
Printed in Germany
Erste Auflage 2005
ISBN 3-518-41695-2

1 2 3 4 5 6 – 10 09 08 07 06 05

Der Tangosänger

Für Sol Ana, die sich wieder
in Buenos Aires verliebt hat

Für Gabriela Esquivada –
ohne sie gäbe es dieses Buch nicht

… ein Echo, das aus tausend Labyrinthen widerhallt

Baudelaire, *Die Blumen des Bösen*

Erkenntnis gibt es nur blitzhaft.
Der Text ist der langnachrollende Donner.

Walter Benjamin, *Das Passagenwerk*

Eins

September 2001

Bis zu dem milden Wintermittag des Jahres 2000, an dem ich zum ersten Mal den Namen Julio Martel hörte, war Buenos Aires für mich eine reine Literaturstadt. Ich hatte kurz zuvor an der New Yorker Universität die letzten Postgraduate-Prüfungen abgelegt und schrieb nun an einer Dissertation über die Essays, die Jorge Luis Borges den Ursprüngen des Tangos gewidmet hat. Die Arbeit kam nur langsam und zögerlich voran. Ich hatte das quälende Gefühl, bloß unbrauchbare Seiten zu füllen. Stundenlang betrachtete ich durch mein Fenster die Nachbarhäuser in der Bowery, während sich das Leben von mir zurückzog, ohne daß ich wußte, wie es wiederzugewinnen wäre. Ich hatte schon zuviel davon verloren und konnte mich nicht einmal damit trösten, daß etwas oder jemand es mir genommen hatte.

Einer meiner Professoren hatte mir geraten, nach Buenos Aires zu fahren, aber das schien mir unnötig. Ich hatte Hunderte Fotos und Filme gesehen. Ich konnte mir die Feuchtigkeit, den Rio de la Plata, den Nieselregen, Borges' tappende Spaziergänge mit seinem Blindenstock durch die Straßen vorstellen. Ich hatte eine ganze Sammlung von Stadtplänen und Baedekers aus den Jahren, in denen seine Bücher erschienen waren. Ich vermutete in Buenos Aires eine Stadt wie Kuala Lumpur: tropisch und exotisch, unecht modern, bewohnt von Nachkommen von Europäern, die sich an die Barbarei gewöhnt hatten.

An diesem Mittag wollte ich ohne bestimmte Absicht durchs Village schlendern. Im Tower Records auf dem

Broadway wimmelte es von jungen Leuten, aber ich ließ mich nicht aufhalten wie sonst immer. *Bewahrt die Lippen, falls ich wiederkomme*, wollte ich ihnen zurufen, wie in Luis Cernudas Gedicht. *Lebt wohl, ihr sanften, unsichtbaren Geliebten, / Wie schade, daß ich nicht schlief in euren Armen.*

Als ich an der Universitätsbuchhandlung vorbeikam, erinnerte ich mich daran, daß ich schon lange die Städtebücher von Walter Benjamin kaufen wollte. Ich hatte sie in der Bibliothek gelesen und Lust bekommen, Stellen zu unterstreichen und die Ränder vollzukritzeln. Was konnten mir diese weit zurückliegenden Aufzeichnungen, die das Moskau von 1926 und das Berlin von 1900 zum Gegenstand haben, über Buenos Aires sagen? »Sich in einer Stadt nicht zurechtzufinden heißt nicht viel« – das war einer der Sätze, die ich mit gelbem Filzstift hervorheben wollte.

Gewöhnlich ordnen Buchhändler Benjamins Werke bei der Essayistik ein. Weiß der Himmel, wieso man sie hier ans andere Ende des Raums gestellt hatte, zur Philosophie, neben die Gänge mit den Abhandlungen über die Frau. Während ich auf mein Ziel zusteuerte, erblickte ich Jean Franco, die in der Hocke ein Buch über mexikanische Nonnen studierte. Man wird sagen, all das sei nicht von Belang, und tatsächlich ist es das auch nicht, aber ich möchte nicht das kleinste Detail weglassen. Jedermann kennt Jean, und ich brauche nicht zu wiederholen, wer sie ist. Ich glaube, sie wußte, daß Borges Borges sein würde, ehe er es selbst wußte. Vor vierzig Jahren hatte sie den neuen lateinamerikanischen Roman entdeckt, als nur Spezialisten daran interessiert waren. Ich hatte sie bloß zweimal in ihrer Wohnung in der Upper West Side in Manhattan besucht, aber sie begrüßte mich, als sähen wir uns täglich. Ich skizzierte ihr in groben Zügen das Thema meiner Dissertation, und ich glaube, ich verhedderte mich dabei. Ich weiß nicht einmal mehr, wie viele Minuten ich versuchte, ihr zu erklären, daß für Borges die echten Tangos die vor 1910 komponierten waren, die noch in Bordellen getanzt wurden, und nicht die späteren, vom Pariser Geschmack und den Genueser Tarantellen beeinflußten. Zweifellos kannte sich Jean da besser aus als ich, denn zu meiner Überraschung nannte sie einige dreiste Titel, an die sich kein Mensch mehr erinnerte: *Soy tremendo, El fierrazo, Con qué tropieza que no dentra, La clavada.*[1]

In Buenos Aires gibt es einen außerordentlichen Typ, der uralte Tangos singt, sagte sie. Nicht diese, aber sie haben etwas Vertrautes. Sie sollten ihn sich anhören.

Vielleicht finde ich bei Tower Records etwas von ihm, antwortete ich. Wie heißt er denn?

Julio Martel. Sie können nichts von ihm finden, er hat nie auch nur eine einzige Strophe aufgenommen. Er will keine Vermittler zwischen seiner Stimme und dem Publikum. An einem Abend, als mich einige Freunde in den Club del Vino mitgenommen haben, kam er auf die Bühne gehinkt und stützte sich auf einen Hocker. Er kann nicht gut gehen, ich weiß auch nicht, was mit seinen Beinen ist. Der Gitarrist, der ihn begleitet hat, hat zuerst allein eine ganz merkwürdige Musik gespielt, voller Mattigkeit. Im unerwartetsten Moment hat Martel zu singen angefangen. Es war unglaublich. Ich habe in der Luft geschwebt, und als die Stimme verklang, wußte ich nicht, wie ich mich von ihr lösen, wie ich zu mir selbst zurückkommen sollte. Sie wissen ja, wie sehr ich die Oper liebe, ich liebe Raimondi, die Callas – aber das Erlebnis mit Martel ist von einer andern Welt, fast übernatürlich.

Wie bei Gardel, wagte ich mich vor.

Sie müssen ihn hören. Er ist besser als Gardel.

Die Vorstellung ließ mich nicht mehr los und wurde

1 Anmerkungen am Ende des Buches

schließlich zu einer fixen Idee. Monatelang hatte ich nur den einen Gedanken – nach Buenos Aires zu fahren, um den Sänger zu hören. Im Internet suchte ich alles auf, was dort über die Stadt zu lesen war. Ich wußte, was in den Kinos und Theatern gespielt wurde und wie warm es jeden Tag war. Es erschien mir verwirrend, daß die Jahreszeiten auf den Kopf gestellt wurden, wenn man von einer Hemisphäre in die andere wechselte. Dort fielen die Blätter von den Bäumen, und in New York sah ich sie sprießen.

Ende Mai 2001 sprach mir die Graduate School der Universität ein Stipendium zu. Außerdem gewann ich eines der Fulbright-Stiftung. Mit diesem Geld würde ich sechs Monate oder länger über die Runden kommen. Buenos Aires war zwar eine teure Stadt, aber die Dollareinlagen gaben dort einen Zins von neun bis zwölf Prozent her. Vermutlich würde das ausreichen, um eine möblierte Wohnung im Zentrum zu mieten und Bücher zu kaufen.

Man hatte mich vorgewarnt, wie lang der Flug so tief in den Süden sei, aber meiner war ein Wahnsinn. Ich war über vierzehn Stunden in der Luft, und mit den Zwischenlandungen in Miami und Santiago de Chile brauchte ich zwanzig bis zur Ankunft. Bei der Landung auf dem Flughafen Ezeiza war ich völlig erschöpft. Die Ankunftshalle wurde von einem luxuriösen Duty-free-Shop eingenommen, der die Reisenden zwang, dicht gedrängt unter einer Treppe eine Schlange zu bilden. Als ich endlich den Zoll hinter mir hatte, bestürmten mich sechs oder sieben Taxifahrer, um mich in die Stadt zu bringen. Mit Mühe und Not konnte ich sie abschütteln. Nachdem ich meine Dollars in Pesos gewechselt hatte – damals war der Kurs eins zu eins –, rief ich die Pension an, die mir das internationale Büro der Universität empfohlen hatte. Der Mann vom Empfang behielt mich lange in der Leitung, ehe er mir mitteilte, mein Name erscheine auf keiner Liste und die Pension sei voll. »Wenn du nächste Woche anrufst, haben wir vielleicht Glück«, sagte er beim Einhängen mit einem frechen Du, das, wie ich später erfuhr, jedermann gebrauchte.

Hinter mir stand in der Warteschlange vor dem Telefon ein grobgeschnitzter, unausgeschlafener Bursche, der eifrig an den Nägeln kaute. Schade, so verloren seine langen, schmalen Finger an den stumpfen Enden ihren Charme. Die Bizepse hatten in den hochgekrempelten Hemdsärmeln kaum Platz. Mich beeindruckten seine schwarzfeuchten Augen, die an diejenigen von Omar Sharif erinnerten.

Man hat dich beschissen. Man hat dich verarscht, sagte er. Es ist immer dasselbe. Alles in diesem Land ist Gaunerei.

Ich wußte nicht, ob ich ihn richtig verstanden hatte, denn in seinem Spanisch waren Ausdrücke, die ich nie gelesen hatte. Auch schien sein Akzent nicht eigentlich argentinisch. Er hauchte die S. Und anstatt am Gaumen abzuprallen, flossen die R durch die zusammengepreßten Zähne. Ich überließ ihm das Telefon, aber er trat aus der Reihe heraus und folgte mir. Das Informationsbüro befand sich zehn Schritte weiter, wahrscheinlich gab es da weitere Hotels zum selben Preis.

Wenn du eine Unterkunft suchst, da wüßte ich genau das Richtige, sagte er. Etwas mit viel Licht und Blick auf die Straße, für vierhundert im Monat. Einmal die Woche werden die Bettlaken und Handtücher gewechselt. Das Bad ist für alle gemeinsam, aber sonst okay. Bist du dabei?

Ich weiß nicht, antwortete ich. Eigentlich wollte ich nein sagen.

Für dich drück ich's auf dreihundert runter.

Wo ist es denn? fragte ich und faltete den Stadtplan auseinander, den ich noch in New York gekauft hatte. Ich beschloß, auf jeden Fall Einwände vorzubringen, welches Viertel er auch nennen würde.

Damit das klar ist – es ist kein Hotel, sondern etwas Privateres. Eine Pension, in einem historischen Haus. Garay, zwischen Bolívar und Defensa.

Garay war die Straße des *Aleph*, der Erzählung von Borges, über die ich eine der Schlußarbeiten für meinen Magister geschrieben hatte. Aber laut Stadtplan lag die Pension etwa fünf Ecken von dem in der Erzählung genannten Haus entfernt.

Das Aleph, sagte ich unwillkürlich. Obwohl er diese Anspielung eigentlich unmöglich begreifen konnte, kapierte er sie sofort.

Genau. Woher weißt du das? Einmal im Monat kommt da ein Bus mit Touristen an, zeigt denen die Pension von außen und sagt: »Das ist das Haus von Aleff.« Soviel ich weiß, hat da nie irgend ein berühmter Aleff gewohnt, aber trotzdem erzählen sie diesen Scheiß. Jetzt glaub aber bloß nicht, daß die irgenwen stören. Da ist alles total ruhig. Die Leute schießen Fotos, steigen wieder in die Kutsche und gudbai.

Ich will das Haus sehen, sagte ich. Und das Zimmer. Vielleicht kann man einen Tisch ans Fenster stellen.

Der Typ hatte eine Hakennase, wie ein Falkenschnabel. Sie war schlanker als bei einem Falken und stand ihm nicht schlecht zu Gesicht, denn dieses wurde von seinem fleischigen Mund und den großen Augen dominiert. Im Taxi erzählte er mir sein Leben, aber ich hörte ihm kaum zu. Nach dem langen Flug war ich vor Müdigkeit wie betäubt, und außerdem konnte ich nicht glauben, daß mich meine Glücksfee zum Haus des *Aleph* bringen sollte. Halbwegs verstand ich seinen Namen, Omar oder Oscar. Aber alle nannten ihn den Tucumaner, wie er sagte.

Ich erfuhr auch, daß er in einem Zeitschriftenkiosk im Flughafen arbeitete, manchmal drei Stunden und manchmal zehn, und immer wieder zu anderen Zeiten.

Heute bin ich ungeschlafen in den Kiosk gekommen. Wozu auch schlafen, oder?

Zu beiden Seiten der Autobahn, die in die Stadt hineinführte, veränderte sich die Landschaft andauernd. Ein sanfter Dunst lag reglos über den Feldern, aber der Himmel war durchsichtig, und süße Düfte durchzogen in Schwaden die Luft. Ich sah eine Mormonenkirche mit dem Bildnis des Engels Moroni oben auf dem Turm; ich sah hohe, schreckliche Gebäude, vor deren Fenstern bunte Wäsche hing wie in Italien; ich sah eine Mulde mit erbärmlichen Häusern, die beim ersten Windstoß einstürzen konnten. Danach imitierten die Vororte diejenigen europäischer Städte: leere Parks, Hochhäuser wie Taubenschläge, Kirchen mit von Madonnenstatuen gekrönten Glokkentürmen; Häuser mit enormen Satellitenschüsseln auf den Flachdächern. Buenos Aires glich nicht Kuala Lumpur. Eigentlich glich es fast allen Orten, die ich zuvor gesehen hatte, also keinem.

Wie heißt du? fragte der Tucumaner.

Bruno. Bruno Cadogan.

Cadogan? Mit dem Namen hast du ja wohl eine Niete gezogen. Wenn du die Silben vertauschst, heißt er Cagando, Kacker.

Die Frau, die mich in der Pension empfing, trug Cagan ein, und als sie mich hinaufführte, um mir das Zimmer zu zeigen, sagte sie Mister Cagan zu mir. Schließlich bat ich sie, mich einfach beim Vornamen zu nennen.

Die Baufälligkeit des Hauses überraschte mich. Nichts daran erinnerte an die Mittelklassefamilie, die Borges in seiner Erzählung beschrieb. Auch die Lage war verwirrend. Sämtliche Angaben zu der Stelle, wo sich das Aleph befindet, weisen auf die Calle Garay hin, nahe der Calle Bernardo de Irigoyen, östlich der Pension. Trotzdem fragte ich, ob das Haus einen Keller habe. Ja, sagte die Wirtin, aber da wohnen schon Leute. Und Sie würden da nicht wohnen wollen. Es ist sehr feucht, und außerdem gibt es neunzehn steile Stufen. Dieses Detail bestürzte mich. In der Erzählung waren es ebenfalls neunzehn Stufen, die zum Aleph hinunterführten.

In Buenos Aires war mir alles so unvertraut, daß ich keine Anhaltspunkte hatte, um das Zimmer einzuschätzen, das man mir anbot. Ich fand es klein, wenn auch sauber, etwa acht auf zehn Fuß. Neben der Schaumgummimatratze in ihrem Holzrahmen stand ein sehr niedriger Tisch, auf dem mein Laptop Platz fände. Das Beste jedoch waren einige alte Bücherregale, in denen sich etwa fünfzig Bände unterbringen ließen. Die Laken waren abgenutzt, und die Bettdecke mußte schon vor dem Haus existiert haben. Das Zimmer hatte einen kleinen Balkon zur Straße hinaus. Wie ich später erfuhr, war es das größte des oberen Stocks. Das Bad erschien mir zwar winzig, aber ich hatte es nur mit der Familie des angrenzenden Zimmers zu teilen.

Ich mußte im voraus zahlen. Der auf dem Empfangstisch angegebene Preis war vierhundert Dollar monatlich. Wie versprochen, konnte ihn der Tucumaner bei Enriqueta auf dreihundert herunterhandeln.

Es war vier Uhr nachmittags. Die Straße war menschenleer und ruhig, und ich wollte mich schlafen legen. Der Tucumaner wohnte seit sechs Monaten in einem der Dachzimmer zur Miete. Auch er sei zum Umfallen müde, sagte er. Wir verabredeten uns auf acht Uhr, um durch die Stadt zu spazieren. Wäre ich bei Kräften gewesen, ich hätte mich sogleich auf die Suche nach Julio Martel gemacht. Aber ich wußte nicht, wo und wie ich anfangen sollte.

Um sieben wurde ich von einem Tumult geweckt. Die Bewohner des Nachbarzimmers stritten sich lauthals. Ich zog mich notdürftig an und versuchte, ins Bad zu gehen. Eine riesige Frau wusch Wäsche im Bidet und herrschte mich an, ich solle warten. Als ich hinunterging, saß der Tucumaner mit Enriqueta in der Rezeption beim Mate.

Ich weiß nicht mehr, was ich mit diesem Pack anfangen soll, sagte sie. Eines schönen Tages bringen sie sich noch um. Ich muß schön blöd gewesen sein, als ich sie genommen habe. Hätte ich mal gewußt, daß sie aus Fuerte Apache kommen.

Für mich war Fuerte Apache – oder Fort Apache – ein Film von John Ford. So wie Enriqueta klang, mußte man an einen Höllenpfuhl denken.

Wasch dich in meinem Bad, Cagan, wenn du willst, sagte der Tucumaner. Um elf geh ich in die Milongas. Wir essen etwas hier in der Gegend, und wenn du Lust hast, nehm ich dich dann mit.

An diesem Abend sah ich zum ersten Mal Buenos Aires. Um halb acht fiel auf die Fassaden ein rosa Licht wie aus dem Jenseits, und obwohl der Tucumaner sagte, die Stadt liege am Boden und ich hätte sie vor einem Jahr kennenlernen müssen, als ihre Schönheit noch intakt gewesen sei und es auf den Straßen noch nicht so viele Bettler gegeben habe, sah ich doch nur glückliche Menschen. Wir schlenderten einen riesigen Boulevard enlang, auf dem einige Lapacho-Bäume blühten. Ich brauchte nur aufzuschauen, um ausladende Paläste mit regenschirm- oder melonenförmigen Kuppeln und unbrauchbaren Balkonen zu entdekken, die reine Verzierung waren. Es überraschte mich, daß Buenos Aires von den zweiten und dritten Stockwerken an aufwärts so majestätisch war und in den Erdgeschossen so baufällig, als wäre der Glanz der Vergangenheit in der Höhe hängengeblieben und weigerte sich, herabzukommen oder zu verschwinden. Je später der Abend, desto mehr füllten sich die Cafés. Noch nie hatte ich in einer Stadt so viele davon gesehen, und so einladende. Die meisten Besucher saßen lange vor einer leeren Tasse und lasen – wir kamen mehr als einmal an denselben Orten vorbei –, ohne bezahlen und gehen zu müssen, wie es in New York und Paris der Fall ist. Ich dachte, diese Cafés seien ideal, um Romane zu schreiben. Hier wußte die Wirklichkeit nichts mit sich anzufangen und bewegte sich frei auf der Jagd nach Autoren, die es wagen würden, sie zu erzählen. Alles schien ganz wirklich, vielleicht allzu wirklich, obwohl ich es damals noch nicht so sah. Ich verstand nicht, wieso die Argentinier lieber fantastische oder unwahrscheinliche Geschichten über ausgestorbene Zivilisationen oder menschliche Klone oder Hologramme auf einsamen Inseln schrieben, wo die Wirklichkeit doch lebendig war und man spürte, wie sie verbrannte und die Haut der Menschen verbrannte und verletzte.

Wir liefen ziemlich lange, und ich hatte den Eindruck, nichts befinde sich an dem ihm zugehörigen Ort. Das Kino in der Avenida Santa Fe, in dem Juan Perón seine erste Frau kennengelernt hatte, war jetzt ein riesiger Schallplatten- und Videoladen. In einigen Logen gab es künstliche Blumen, in anderen große leere Regale. Wir aßen Pizza in einem Laden, der sich als Kurzwarengeschäft bezeichnete und noch Spitzen, Posamenten und Knöpfe im Schaufenster hatte. Der Tucumaner sagte, der beste Ort, um Tango zu lernen, sei nicht, wie in den Reiseführern angegeben, die Academia Gaeta, sondern eine Buchhandlung, El Rufián Melancólico. Beim Surfen im Internet hatte ich gelesen, daß Martel dort gesungen hatte, nachdem man ihn aus einem bescheidenen Lokal in Boedo errettet hatte, wo seine einzige Bezahlung in den Trinkgeldern und Gratismahlzeiten bestanden hatte. Der Tucumaner wunderte sich, daß ihm diese Geschichte nie zu Ohren gekommen war. Wie konnte es sein, daß man Martel nicht kannte, in einer Stadt, wo es von Musiksachverständigen in den unterschiedlichsten Gattungen nur so wimmelte, vom Rock und der Cumbia der Elendsviertel bis zum Bossa Nova und den Sonaten von John Cage, vor allem aber von Tangoexperten, die in der Lage waren, die subtilsten Unterschiede zwischen einem Quintett von 1958 und einem von 1962 herauszuhören – sehr merkwürdig. Einen Augenblick dachte ich, vielleicht gebe es ihn gar nicht, er sei nur ein Traum von Jean Franco.

Im oberen Stock des Rufián gab es Tango-Practica. Die Frauen hatten eine Wespentaille und einen wissenden Blick, und die jungen Männer bewegten sich, obwohl sie in abgetragenen Kleidern steckten und nächtelang nicht geschlafen hatten, mit wundervollem Taktgefühl und lenkten ihre Partnerinnen, indem sie ihnen die Fehler ins Ohr raunten. Unten war die Buchhandlung überfüllt, wie fast sämtliche Buchhandlungen, die wir gesehen hatten. Dreißig Jahre zuvor hatten Julio Cortázar und Gabriel García Márquez darüber gestaunt, daß die Hausfrauen von Buenos Aires *Rayuela* und *Hundert Jahre Einsamkeit* kauften wie Suppennudeln oder Salatköpfe und die Bücher in der Einkaufstasche mitnahmen. Mir schien, daß die Bewohner der Stadt noch genauso gierig lasen wie damals. Doch sie kauften keine Bücher mehr. In einer Buchhandlung fingen sie mit irgendeinem an, und in einer anderen lasen sie weiter, immer zehn Seiten oder jeweils ein Kapitel, bis sie es ausgelesen hatten. Das mußte Tage oder Wochen dauern.

Der Besitzer des Rufián, Mario Virgili, befand sich im Tanzcafé im oberen Stock, als wir kamen. Während er das Geschehen verfolgte, bewegte er sich zugleich außerhalb von ihm, in einer kontemplativen und erregten Haltung. Ich hätte mir nie vorgestellt, daß sich diese beiden Eigenschaften mischen könnten. Ich hörte, daß mein Freund ihn Tano nannte, und hörte auch, daß er mich fragte, ob ich vorhabe, länger in Buenos Aires zu bleiben. Ich antwortete, ich würde nicht eher gehen, als bis ich Julio Martel gefunden hätte, aber seine Aufmerksamkeit war schon wieder woanders.

Eine Tanzrunde ging zu Ende, und die Paare trennten sich, als hätten sie nichts miteinander zu tun. In einigen Filmen hatte mich dieses Ritual verwirrt, aber in natura war es noch seltsamer. Zwischen einem Tango und dem nächsten forderten die Männer ihre Auserwählten mit einem scheinbar gleichgültigen Kopfnicken zum Tanz auf. Es war aber nicht gleichgültig. Sie täuschten Geringschätzung vor, um ihren Stolz vor jeglicher Demütigung zu schützen. Nahm die Frau an, so tat sie es mit ebenfalls distanziertem Lächeln und erhob sich, damit der Mann sie holen kam. Wenn die Musik einsetzte, stand sich das Paar einige Sekunden abwartend gegenüber, ohne sich anzuschauen, und sprach über Belanglosigkeiten. Dann begann der Tanz mit einer ziemlich brutalen Umarmung. Der Mann faßte die Frau eng um die Taille, und von diesem Moment an wich sie zurück, wich immer weiter zurück. Manchmal wölbte er die Brust vor oder stellte sich seitlich neben sie, Wange an Wange, während seine Beine Cortes und Quebradas zeichneten, die die Frau umgekehrt wiederholen mußte. Der Tanz erforderte eine ungeheure Präzision und vor allem eine gewisse hellseherische Fähigkeit, denn die Schritte hielten sich an keine voraussagbare Reihenfolge, sondern standen ganz der Improvisation des Führenden oder einer Choreographie unendlicher Kombinationen offen. Bei den am besten aufeinander eingespielten Paaren imitierte der Tanz unübersehbar Beischlafbewegungen. Es war ein athletischer Sex, der Perfektion anstrebte, sich aber nicht für die Liebe interessierte. Ich dachte, es wäre nicht verkehrt, diese Beobachtungen in meine Dissertation aufzunehmen – sie bestätigten die Herkunft des Tangos aus den Bordellen, die Borges ihm im *Evaristo Carriego* zuschreibt.

Eine der Tanzlehrerinnen kam zu mir und fragte, ob ich einige Figuren lernen wolle.

Na los, nur Mut, sagte der Tano. Bei Valeria lernt es jeder.

Ich zögerte. Valeria erweckte instinktives Vertrauen und den Drang, sie zu beschützen, ja Zärtlichkeit. Im Gesicht glich sie meiner Großmutter mütterlicherseits. Sie hatte eine breite, stolze Stirn und braune Schlitzaugen.

Ich habe zwei linke Füße, sagte ich. Ich möchte mich nicht blamieren.

Dann komm ich dich später holen.

Später, ein andermal, antwortete ich und meinte es ehrlich.

Wenn Virgili von seinem Stuhl neben der Bar aufstand, um den Bewegungen der Paare zuzuschauen, blieb mir stets ein halbausgesprochenes Wort auf den Lippen. Von dort fiel es zu Boden und kullerte mitten unter die Tanzenden, die es mit ihren Absätzen zertraten, ehe ich es auflesen konnte. Schließlich brachte ich ihn dazu, meine Frage nach Julio Martel so detailreich zu beantworten, daß es mir nach der Rückkehr in die Pension schwerfiel, mir alles wieder zu vergegenwärtigen. Martel, sagte er, hieß eigentlich Estéfano Caccace. Er hat seinen Namen geändert, weil ihn damit kein Moderator ernsthaft angekündigt hätte. Stell dir vor, Caccace. Er hat hier gesungen, ungefähr dort, wo du jetzt sitzt, und es gab eine Zeit, wo die Kenner nur von seiner Stimme gesprochen haben, und die war einmalig. Vielleicht ist sie es immer noch. Ich habe ewig nichts mehr von ihm gehört. Er packte mich an der Schulter und sagte das Vorhersehbare: Für mich war er besser als Gardel. Aber das darfst du nicht weitersagen.

Nach diesem Abend machte ich mir eine Unmenge Notizen, die Virgilis Schilderung zwar entsprechen mögen, aber ich habe das Gefühl, daß ich den Ton, die Stimmung seiner Worte verloren habe.

Ich erinnere mich kaum noch an den langen Streifzug, den der Tucumaner und ich später unternahmen. Auf der von ihm so genannten »Milongawanderung« gingen wir von einem Lokal der Stadt zum andern. Wir gerieten von finsterster Dunkelheit in psychedelische Beleuchtung, von Tanzlokalen für Männer in solche, wo Bilder eines vergangenen und vielleicht illusorischen Buenos Aires projiziert wurden, mit Boulevards, die diejenigen von Madrid, Paris und Mailand wiederholten, inmitten von Fräuleinorchestern und Trios mit pensionierten Geigern, und obwohl Szenarium und Personen so schnell wechselten, daß meine Sinne damit nicht Schritt halten konnten, war mein Geist an einem Punkt stehengeblieben, wo nichts geschah, wie frühmorgens vor einer Schlacht, die an einem andern Ort geschlagen werden sollte, vielleicht weil ich so müde war von der Reise oder weil ich erwartete, der ungreifbare Martel würde irgendwo in der ewigen Nacht auftauchen. Wir gingen in den Riesenschuppen des Parakultural, in La Catedral, La Viruta und El Beso, die fast leer waren, denn das Milongaritual wechselte je nach Wochentag. Es gab Orte, wo mittwochs von ein bis drei Uhr früh getanzt wurde oder freitags von elf bis vier. Der Namenwirrwarr brachte zusätzliche Konfusion in die Liturgie. Ich hörte, wie sich zwei deutsche Musikfreunde im Parakultural verabredeten, es aber Sociedad Helénica nannten, und später fand ich heraus, daß das nur der Name des Gebäudes war, das in einer Straße lag, die für die einen die Canning und für die andern die Scalabrini Ortiz war. An diesem Abend bekam ich den Eindruck, Martel könne an zwei oder drei Orten zugleich sein oder an gar keinem. In Anlehnung an Bischof Berkeley hatte Borges gesagt, wenn etwas von niemandem wahrgenommen werde, dann gebe es auch keinen Grund für die Existenz dieses Etwas, *esse est percipi*. Einen Moment lang hatte ich das Gefühl, dieser Satz könne die ganze Stadt definieren.

Gegen drei Uhr morgens sah ich Valeria wieder, in einem riesigen Saal, der wohl La Estrella hieß, vielleicht aber auch La Viruta. Sie tanzte mit einem japanischen Touristen, der wie ein Lehrbuchtangotänzer ausstaffiert war: glänzende hochhackige Schuhe, eng anliegende Hose, zweireihiges Jackett, das er jedes Mal, wenn die Musik zu Ende war, aufknöpfte, und auf dem Kopf eine Brillantineskulptur, die mit Lineal und Zirkel geformt schien. Es machte mir Eindruck, daß Valeria noch genauso frisch war wie fünf Stunden zuvor, im Rufián, und den Japaner geschickt führte wie eine Puppenspielerin, so daß er sich um die eigene Achse drehen und ein ums andere Mal die Beine überkreuzen mußte, während sie reglos und auf den Schwerpunkt ihres Körpers konzentriert auf der Tanzfläche stand.

Ich glaube, das war das letzte Bild dieser Nacht, denn in der Erinnerung sehe ich mich nur noch in einem späten Bus und wie ich in der Calle Garay nahe der Pension ausstieg und mich in die gesegnete Dunkelheit meines Bettes warf.

In einem alten Heft der Zeitschrift *Satiricón* habe ich gelesen, daß Julio Martels richtige Mutter aus Scham, daß das Neugeborene wie ein Insekt ausgesehen habe, dieses in den Riachuelo geworfen habe, in einem Weidekörbchen, aus dem seine Adoptiveltern es errettet hätten. In dieser Schilderung habe ich immer eine religiöse Verdrehung der Tatsachen gesehen. Ihnen näherzukommen scheint mir Tano Virgilis Version.

Martel wurde gegen Ende des heißen Sommers 1945 geboren, in einer Straßenbahn der Linie 96, die damals die Strecke zwischen Villa Urquiza und der Plaza de Mayo bediente. Gegen drei Uhr nachmittags ging Señora Olivia Cacacce mit dem bißchen Atem, das ihr ihre siebenmonatige Schwangerschaft ließ, durch die Calle Donado. Sie war mit einem Korb voller Breiumschläge und einer Tüte Sahnebonbons in Zellophanpapier unterwegs zu einer grippekranken Schwester. Die Gehwegplatten waren locker, und Señora Olivia bewegte sich vorsichtig. Alle Häuser in der Straße boten das gleiche monotone Bild: ein bauchiger Schmiedeeisenbalkon, rechts neben einem Hausflur, der zu einer zweiflügeligen Glastür mit abgeschrägten Kanten und Monogrammen führte. Unter dem Balkon befand sich ein vergittertes Fenster, durch das sich manchmal das Gesicht einer alten Frau oder eines Kindes abzeichnete, für welche der auf Bodenhöhe wahrgenommene Straßenlandschaftsausschnitt der einzige Zeitvertreib war.

Als Señora Olivia vor dem Haus Nr. 1620 der Calle Donado vorbeikam, packte eine Männerhand sie an einem Knöchel und warf sie zu Boden. Später stellte sich heraus, daß dort ein fast vierzigjähriger Geisteskranker wohnte, den man am Kellerfenster gelassen hatte, damit er frische Luft schnappen konnte. Verlockt vielleicht von den Sahnebonbons, die die werdende Mutter naschte, verfiel der Idiot auf keinen andern Kniff, als die Frau umzureißen.

Auf ihre Notrufe hin gelang es einem hilfsbereiten Menschen, Señora Olivia in die 96er-Straßenbahn zu setzen, die wie von Gott gesandt um die Ecke bog. Diese Linie führte an mehreren Krankenhäusern vorbei, so daß der Fahrer beauftragt wurde, die Frau beim nächsten abzusetzen. Er gelangte nicht einmal so weit. Nach zehn Minuten Fahrt merkte Señora Olivia, daß sie viel Blut verlor, und spürte die ersten Wehen. Die Bahn hielt an, und der Fahrer rief zwischen den umliegenden Häusern lauthals nach einer Schere und heißem Wasser. Das Frühgeborene, ein Junge, mußte in einen Brutkasten gesteckt werden. Die Mutter wollte unbedingt, daß er so schnell wie möglich auf den Namen des sechs Monate vorher verstorbenen Vaters getauft würde, Stefano. Aber weder der Geistliche noch das Personenstandsregister akzeptierten die italienische Schreibweise, so daß er schließlich als Estéfano Esteban eingetragen wurde.

Obwohl er allergisch auf Katzen und Pollen war und häufig an Durchfall und Kopfschmerzen litt, hatte der Junge bis zu seinem sechsten Lebensjahr keine weiteren Probleme. Er spielte begeistert Fußball und legte eine besondere Begabung für schnelle Angriffe über die Flügel an den Tag. Jeden Nachmittag, wenn sich Señora Olivia an der Nähmaschine abrackerte, rannte Estéfano im Patio hinterm Ball her und wich imaginären Rivalen aus. Dabei stolperte er einmal über einen Backstein und fiel hin. Sogleich bildete sich in seinem linken Bein ein riesiger Bluterguß. Aber der Mutter erschien der Zwischenfall so geringfügig, daß sie ihm keine weitere Bedeutung beimaß. Am nächsten Tag wurde der Fleck größer und färbte sich bedrohlich purpurn.

Im Krankenhaus wurde festgestellt, daß Estéfano ein Bluter war. Er bekam einen Monat Bettruhe verordnet. Als er wieder aufstand, stieß er sich leicht an einem Stuhl, was einen neuen Bluterguß auslöste. Er mußte eingegipst werden. Nun war er zu einer so dauerhaften Ruhe verurteilt, daß seine Muskeln schrumpften. Seit damals – wenn es denn ein Damals gibt für etwas, was nie ein Ende finden wird – ereilte ihn ein Unglück nach dem andern. Dem Jungen wuchs ein riesiger Oberkörper, der im Mißklang stand zu den schwindsüchtigen Beinen. Er konnte nicht in die Schule und sah nur einen einzigen Freund, den Krauskopf Andrade, der ihm Bücher auslieh und geduldig mit ihm verschiedene Kartenspiele spielte. Bei Privatlehrerinnen, die ihn umsonst unterrichteten, hatte er fließend lesen gelernt. Mit elf, zwölf Jahren vertrieb er sich die Zeit mit Tangohören im Rundfunk, und wenn ihn einer interessierte, notierte er sich den Text in ein Heft. Manchmal schrieb er auch die Melodien auf. Da er keine Noten lesen konnte, erfand er ein System aus Linien, Punkten in zehn oder zwölf Farben und Kreisen, dank deren er sich Melodien und Rhythmen ins Gedächtnis zurückrufen konnte.

An dem Tag, an dem ihm eine von Señora Olivias Kundinnen eine Nummer der Zeitschrift *Zorzales del 900* mitbrachte, wurde Estéfano vom Blitz einer Offenbarung getroffen. Das Heft druckte die aus dem Repertoire verdrängten Tangos vom Anfang des 20. Jahrhunderts nach, in denen Bordellanzüglichkeiten erzählt wurden. Estéfano wußte nicht, was die Worte bedeuteten, die er las. Auch seine Mutter und die Kundinnen konnten ihm nicht weiterhelfen, die Sprache dieser Tangos war ersonnen worden, um harmlose Gemüter im ungewissen zu lassen. Aber die Töne waren beredt. Da die Originalnoten verlorengegangen waren, erfand Estéfano Melodien, die den Stil von *El Entrerriano* oder *La Morocha* imitierten, und unterlegte sie Versen wie den folgenden: *Wenn ich den Besen einfädel / teilt sich die Scharte / in dir ist eine solche Sause / daß ich sülze, wenn ich brause.*

Mit fünfzehn Jahren konnte er über hundert Lieder wiedergeben, indem er sie rückwärts rezitierte und dabei auch die erfundene Musik umdrehte, aber das tat er nur, wenn die Mutter die Wohnung verließ, um ihre Näharbeiten abzuliefern. Er schloß sich im Badezimmer ein, wo ihn die Nachbarn nicht hören konnten, und sang mit eindringlichem, lieblichem Sopran. Die Schönheit des eigenen Gesangs rührte ihn so sehr, daß er weinte, ohne es zu merken. Er konnte es nicht fassen, daß diese Stimme von ihm kam, für den er soviel Verachtung und Mißtrauen empfand. So hatte nur Carlos Gardel gesungen, dem doch sämtliche Stimmen gehörten. Er betrachtete seinen kränklichen Körper im Spiegel und bot Gott alles an, was er war und einmal sein könnte, wenn sich an ihm nur irgendein körperliches Merkmal zeigen würde, das an das Idol erinnerte. Stundenlang stellte er sich vor den Spiegel und sagte, die weiße Schärpe seiner Mutter um den Hals geschlungen, einige Sätze des großen Sängers, die er in dessen Hollywoodfilmen gehört hatte: »Ciao, Schawalbe«, »Ach, wie schööön ist doch das Morgengarauen«.

Estéfano hatte dicke Lippen und struppige Locken. Es war unmöglich, auch nur die geringste physische Ähnlichkeit mit Gardel zustande zu bringen. Da ahmte er das Lächeln nach, indem er die Mundwinkel leicht verzog und die Stirnhaut straffte, die Zähne im vollen Licht. »Schönen guten Tag, mein Foroind«, grüßte er. »Wie bahandelt Sie das Leehben?«

Als ihm mit siebzehn der Gips abgenommen wurde, waren die Beine steif und schwach. Ein Bewegungstherapeut half ihm, die Muskeln zu stärken, wofür die Mutter seiner ganzen Familie gratis Kleider nähen mußte. Estéfano brauchte sechs Monate, um an Krücken, und weitere sechs, um mit Stöcken gehen zu lernen, in ständiger Angst vor einem Sturz und einer weiteren langen Bettlägerigkeit.

An einem Sommersonntag führten ihn Señora Olivia und zwei Freundinnen zum Jahrmarkt in der Avenida del Libertador. Da er mit keinem der Karussells fahren durfte, weil sie befürchteten, er könnte sich verletzen oder seine zerbrechlichen Knöchelchen ausrenken, schleckte er den ganzen Nachmittag gelangweilt Zuckerwatte. Während des Wartens entdeckte er neben der Geisterbahn einen Elektroakustikpavillon, wo für den bescheidenen Betrag von drei Pesos Stimmen auf Schellackplatten aufgenommen wurden. Estéfano überredete die Frauen, mindestens zweimal mit der Geisterbahn zu fahren, und schlüpfte, kaum hatte die Dunkelheit sie verschluckt, in den Pavillon und nahm *Die Bude in der Ayacuchostraße* auf. Dabei versuchte er, die Version zu imitieren, in der Gardel von José Ricardos Gitarre begleitet wird.

Als er fertig war, bat ihn der Techniker des Pavillons, noch einmal zu singen, da der Schellack der Platte zerkratzt schien. Nervös und schneller als zuvor wiederholte Estéfano den Tango. Er befürchtete, die Frauen seien ihrem Amüsement bereits entstiegen und suchten ihn nun überall.

Wie heißt du, mein Junge? fragte ihn der Techniker.

Estéfano. Aber ich denke daran, mir einen Künstlernamen zuzulegen.

Mit dieser Stimme brauchst du keinen. Du hast eine Sonne in der Kehle.

Der Junge steckte die zweite Version, die schlechter geraten war, unters Hemd und hatte das Glück, schneller zu sein als die amüsierlustigen Frauen, welche unvorhergesehen ein weiteres Mal mit der Geisterbahn fuhren.

Eine Zeitlang suchte er überall einen Plattenspieler, um heimlich seine Aufnahme hören zu können, aber er kannte niemanden, der einen besaß, und schon gar nicht für Platten mit 45 Umdrehungen wie die, die ihm im Aufnahmepavillon verkauft worden war. Hitze, Feuchtigkeit und der zwischen den *Zorzales del 900*-Heften angehäufte Staub setzten der Platte zu. Estéfano dachte, die aufgenommene Stimme habe sich durch den Nichtgebrauch für immer verflüchtigt, aber als er sich an einem Samstagabend mit seiner Mutter in der Küche die beliebte Sendung *Stufenleiter zum Ruhm* anhörte, verkündete ein Sprecher, die Offenbarung des Augenblicks sei ein namenloser Sänger, der in einem Jahrmarktpavillon a cappella *Die Bude in der Ayacuchostraße* aufgenommen habe. Dank der Wunder des Magnetbands werde die Stimme jetzt durch eine Bandoneon- und Violinbegleitung noch hervorgehoben. Sogleich erkannte Estéfano die erste Aufnahme, die der Techniker damals scheinbar ausgeschieden hatte, und wurde bleich. Von seiner eigenen Stimme abgetrennt, bemerkte er, daß er weiterhin mit ihr verbunden war, über den Draht einer Bewunderung, die man nur für etwas empfinden kann, was man nicht besitzt. Es war keine Stimme, die er gewollt oder gesucht hätte, sondern etwas, was sich ihm in die Kehle gesetzt hatte. Da sie sich außerhalb seines Körpers befand, konnte sie ihm im unerwartetsten Moment wieder weggenommen werden. Wer weiß, wie lange sie in der Vergangenheit umhergeschweift war und wie viele andere Stimmen in ihr Platz hatten. Für Estéfano war nur wichtig, daß sie *einer* Stimme glich, der von Carlos Gardel. Deshalb schmeichelte ihm die Bemerkung der Mutter, als sie *Stufenleiter zum Ruhm* hörten:

Na so was. Das soll ein unbekannter Sänger sein, aber das ist doch merkwürdig. Wenn ihn die Gitarre von José Ricardo begleiten würde, könnte man schwören, es ist Gardel.

Estéfano platzte fast vor Stolz, so daß sich seine Stimme selbständig machte:

Die Bude in der Ayacuchostraße / ist in schäbiges Elend gefallen ...

Er beherrschte sich, bevor er mit dem nächsten Vers weiterfuhr, aber es war schon zu spät. Die Mutter sagte:

Junge, bei dir klingt es genauso gut.

Das bin nicht ich, wehrte er ab.

Natürlich weiß ich, daß du's nicht bist. Wie kannst du im Rundfunk sein, wo du doch hier bist? Aber du könntest dort sein, wenn du wolltest. Warum fängst du nicht an, in den Clubs zu singen? Bei der ganzen Näherei hab ich bald keine Augen mehr.

Estéfano sprach in einem oder zwei Lokalen in Villa Urquiza vor, aber man wies ihn noch vor jedem Probesingen ab. Da ihn nicht wie üblich ein Gitarrist begleitete, befürchteten die Inhaber, sein Aussehen würde die Kundschaft vertreiben. Er getraute sich nicht heimzugehen, ohne ein wenig Geld verdient zu haben, und nutzte sein erstaunliches Gedächtnis, um Wetten für das Glücksspiel Quiniela anzunehmen. Er wurde vom Besitzer eines Bestattungsinstituts angestellt, der in einem Büro neben den Aufbahrungsräumen eine Spielhölle betrieb, die mit den Rennbahnen und Lotterien verbunden war. Von dort aus gab Estéfano telefonisch Auskunft über die Bestattungstarife, während er zugleich die Wetten annahm. Er behielt im Gedächtnis, wieviel Geld der eine Kunde auf die letzten drei Ziffern der gezogenen Zahl und wieviel ein anderer auf die allerletzte gesetzt hatte, und überdies wußte er auch, wo und wann jeder Wetter zu finden war. Als die Polizei auf eine anonyme Anzeige hin in das Beerdigungsunternehmen eindrang, konnte sie gegen Estéfano nicht den geringsten belastenden Beweis finden – sämtliche Einzelheiten der Spiele befanden sich in seinem Kopf.

Mehrere Jahre betätigte er sich in solchen mnemotechnischen Geschäften, und vielleicht hätte er sein ganzes Leben lang so weitergemacht, hätte sich der Beerdigungsunternehmer nicht zur Belohnung seinem Drängen gebeugt und ihn zu den Gesangswettbewerben im Club Sunderland mitgenommen. Die Preise wurden durch Abstimmung vergeben; mit jedem Eintritt war das Anrecht auf eine Stimme verbunden, was im Saal eine Wahlkampfatmosphäre schuf. Estéfano hatte wenig Chancen, und er wußte es. Aber das einzige, was für ihn zählte, war, daß die jahrelang verborgen gehaltene Stimme endlich an die Öffentlichkeit gelangen konnte.

Der berühmte Bariton Antonio Rossi war im Sunderland an zehn Samstagen hintereinander als Sieger hervorgegangen und hatte erneut seine Teilnahme angekündigt. Sein Repertoire war vorhersehbar, es umfaßte nur diejenigen Tangos, die in Mode waren und zu denen man gut tanzen konnte. Estéfano dagegen hatte beschlossen, mit einem Lied von vor 1920 und ohne zweideutigen Text teilzunehmen, um das Zartgefühl der Damen nicht zu verletzen.

Mangels Verstorbener mußte das Bestattungsinstitut oft schließen. Diese Gelegenheiten nutzte Estéfano, um *Mano a mano* einzustudieren, einen melancholischen Tango von Celedonio Flores mit unerwartet großmütiger Schlußstrophe. Nachdem er zwischen solchen von Pascual Contursi und Ángel Villoldo geschwankt hatte, hatte er sich für den Lieblingstango seiner Mutter entschieden. Die Schärpe um den Hals geschlungen, imitierte er inmitten von leeren Särgen stundenlang Gardels Posen. Er fand heraus, daß seine Erscheinung männlicher wirkte, wenn er auf den Stock verzichtete und mit dem Mikrophon in der Hand auf einem Hocker saß.

Am Tag vor dem Wettbewerb entdeckte er im Empfangsraum des Instituts eine alte Beilage der Zeitung *La Nación*, die dem Autor eines einzigen Romans gewidmet war, den in blühender Jugend die Schwindsucht dahingerafft hatte. Der richtige Name des Romanciers, José María Miró, sagte ihm nichts. Das Pseudonym dagegen war so verwandt mit dem Klang von Carlos Gardels Namen, daß er es sich anzueignen beschloß. Sich Julián Martel zu nennen wie der unglückliche Autor der Zeitungsbeilage konnte zu Verwechslungen führen, Carlos Martel wiederum war schon fast ein Plagiat. So entschied er sich für Julio Martel. Bei der Anmeldung für den Wettbewerb hatte er auf seinen lächerlichen Familiennamen verzichtet und es bei Estéfano belassen. Jetzt würde er darum bitten, mit seiner neuen Identität angekündigt zu werden.

An einem Novembersamstag um sieben Uhr abends sagte der Conférenzier des Sunderland zum ersten Mal den jungen Tenor an. Sieben Sänger mit mittelmäßiger Stimme waren ihm vorangegangen. Die Aufmerksamkeit im Saal war geschwunden, da man auf Antonio Rossi wartete, der auf Verlangen des Publikums *En esta tarde gris* von Mores und Contursi wiederholen wollte. Die Tanzfläche war ein Basketballfeld, von dem man jeweils die Körbe entfernte und das am folgenden Tag für Kinderfußballmeisterschaften benutzt wurde. Es verfügte im Hintergrund über ein Podium mit Notenpulten für die beiden Begleitviolinen. Die Sänger traten immer zu dicht ans Mikrophon, so daß ihre Darbietungen von gellenden Interferenzen unterbrochen wurden, die dem Publikum die Freude verdarben. Einige ungeduldig gewordene Musikfreunde zogen es vor, sich zu unterhalten oder auf den Bürgersteig hinauszugehen. Die meisten interessierte ohnehin nur Rossis Auftritt, das immergleiche Wettbewerbsergebnis und der nachfolgende Tanz zu Schallplattenmusik der großen Orchester.

Noch bevor er die Bühne betrat, wußte Estéfano, der nun definitiv Julio Martel war, daß er verlieren würde. Als er sich in einem Spiegel im Korridor anschaute, entmutigten ihn sein schillernder Anzug, das Hemd mit dem zu weiten Kragen, die ungeschickt gebundene Fliege. Die Pomadefrisur, die um vier Uhr noch geglänzt hatte, löste sich um sieben in einen Schuppennebel auf. Im Saal begrüßte ihn der schüchterne Applaus von Señora Olivia und drei Nachbarinnen. Auf dem Weg zum Hocker glaubte er ein mitleidiges Tuscheln zu vernehmen. Als die Violinen *Mano a mano* anstimmten, machte er sich selbst Mut, indem er sich an Bord eines Schiffs vorstellte, unwiderstehlich wie Gardel.

Mochten seine Gebärden ein lächerlicher Abklatsch derer sein, die man in den Filmen des unsterblichen Sängers sah, so war die Stimme doch einzigartig. Vollkommen eigenständig stieg sie auf, entfaltete mehr Gefühle, als in einem ganzen Leben Platz hatten, und natürlich mehr, als Celedonio Flores' Tango zurückhaltend erahnen ließ. *Mano a mano* beschwor die Geschichte einer Frau herauf, die den Mann, den sie liebte, für ein Leben in Reichtümern und Genuß verließ. Martel machte daraus ein inniges Lamento über die Vergänglichkeit des Fleisches und die Einsamkeit der gottverlassenen Seele.

Die Begleitviolinen waren verstimmt und unaufmerksam, aber sie wurden überdeckt von dem kräftigen Gesang, der von allein vorwärts drängte und alles zu Gold machte, was ihm entgegenkam. Estéfano hatte gewöhnlich eine fehlerhafte Diktion, er vergaß die S an den Wortenden und verschliff manche Laute. In der *Mano a mano*-Version mit José Ricardos Gitarre sagt Gardel *ringend* statt *singend* und *Kopf und Karagen* statt *Kopf und Kragen.* Beim Singen ging Martel dagegen mit den Silben so zärtlich um, als wären sie aus Glas, und goß sie unversehrt über ein Publikum aus, das nach der ersten Strophe gebannt und mucksmäuschenstill war.

Er bekam stehende Ovationen. Einige begeisterte Frauen riefen entgegen den Wettbewerbsregeln nach einer Zugabe. Martel trat verwirrt von der Bühne ab. Auf einer Bank im Korridor sitzend, hörte er einen andern Sänger das Gewieher von Alberto Castillo imitieren. Dann ließen ihn die Beifallsstürme erschauern, mit denen das Publikum Rossi begrüßte. Die ersten Verse von *En esta tarde gris*, die sein Rivale mit farbloser Stimme von sich gab, brachten ihn zu der Überzeugung, daß an diesem Abend etwas Schlimmeres geschähe als seine Niederlage. Es würde geschehen, daß man ihn vergäße. Wie immer bestätigte die Abstimmung Rossis überwältigende Dominanz.

Damals war Mario Virgili fünfzehn Jahre alt, und seine Eltern hatten ihn in den Club Sunderland mitgenommen, um ihm Tangoliebe einzutrichtern. Virgili nahm an, Rossi, Gardel, die Orchester von Troilo und Julio De Caro verkörperten alles, was das Genre zu bieten habe. 1976 zwang ihn die argentinische Diktatur ins Exil, in dem er etwas mehr als acht Jahre ausharrte. Eines Abends hörte er in Caracas beim Besuch einer Buchhandlung in der Sabana Grande von fern die Takte von *Mano a mano* und wurde von übermächtigem Heimweh gepackt. Die Melodie summte noch stundenlang in seinem Kopf weiter, wollte sich einfach nicht zurückziehen. Virgili hatte sie Hunderte Male gehört, gesungen von Gardel, von Charlo, von Alberto Arenas, von Goyeneche. Aber die Stimme, die in ihm verankert war, gehörte Martel. Der flüchtige Moment eines Novembersamstags im Sunderland war für Virgili ein Hauch von Ewigkeit geworden.

In jenen Jahren, als Menschen zu Tausenden verschwanden, vergrub sich auch der Sänger in der Routine des Beerdigungsinstituts, wo er siebzig Stunden die Woche arbeitete. Da die Quinielas jetzt gesetzlich erlaubt waren, ersetzte sie der Inhaber durch Poker- und Bakkarattische, die hinten im Raum auf unbenutzten Särgen eingerichtet wurden. Martel hatte die Gabe, zu wissen, welche Karten bei jeder Runde erscheinen würden, und gab den Angestellten durch ein System von Handzeichen zu verstehen, wie sie spielen mußten. Es kamen zahlreiche erwerbslose Techniker und Arbeiter, und an jedem einzelnen Tisch herrschte eine solche Spannung, war der Wunsch, das Glück herbeizuzwingen, so glühend, daß Martel Gewissensbisse hatte, weil er das Unglück dieser Verzweifelten noch verstärkte.

Im Frühjahr 1981 ließ ein Oberst die Spielhölle ausheben. Der Inhaber der Bestattungsfirma wurde zwar verurteilt, dann aber wegen Verfahrensfehlern freigesprochen. Martel dagegen saß sechs Monate im Villa-Devoto-Gefängnis. Dieser Schlag erniedrigte ihn, und er nahm noch mehr ab. Seine Backenknochen traten hervor, und die Augen weiteten sich zu dunklen Glotzaugen, die Stimme jedoch blieb davon unberührt, war immun gegenüber Krankheit und Mißerfolgen.

Virgili, der in Venezuela als Lexikonverkäufer gearbeitet hatte, tat sich nach der Rückkehr aus dem Exil mit zwei Freunden zusammen und eröffnete in der Calle Corrientes eine Buchhandlung, an einem Ort also, wo es bereits zwanzig oder dreißig gab und von Käufern wimmelte. Dem Unternehmen war sogleich Erfolg beschieden. Die Leute blieben bis weit in die Nacht hinein dort und unterhielten sich zwischen den Tischen, auf denen die Sonderangebote lagen, und bald sah sich Virgili gezwungen, ein Café anzuschließen, das von Gitarristen und Poetry-Slam-Dichtern belebt wurde.

Die Monate verstrichen orientierungslos, ohne zu wissen, wohin sie steuerten, als wäre die Vergangenheit unschuldig an der Zukunft. 1985 erwähnte eines Abends in der Buchhandlung jemand einen Wundertenor, der in einem Lebensmittelladen in Boedo gegen ein Hungerentgelt sang. Die Texte seiner Tangos waren schwierig zu verstehen, da sie eine altmodische Sprache wiederaufleben ließen. Seine Aussprache war zwar schön, aber die Worte ergaben keinen Sinn. *Du weidelst dich verwonnt / wenn's schneidelt im Gepelz*. So war alles – oder fast alles. Manchmal gab es zwischen den sechs, sieben Tangos, die er an einem Abend sang, einige, die die älteren Hörer mit einiger Anstrengung wiedererkannten, etwa *Me ensucié con levadura* oder *Me empaché de tu pesebre*, von denen weder Noten noch Aufnahmen existierten.

Bei den ersten Auftritten, als den Tenor noch ein Flötist

begleitete, handelten die Lieder von Schlitzohrigkeit, sexuellem Glück, ewiger Jugend. Dann wurde die Flöte durch ein gleichmütig-ernstes Bandoneon ersetzt, das das Repertoire schattenhafter machte. Der Lieder, die sie nicht enträtseln konnten, überdrüssig, zeigten sich die konventionelleren Kunden nicht mehr im Laden. Dagegen kamen nun Hörer mit mehr Fantasie und staunten über eine Stimme, die nicht Bilder und Geschichten aufwärmte, sondern von einem Gefühl zum nächsten glitt, durchsichtig wie eine Sonate. Wie die Musik bedurfte auch die Stimme keiner Bedeutungen. Sie drückte nur sich selbst aus.

Virgili hatte das dumpfe Gefühl, dieser Mann sei derselbe wie der, der zweiundzwanzig Jahre zuvor im Sunderland *Mano a mano* gesungen hatte. Am folgenden Samstag ging er in den Lebensmittelladen in Boedo. Als er Martel, körperlos wie eine Spinne, sich zum Podium neben dem Ladentisch bewegen sah und dann singen hörte, wurde ihm klar, daß seine Stimme jede Erzählung vermied – sie selbst war die Erzählung des vergangenen und des künftigen Buenos Aires. Sie deutete alles an, die Enthauptung der Unitarier, die heftige Liebe Manuelita Rosas' zu ihrem Vater, die Revolution im Park, das zusammengepferchte Leben und die Verzweiflung der Einwanderer, die Schlächterei der Tragischen Woche von 1919, die Bombardierung der Plaza de Mayo vor Peróns Sturz, Pedro Henríquez Ureña, der über den Bahnsteig des Constitución-Bahnhofs seinem Tod entgegeneilte, die zensurierenden Striche des Diktators Onganía in Bachs *Magnificat* und die Hexereien von Noé, Deira und de la Vega im Instituto Di Tella, die Fehlschläge einer Stadt, die alles und nichts hatte.

Kommen Sie in die Buchhandlung El Rufián Melancólico singen, schlug ihm Virgili vor, als der Auftritt zu Ende war. Ich kann Ihnen und Ihrem Bandoneonisten einen festen Betrag zahlen.

Einen festen Betrag, na, das ist aber schön. Ich dachte, so was gibt's nicht mehr.

Wenn er sprach, glich seine Stimme der Gesangsstimme nicht im geringsten, sie war zurückhaltend und ungeschult. Der Mann, der sie vernehmen ließ, schien ein anderer als der, der sang. An seinem linken kleinen Finger steckte ein lächerlicher Ring mit Steinen und Siegeln. Die Adern auf der Hand waren geschwollen, von Nadeln gezeichnet.

Das gibt es noch, sagte Virgili. In der Calle Corrientes werden mehr Leute Sie hören. So viele, wie Sie es verdienen.

Er getraute sich nicht, ihn zu duzen. Martel dagegen schaute bei seiner Antwort an ihm vorbei.

Die, die hierherkommen, sind nicht schlecht. Sag mir, wie der Vertrag aussieht, und ich überlege es mir.

Am darauffolgenden Freitag begann er im Rufián zu singen. Sechs Monate später brachte man ihn in den Club del Vino, wo er auf dem Programm neben Horacio Salgán, Ubaldo de Lío und dem Bandoneonisten Néstor Marconi erschien. Obwohl seine Tangos immer abstruser und dunkler wurden, erhob sich seine Stimme so rein, daß die Menschen in ihr die verlorenen oder vergessenen Gefühle wiedererkannten und ohne jede Scham in Tränen oder Gelächter ausbrachen. An dem Abend, da Jean Franco in den Club del Vino ging, wurde ihm zehn Minuten lang stehend applaudiert, und so wäre es noch weiß Gott wie lange weitergegangen, wenn er nicht wegen einer Blutung im Verdauungsapparat ins Krankenhaus hätte eingeliefert werden müssen.

Zu Martels Hämophilie, verursacht durch das Fehlen des Blutgerinnungsfaktors VIII, gesellte sich ein ganzer Fächer weiterer Krankheiten. Häufig litt er an bösartigen Fiebern und Lungenentzündungen oder überzog sich mit Schorf, den er unter einem Make-up versteckte. Keiner seiner Bewunderer ahnte, daß er im Rollstuhl zum Singen kam und auf dem Podium nicht mehr als drei Schritte hätte tun können. Gleich hinter der Bühnentür war immer ein Hocker am Boden festgeschraubt, an dem er eine Stütze fand, um nach einem leichten Nicken des Kopfes mit seinem Gesang zu beginnen. Schon lange war er nicht mehr in der Lage, Gardels Bewegungen zu imitieren, und obwohl er nichts lieber getan hätte, hatte sein Stil doch gerade deshalb an Kargheit und einer gewissen Unkörperlichkeit gewonnen. So funkelte die Stimme allein, als gäbe es nichts anderes auf der Welt, nicht einmal das Begleitbandoneon im Hintergrund.

Die Blutung im Verdauungsapparat zog ihn für zwei Jahre aus dem Verkehr. Einige Monate bevor ich nach Buenos Aires kam, sang er wieder. Jetzt tat er es nicht mehr, wenn man ihn darum bat, sondern wenn er Lust dazu hatte. Anstatt in den Rufián oder den Club del Vino zurückzugehen, wo man ihm noch immer nachtrauerte, erschien er unversehens in den Milongas von San Telmo und Villa Urquiza oder gab irgendwo in der Stadt Vorstellungen unter freiem Himmel für die, die ihn hören wollten. Seinem Repertoire vergangener Tangos gesellten sich allmählich die von Gardel und Le Pera hinzu sowie einige Klassiker von Cadícamo.

Einmal sang er abends auf dem Balkon eines der Stundenhotels in der Calle Azcuénaga hinter dem Recoleta-Friedhof. Viele Paare hielten in der Hitze ihrer Leidenschaft inne und hörten, wie die mächtige Stimme durch die Fenster drang und ihre Körper für immer in einen Tango tauchte, dessen Sprache sie zwar nicht verstanden und noch nie gehört hatten, den sie aber erkannten, als erreichte er sie aus einem früheren Leben. Einer der Zeugen erzählte Virgili, über den Kreuzen und Erzengeln des Friedhofs habe sich der Bogen eines Nordlichts aufgetan und nach dem Gesang hätten alle Anwesenden einen Frieden ohne jede Schuld verspürt.

Er trat an ungewöhnlichen Orten auf, die für niemanden von besonderem Interesse waren oder die vielleicht ein Raster auf dem Stadtplan von Buenos Aires zeichneten. Nach einem Konzert im Retiro-Bahnhof kündigte er an, einmal werde er in den Kanal hinuntersteigen, in dem unter der Avenida Juan B. Justo der Maldonado-Bach floß und die Stadt von Osten nach Westen durchquerte, und dort einen Tango singen, an den sich niemand mehr erinnerte und dessen Rhythmus eine unentwirrbare Mischung aus Habaneras, Milongas und Volksweisen war.

Aber noch vorher sang er in der Unterführung, die sich wie ein Delta unter dem Obelisken der Plaza de la República öffnet, auf der Kreuzung der Avenida 9 de Julio und der Calle Corrientes. Der Ort ist denkbar ungeeignet für Gesang, denn die Klänge quälen sich sechs oder sieben Meter weit und erlöschen dann plötzlich. Bei einem der Eingänge stehen eine Reihe Sessel mit Fußstützen für die wenigen Passanten, die sich die Schuhe putzen lassen, und winzige Bänke für die Schuhputzer. An den Wänden hängen Plakate von Fußballmannschaften und *Playboy*-Häschen. Zwei der Verzweigungen führen zu Kiosken und Trödelgeschäften mit Militärkleidung, antiquarischen Zeitungen und Zeitschriften, Einlegesohlen und Schnürsenkeln, hausgemachten Parfüms, Stempeln, Hand- und Brieftaschen, serienmäßigen Reproduktionen von Picassos *Guernica* und *Taube*, Regenschirmen, Strümpfen.

Martel sang nicht an einer dieser belebten Verzweigungen des Labyrinths, sondern in einer der ausgangslosen Höhlen, wo einige Obdachlosenfamilien ihre Nomadenlager errichtet hatten. Dort sinkt jede Stimme, kaum entspringt sie der Kehle, ohnmächtig zu Boden, gefällt von der zum Schneiden dicken Luft. Martel dagegen hörte man in sämtlichen Seitenarmen des Tunnels, seine Stimme erhob sich über alle Hindernisse. Das war das einzige Mal, daß er *Caminito* von Filiberto und Coria Peñaloza sang, einen Tango, der unter den Anforderungen lag, die er an sein Repertoire stellte. Vergili nahm an, das habe er getan, damit alle, die sich dort befanden, dem Text folgen konnten, ohne den Faden zu verlieren, und weil er einem unterirdischen Labyrinth kein weites Rätsel anfügen wollte, wo es dort schon so viele gab.

Niemand wußte, warum Martel an so ungastlichen Orten auftrat und dazu noch keinen Centavo kassierte. In den späten Monaten des Jahres 2001 gab es in Buenos Aires unzählige Klubs, Theater, Schenken und Milongas, die ihn mit offenen Armen aufgenommen hätten. Vielleicht schämte er sich, einen Körper zu zeigen, an dem sich Tag für Tag die Krankheiten austobten. Wegen einer Leberfibrose verbrachte er zwei Wochen im Krankenhaus. Manchmal blutete er aus der Nase. Die Arthrose plagte ihn unablässig. Aber immer, wenn es niemand erwartete, erschien er an den absurdesten Orten und sang für sich selbst.

Diese Auftritte mußten einen Sinn haben, den nur er kannte, und das sagte ich zu Virgili. Er schlug mir vor, herauszufinden, ob die Orte, die Martel aufsuchte, durch irgendein System oder Ziel miteinander verbunden waren. Die Wiederholung eines Details, irgendeine innere Logik, mochte sie noch so verdreht sein, könnte die gesamte Sequenz zu erkennen geben und es mir erlauben, seinem nächsten Auftritt zuvorzukommen. Ich war überzeugt, daß diese Bewegungen auf ein Buenos Aires hindeuteten, das wir nicht sahen, und verbrachte einen ganzen Vormittag damit, Anagramme aus dem Namen der Stadt zu bilden, ohne weiterzukommen. Die ich fand, waren idiotisch: O saures Bein / Nie so Brause / Sui bonae res / So sei nur Bea.

Eines Nachmittags gegen zwei Uhr drang Martel in den Bauch des Wasserpalasts ein, wo die Eisenstege, Ventile, Reservoire, Rohrleitungen und Säulen noch intakt erhalten sind, die hundert Jahre zuvor zweiundsiebzigtausend Tonnen Trinkwasser an die Einwohner von Buenos Aires verteilt hatten. Ich erfuhr, daß er hier einen weiteren Tango mit dunklen Klängen gesungen und sich dann im Rollstuhl zurückgezogen hatte. Da ging es ihm nicht darum, die Muster der Geschichte zu wiederholen, denn die Geschichte bewegt sich nicht, spricht nicht, alles, was in ihr ist, ist bereits gesagt. Eher wollte er eine Stadt der Vergangenheit zurückgewinnen, die nur er kannte, und sie langsam in die Gegenwart der Stadt verwandeln, die er bei seinem Tod mitnähme.

Zwei

Oktober 2001

Im Lauf der Tage lernte ich, daß Buenos Aires, von seinen beiden aufeinanderfolgenden Gründern als perfektes Damebrett entworfen, zu einem Labyrinth geworden war, das sich nicht nur im Raum ereignete wie alle Labyrinthe, sondern auch in der Zeit. Oft wollte ich irgendwo hingehen und gelangte nicht an mein Ziel, da Hunderte Menschen im Weg standen und Plakate schwenkten, mit denen sie gegen Arbeitslosigkeit und Lohnkürzungen protestierten. Eines Nachmittags wollte ich die Diagonal Norte Richtung Calle Florida überqueren, und eine undurchdringliche Mauer von erzürnten Demonstranten, die eine große Trommel schlugen, zwang mich zu einem Umweg. Zwei der Frauen hoben die Hand wie zum Gruß, und ich antwortete auf dieselbe Art. Offensichtlich hatte ich etwas getan, was ich nicht hätte tun dürfen. Sie spuckten nach mir – ich konnte ausweichen – und beschimpften mich: Bist ein Maulwurf, was, ein Petzer, eine Tunte? Hat man dir ordentlich Mücken gesteckt, wie? Eine Frau machte Anstalten, mich zu schlagen, wurde aber von den andern zurückgehalten. Als ich zwei Stunden später durch die Calle de la Catedral zurückging, traf ich wieder auf die Demonstranten und befürchtete das Schlimmste. Aber mittlerweile schienen sie müde zu sein und beachteten mich nicht.

Was den Menschen widerfährt, widerfährt auch den Orten: Sie wechseln alle Augenblicke Stimmung, Bedeutung, Sprache. Einer der gängigen Sätze des Bonaerensers lautet: »Da gehöre ich nicht hin«, was gleichbedeutend ist mit »Da bin ich nicht ich«. Wenige Tage nach meiner Ankunft besuchte ich das Haus Nr. 994 in der Calle Maipú, wo Borges über vierzig Jahre lang gewohnt hatte, und wurde das Gefühl nicht los, ich hätte es schon anderswo gesehen oder, noch bedenklicher, es handle sich um eine Kulisse, die zum Verschwinden verurteilt sei, kaum würde ich ihr den Rükken kehren. Ich machte einige Fotos, und als ich die Bilder vom Entwicklungsschnelldienst abholte, bemerkte ich, daß sich der Hausflur auf subtile Weise verändert hatte und die Bodenfliesen anders angeordnet waren.

Mit Julio Martel geschah mir etwas Schlimmeres. Sosehr ich mich auch bemühte, es gelang mir nicht, einer seiner verrückten sporadischen Vorstellungen beizuwohnen. Jemand verriet mir, wo er wohnte, und ich wartete Stunden und Stunden vor seiner Haustür auf ihn, bis ich ihn herauskommen sah. Er war klein, hatte einen kurzen Hals, schwarzes, dichtes, von Spray und Festiger drahtig gewordenes Haar. Er bewegte sich sprungweise wie ein Grashüpfer, vielleicht stützte er sich auf einen Stock. Ich versuchte, ihm in einem Taxi zu folgen, und verlor ihn in der Nähe der Plaza de los Dos Congresos an einer Ecke, die von einer Lehrerdemonstration verbarrikadiert war. Ich hatte das Gefühl, im Buenos Aires jener Monate flochten die Fäden der Wirklichkeit ein anderes Gespinst als das der Menschen, ein Labyrinth, in dem niemand nichts und niemand fand.

Der Tucumaner erzählte mir, einige Reisebüros organisierten ein- oder zweistündige Spaziergänge für die Europäer, die auf dem Flughafen Ezeiza zwischenlandeten, um nachher weiterzureisen zu den Gletschern Patagoniens, den Wasserfällen von Iguazú oder den Buchten von Puerto Madryn mit den gebärenden Walen. Oft verirrten sich die Busse zwischen den Ruinen des Schwarzen Weges oder im Morast des Boca-Viertels und erschienen erst nach Tagen wieder, ohne daß die Insassen sich erinnern konnten, wovon sie aufgehalten worden waren.

Man bringt sie mit allen möglichen Ködern ganz durcheinander, sagte der Tucumaner. Eine der Exkursionen führt zu den großen Fußballstadien, da es sich angeblich um einen Tag mit klassischen Spielen handle. Man versammelt hundert Touristen und fährt sie vom Stadion von River Plate zu dem von Boca Junior und von dort zum Vélez in Liniers. Vor den Eingängen stehen Würstchen-, T-Shirt- und Fähnchenverkäufer, und durch die Stadionlautsprecher wird das Gebrüll einer Menge übertragen, die gar nicht dort ist, die sich die Besucher aber vorstellen können. Über diesen Betrug sind sogar Berichte geschrieben worden, sagte der Tucumaner, und ich fragte mich, wer sie geschrieben haben könnte – Albert Camus, Bruce Chatwin, Naipaul, Madonna? Ihnen allen wurde ein Buenos Aires gezeigt, das es nicht gibt, oder sie konnten nur das sehen, das sie sich schon vor ihrer Ankunft ausgemalt hatten. Es gibt auch Exkursionen zu den Gefrierfleischfabriken, fuhr der Tucumaner fort, und eine weitere für zwanzig Pesos zu den berühmten Cafés. Gegen sieben Uhr abends werden die Eintagstouristen zu den Cafés in der Avenida de Mayo, von San Telmo und Barracas geführt. Im Tortoni hat man ein Schauspiel für sie inszeniert, bei dem Würfelspieler mit ihren Bechern herumfuchteln und sich gegenseitig mit Gauchomessern bedrohen. Im El Querandí hören sie Tangosänger, und im El Progreso in der Avenida Montes de Oca können sie sich mit Romanschriftstellern unterhalten, die an ihren Notebooks sitzen und arbeiten. Alles gefälscht, reine Fassade, wie du dir vorstellen kannst.

Was ich damals noch nicht wußte, ist, daß die Stadt auch eine Exkursion organisierte, die dem Buenos Aires von Borges gewidmet war, bis ich an einem Novembermittag die Touristen zu der Pension in der Calle Garay kommen sah, in einem Bus, auf dessen Flanken das grelle McDonald's-Logo prangte. Fast alle kamen aus Island und Dänemark und waren unterwegs zu den Seen im Süden, wo vielleicht weniger die Landschaften sie überraschen würden als die grenzenlose Einsamkeit. Sie sprachen ein gutturales Englisch, das ihnen Unterhaltungen in Bruchstücken ermöglichte, als verschluckte die Entfernung die Hälfte der Wörter. Ich vernahm, daß sie dreißig Dollar für eine Spazierfahrt bezahlt hatten, die um neun Uhr morgens begann und kurz vor eins zu Ende war. Der Prospekt, den man ihnen zur Orientierung gegeben hatte, bestand aus einer doppelt gefalteten Zeitungsseite voller Anzeigen von Masseusen, die Hausbesuche machten, Pflegeheimen und rezeptfrei erhältlichen Gemütsaufhellern. In diesem Typographiedschungel waren die einzelnen Punkte der Route, in einem von der spanischen Grammatik verdrehten Englisch erläutert, kaum zu erkennen.

Die erste Station war Borges' Geburtshaus in der Calle Tucumán 840, zu einer Vormittagsstunde, in der der samstägliche Verkehr verworren und ungeduldig ist. Bei diesem Haus spulte die Führerin – eine kleine junge Frau mit Haarschnecke und den Gesten einer Grundschullehrerin – das Fragment der *Autobiographie* herunter, wo das Haus beschrieben wird, *a flat roof; a long, arched entranceway called a* zaguán; *a cistern, where we got our water; and two patios.* Weiß der Kuckuck, wie sich die Skandinavier die Zisterne oder eher den Wassertank vorstellten, mit einem Flaschenzug oben, an dem ein Eimer hing, um das Wasser heraufzuholen. Jedenfalls existierte nichts mehr von alledem. Am ursprünglichen Standort des Hauses befand sich ein Geschäft mit drei Namen: Geburtshaus, Café Literario und Internationale Jorge Luis Borges Stiftung. Die Fassade war aus Glas, so daß man eine Landschaft aus Schmiedeeisentischen und -stühlen mit beschleiften Rohleinenkissen auf den Sitzen sehen konnte. Im Hintergrund, im unbedeckten Patio, waren weitere Tische mit Sonnenschirmen und mehrere bunte Luftballons zu erkennen, vielleicht Überreste eines Kinderfests. Wie ein Verband zog sich ein altrosa Streifen über die Fassade. Das Haus mit der Nummer 848, rechts daneben, das dem Christlichen Frauen-Verein gehörte, wollte ebenfalls als Geburtshaus betrachtet werden. An ihm war eine auffällige Bronzetafel angebracht, auf der gegen die veränderte Numerierung protestiert und die Behauptung aufgestellt wurde, seit 1899 seien die Häuser von ihrem ursprünglichen Standort verschoben worden und die ganze Straße rutsche über den Abhang zum Fluß hinunter, obwohl dieser mindestens anderthalb Kilometer entfernt war.

Die Exkursion ersparte sich vieles. So strich sie einfach die damaligen Vorstädte Palermo und Pompeya, durch die Borges oft bis zum frühen Morgen spaziert war, bis diese Gegenden plötzlich auf offenem Feld endeten, in der Maßlosigkeit eines Horizonts ohne irgend etwas, nachdem er durch Gäßchen geschritten und an Zigarrenläden und Villen vorbeigekommen war. Vor allem aber ließ sie das Häusergeviert seines Gedichts *Mythische Gründung von Buenos Aires* aus, wo er von seinem zweiten bis zum vierzehnten Jahr gelebt hatte, bevor sich die Familie in Genf niederließ, und wo er die später von dem idealistischen Philosophen Francis Herbert Bradley bestätigte Intuition gehabt hatte, daß die Zeit ein unablässiges Sterben der Gegenwart ist, die sich in der Vergangenheit auflöst.

Von der Frau mit der Haarschnecke hatten die Touristen erfahren, daß sich die Stelle, wo Buenos Aires gegründet worden war, auf der Plaza de Mayo befindet, denn dort pflanzte am 11. Juni 1580 der Biskayer Juan de Garay einen Baum der Gerechtigkeit und rodete mit seinem Schwert einige Büschel Weidegras und Binsen zum Zeichen, daß er so von der Stadt und dem Hafen Besitz ergriff. Vierundvierzig Jahre früher hatte der Granadiner Pedro de Mendoza im jetzigen Parque Lezama dasselbe getan, auf einem andern, eine halbe Meile südlich gelegenen Platz, aber da verödete die Stadt und wurde in Brand gesteckt, während Mendoza auf seinem Schiff an Syphilis dahinsiechte.

Nach der Grundsteinlegung von Buenos Aires peinigte eine seltsame Folge von Katastrophen die Gründer. Gegen Mendoza lehnte sich zweimal die Besatzung seiner Schiffe auf, eines von ihnen verfehlte den Kurs und geriet in die Karibik, seine Soldaten verhungerten oder gaben sich der Menschenfresserei hin, und fast alle Festungen, die er auf seinem Weg hinterließ, brannten urplötzlich bis auf die Grundmauern nieder. Auch Garay sah sich Meutereien in seinen Garnisonen gegenüber, aber die schlimmste ereignete sich in seinem Kopf. 1581 machte er sich auf die Suche nach der legendären Ciudad de los Césares, der Stadt der Kaiser, die er sich im Traum als eine von Drachen und Greifen bewachte Insel der Riesen vorstellte, in deren Mitte sich ein Tempel aus Gold und Karfunkel erhob, der in der Dunkelheit leuchtete. Er fuhr über hundert Meilen die bauchige Küste der Samborombón-Bucht und des Südatlantiks hinunter, ohne eine Spur seines Traumbilds zu entdecken. Nach seiner Rückkehr fand er sich in der Wirklichkeit nicht mehr zurecht, und um wieder zur Vernunft zu kommen, mußte er sie in den Träumen suchen. Als er im März 1583 auf einer Brigg nach Carcarañá fuhr, ankerte er nach Einbruch der Dunkelheit in einem scheinbar ausweglosen Gewirr von Bächen und Kanälen. Er beschloß, auf dem Festland zu lagern und mit seiner fünfzigköpfigen spanischen Besatzung auf den Morgen zu warten. Er sah ihn nie anbrechen. Noch vor der Dämmerung überfiel ihn ein Trupp Querandí-Krieger und machte seinem Schlaf mit der Lanze den Garaus.

Vom Geburtshaus wurden die Besucher zum Haus in der Calle Maipú gebracht, wo Borges in einem mönchischen Raum gelebt hatte, der nur durch eine dünne Holzwand vom Zimmer seiner Mutter getrennt war. Die Zelle war so eng, daß kaum das Bett, der Nacht- und ein Arbeitstisch darin Platz hatten. Diese längst verschwundene Intimität zu bestaunen, sah die Exkursion nicht vor. Den Reisenden waren nur ein kurzer Halt vor der Fassade und ein etwas andächtigerer Gang durch die Buchhandlung La Ciudad beschieden, die ihr gegenüber lag und wo Borges jeweils vormittags die Gedichte diktierte, die ihn die Blindheit nicht selbst niederschreiben ließ.

Trotz des hektischen Verkehrs war der Spaziergang bis dahin friedlich verlaufen. Er wurde nur vom Zorn der Autofahrer, die hinter dem Bus anzuhalten gezwungen waren, und dem höllischen Gehupe beeinträchtigt, das Borges mehr als einmal davon überzeugt hatte, daß er in eine stille Vorstadt ziehen mußte. Bis zu diesem Augenblick, kurz nach zehn Uhr vormittags, hatte noch nichts die Reisenden verwirrt. Sie erkannten die Stationen der Route, da diese, wenn auch nicht so ausführlich, in den skandinavischen Reiseführern genannt wurden.

Aus dem Ruder lief die harmlose Exkursion erst, als sich die Teilnehmer auf Ersuchen der städtischen Führerin zu Fuß durch die Calle Florida wagten und von der Ecke Calle Paraguay aus dem Weg folgten, den Borges fast täglich zur Nationalbibliothek zurückgelegt hatte. Alles war anders, als es seine dreißig Jahre alten Schilderungen beschrieben, ja sogar anders, als es in den weitschweifigen Kopenhagener Guides stand. Die Straße, Ende des 19. Jahrhunderts eine elegante Promenade und später, in den Sechzigern, ein Raum für die Avantgarde, die Verrücktheit, die Herausforderung von Wirklichkeit und Ordnung, entpuppte sich an diesem Samstagvormittag als eine Neuauflage der lärmenden zentralamerikanischen Freiluftmärkte. Zu Hunderten hatten Krämer mitten auf der Straße Decken und Tücher ausgebreitet und auf ihnen ebenso unnütze wie auffällige Dinge aufgereiht: Riesenbleistifte und -kämme, gerade, steife Gürtel, Teekannen aus Ton, deren Schnabel sich zum Henkel hinaufkrümmte, Bleistiftporträts, die nicht die geringste Ähnlichkeit mit den Dargestellten hatten.

Grete Amundsen, eine der dänischen Touristinnen, blieb stehen, um ein Mategefäß aus Kaktusholz zu kaufen, aus dem das heiße Wasser heraussickern konnte, kaum wurde es hineingegossen. Während sie es prüfte und seine Technik bewunderte, die sie an das erinnerte, was sie über die Brustdrüsen der Wale gelesen hatte, geriet sie ins Zentrum einer Gruppe, die sich plötzlich um ein Tangotanzpaar bildete. Da sie die größte der Exkursionsteilnehmer war – als ich sie sah, schätzte ich sie auf über einsachtzig –, verfolgte sie wie in der Loge eines Theaters sitzend mit Schrecken, was nun geschah. Es kam ihr vor, als wäre sie in einen falschen Traum geraten. Sie sah ihre Gefährten die Straße hinunter davongehen. Sie rief ihnen aus voller Lunge nach, aber kein Geräusch der Welt wäre imstande gewesen, das Getöse dieses vormittäglichen Straßenmarkts zu übertönen. Sie sah drei Geiger auf die Lichtung zukommen, in der sie gefangen war, und hörte sie eine ihr unbekannte Melodie spielen. Die Tangotänzer inszenierten eine ausladende und zugleich abgezirkelte Choreographie, der Grete zu entkommen suchte, indem sie hin und her lief, ohne in der immer dichteren Menge eine Lücke zu finden. Schließlich wurde sie von jemandem durchgelassen, aber nur, um in einer zweiten Menschenmauer eingeschlossen zu werden. Mit Ellbogenstößen und Fußtritten bahnte sie sich einen Weg und gab dabei Flüche von sich, von denen bloß *fuck* zu verstehen war. Von ihren Freunden war keine Spur mehr zu sehen. Auch den Ort, wo sie sich befand, erkannte sie nicht wieder. In dem Durcheinander war ihr die Handtasche abhanden gekommen, aber sie hatte keinen Mut mehr, zurückzugehen, um sie zu suchen. Als sie dem Tumult endlich entkam, waren die Händler, die sie sah, noch dieselben, die Straße jedoch war unversehens eine andere. In genau gleicher Abfolge wie wenige Minuten zuvor sah sie die Tücher voller Kämme und Gürtel, Teekrüge und Ohrringe sowie den Mategefäßverkäufer, für den sich die Zeit nicht vom Fleck gerührt zu haben schien. Florida? fragte sie ihn, und der Mann deutete mit vorgeschobener Kinnlade auf die Tafel über ihrem Kopf, auf der in aller Deutlichkeit zu lesen war: Lavalle. *Is not Florida?* fragte sie untröstlich. Lavalle, antwortete der Trödler, die hier heißt Lavalle. Grete hatte das Gefühl, die Welt entschwinde ihr. Es war ihr zweiter Vormittag in der Stadt; bis dahin hatte sie sich von hilfsbereiten Führern von einem Ort zum andern bringen lassen, und sie erinnerte sich nicht an den Namen des Hotels. Panamericano, Interamericano, Sudamericano? Alles klang gleich in ihren Ohren. In der geschlossenen Hand hatte sie noch den zerknüllten Prospekt mit der Exkursionsroute. Es erleichterte sie, sich an diese Worte zu klammern, von denen sie nur eines verstand: Florida. Auf dem unbeholfenen Plan folgte sie dem Weg ihrer Freunde: *Florida, Perú bis México. Casa del Escritor. Alte Nationalbibliothek.* Vielleicht wartete der Bus mit dem McDonald's-Logo dort auf sie, an dieser letzten Station. In der Ferne sah sie eine langsame Taxiprozession vorbeiziehen. Am Nachmittag des Vortags hatte sie gehört, daß es in Buenos Aires über dreißigtausend Taxis gibt und daß fast alle Fahrer bei der erstbesten Gelegenheit zu beweisen versuchen, daß sie eine bessere Arbeit verdient hätten. Derjenige, der sie vom Flughafen zum Hotel fuhr, gab ihr in passablem Englisch eine Lektion in Supraleitfähigkeit; abends kritisierte ein anderer die Idee der Sünde in Kierkegaards

Furcht und Zittern, oder wenigstens schloß Grete das aus dem Buchtitel und dem Mißfallen des Fahrers. Die Führerin hatte ihnen erklärt, trotz ihrer Bildung seien einige Taxifahrer gefährlich. Sie entfernten sich vom Weg, nähmen einen Komplizen mit und rupften dann die Fahrgäste. Wie sollte man sie auseinanderhalten? Das wußte niemand. Am sichersten war es, einen Wagen zu nehmen, aus dem gerade jemand ausstieg, aber das war dem Zufall überlassen. Die Stadt war voll von freien Taxis.

Obwohl ihr bewußt war, daß sie kein Geld hatte, gab Grete einem jungen Fahrer mit wirrem Haar ein Zeichen. Wo soll ich durch, lieber durchs Bajo oder die 9 de Julio?, so lauteten die üblichen Fragen, auf die sie die Antwort bereits gelernt hatte: Wie Sie wollen. Alte Nationalbibliothek. Ihre Exkursionsgefährten konnten nicht länger als eine Stunde unterwegs sein. Die Route war genau vorgegeben. Irgend jemand von ihnen würde ihr mit ein paar Pesos aushelfen.

Auf der Fahrt wurden die Avenuen immer breiter und die Luft, obwohl manchmal von plötzlich auffliegenden Plastiktüten eingetrübt, klarer. Aus dem Taxifunk kamen unablässig Befehle, die auf eine endlose, für Grete, die Bruchstücke verstehen konnte, unermeßliche Stadt hindeuteten: »Federico wartet in der Rómulo Naón 3873, zweite Cäsar, zwölf bis fünfzehn Minuten. Kika vor dem Eingang des Colegio del Pilar, nennt sich Kika, sieben bis zehn Minuten. Wer ist in der Nähe der Práctico Poliza in Barracas?, die Congreso meiden, Anton vier, dort gibt's eine Ärztedemo, kein Durchkommen in der Rivadavia, Entre Ríos und Combate de los Pozos.« Sie fuhren vor einem roten Turm vorbei, der einsam mitten auf einem Platz stand, neben einer langen Mauer, die endlose Stahlbehälter schützte. Dann zog sich ein Park dahin, ein schweres, düsteres Gebäude, dessen Fassade den Berliner Reichstag imitierte, und dann die Riesenskulptur einer Metallblume. In der Ferne, linker Hand, schien ein massiger, von vier Herkulessäulen gestützter Turm das Ziel zu sein.

Da ist sie, die Bibliothek, verkündete der Taxifahrer.

Er nahm die Calle Agüero, blieb vor einer breiten Marmortreppe stehen und bedeutete ihr, über eine Rampe zum Turm hinaufzugehen. Siehst du die Tafel am Eingang? Da steht drauf, wo wir sind.

Could you please wait just one minute? bat ihn Grete.

Oben an der Rampe befand sich eine Terrasse, unterbrochen von einer beschädigten, mit einem Entlüftungsapparat gekrönten Pyramide. Daß der McDonald's-Bus nicht gekommen war, verstärkte das Gefühl von Leere und Flucht der Dinge. Sie nahm nur wahr, was nicht da war, nahm also nicht einmal sich selbst wahr. Von einer der Brüstungen der Terrasse aus betrachtete sie die Parks gegenüber und die Statuen, die den Horizont zerschnitten. Es war die Bibliothek, die Angabe war eindeutig. Aber ein Gefühl von Verlorengegangensein bannte sie. In irgendeinem Augenblick des Vormittags, vielleicht als sie, ohne zu wissen wie, von der Calle Florida in die Lavalle geraten war, hatten sich sämtliche Punkte der Stadt verknäult. Selbst die Stadtpläne, die sie am Nachmittag zuvor gesehen hatte, waren konfus – was Westen war, war eigentlich Norden, und das Zentrum war Richtung Osten gekippt.

Der Fahrer trat zu ihr, ohne daß sie es bemerkte. Eine leichte Brise zerzauste ihr Haar, das jetzt wie elektrisiert zu Berge stand.

Schau dort, links.

Grete folgte seinem Zeigefinger.

Das ist die Statue von Papst Johannes Paul II., und die andere, in der Avenue, die von Evita Perón. Da ist auch ein Plan des Viertels, siehst du?, La Recoleta mit dem Friedhof auf der Seite.

Sie verstand die Namen: der Papst, *the Pope?*, Evita. Aber die Figuren paßten nicht zu dem Ort. Beide standen mit dem Rücken zum Gebäude und zu all seinen Bedeutungen. Sollte das wirklich die Bibliothek sein? Sie hatte sich allmählich daran gewöhnt, daß sich die Worte am einen Ort befanden und das, was sie hießen, an irgendeinem andern.

Gestikulierend versuchte sie ihre Desorientierung und den Handtaschenraub zu erklären. Die Sprache reichte nicht aus, um etwas so Einfaches darzulegen, und die Handbewegungen, anstatt die Tatsachen zu erläutern, veränderten sie eher. Eine Tierstimme wäre verständlicher gewesen, das Ausstoßen unmodulierter Laute, die Verzweiflung, Verwaisung, Verlust angezeigt hätten. Alte Biblouthek. Alte, alte.

Aber das ist doch die Bibliothek, sagte der Fahrer. Siehst du denn nicht, daß wir da sind?

Zwei Stunden später, vor dem Eingang der Pension in der Calle Garay, als sie ihren Exkursionsgefährten die Geschichte erzählte und ich sie für die Wirtin und den Tucumaner zusammenfaßte, konnte Grete immer noch nicht genau angeben, in welchem Moment sie angefangen hatten, sich zu verständigen. Es war wie ein plötzliches Pfingsten, sagte sie: Die Gabe der Zungenrede sei herabgekommen und habe sie innerlich erleuchtet. Vielleicht habe sie dem Fahrer auf dem Stadtplan irgendeinen Stein von Rosette gezeigt, vielleicht habe dieser gewußt, daß das Wort Borges die Codes knackte, und erraten, daß die gesuchte Bibliothek die altbackene, alteiserne war, die alte eben, eine bücherlose Stadt, die im fernen Süden von Buenos Aires vor sich hinwelkte. Ah, die andere, habe der junge Mann gesagt. Mehr als einmal habe ich Musiker dahingebracht, Geiger, Klarinettisten, Gitarristen, Saxspieler, Fagottisten, Leute, die Borges' Geist austreiben, denn er war, wie du wissen wirst, kein musikalischer Blinder, sondern musikalisch ein Blinder, der Haydn und Mozart nicht auseinanderhalten konnte und den Tango haßte. Er haßte ihn nicht, korrigierte ich diese Aussage gegenüber Grete, als sie sie wiederholte. Er spürte, daß die Einwanderer aus Genua ihn pervertiert hatten. Borges schätzte nicht einmal Gardel, hatte der Taxifahrer zu ihr gesagt. Einmal ging er ins Kino, um Josef von Sternbergs *Unterwelt* zu sehen, zu der Zeit, als es zwischen dem einen und dem nächsten Film noch Live-Darbietungen gab. In dieser Pause sollte Gardel singen, und wütend stand Borges auf und ging. Das stimmt: Gardel interessierte ihn nicht, sagte ich zu Grete. Er hätte lieber einen dieser Improvisatoren gehört, die zu Beginn des 20. Jahrhunderts in den Kramläden der Vororte sangen, aber als er 1921 von seiner langen Europareise zurückkam, war keiner von ihnen mehr übrig, der der Rede wert gewesen wäre.

Gretes Schiffbruch vom Vormittag war für sie nun ein Grund zur Freude. Im Taxi habe sie, sagte sie, ein anderes Buenos Aires gesehen – eine große rote Backsteinmauer, hinter der sich Marmorblumen, Freimaurerzirkel, Engel mit Trompeten erhöben, da hast du das Labyrinth der Toten, hatte der junge Mann mit dem wirren Haar zu ihr gesagt, unter diesem Meer von Kreuzen liegt die ganze Vergangenheit Argentiniens begraben, aber im Eingang zu diesem Friedhof stünden, erzählte Grete, zwei riesige Bäume, aus irgendeinem alterslosen Mangrovensumpf erstandene Kautschukbäume, die die Zeit herausforderten und Zerstörung und Unglück überleben würden, vor allem weil sich die Wurzeln über dem Boden verschlängen und das Licht des Himmels suchten, der Himmel über Skandinavien sei nie so durchsichtig. Grete betrachtete ihn noch immer, während das Taxi durch langweilige Straßen fuhr und dann auf einen dreieckigen Platz mündete, auf dem drei oder vier Paläste standen, Kopien derer, die auf der

Avenue Foch zu sehen waren, halten Sie doch bitte hier einen Moment an, habe ihn Grete gebeten, während sie die prächtigen Fenster betrachtete, die menschenleeren Gehsteige und oben den klaren Himmel. Da erinnerte sie sich an einen Roman von George Orwell, *Auftauchen, um Luft zu holen*, den sie in ihrer Jugend gelesen hatte und wo sich eine Figur namens George Bowling so beschrieb: »Ich bin fett – aber innerlich bin ich zart. In jedem Dicken steckt ein zarter Mensch – so wie in jedem Steinklotz eine Statue verborgen ist.« Das ist Buenos Aires, dachte Grete in diesem Augenblick, und so sagte sie es später auch zu uns: eine Ansammlung von Städten, die von einer einzigen Stadt umfaßt wird, kleine blutleere Städte innerhalb dieser beleibten Majestät, die breite Straßen à la Madrid und katalanische Cafés neben neapolitanischen Wohnsilos und dorischen Tempelchen und Stadtpaläste der Rive Droite duldet, jenseits von alledem aber, habe der Taxifahrer betont, gibt es den Viehmarkt, das Brüllen der Rinder vor dem Schlachten und den Kuhfladengestank, also die kühle Nachtluft der Ebene, und auch eine Melancholie, die nicht von nirgendwo kommt, sondern von da, vom Gefühl, sich am Ende der Welt zu befinden, wenn man einen Blick auf die Landkarten wirft und bemerkt, wie allein Buenos Aires ist, wie abliegend von allem.

Als wir in die Avenida 9 de Julio einbogen und in der Mitte den Obelisken sahen, erfaßte mich Traurigkeit bei dem Gedanken, daß wir in zwei Tagen wieder gehen müssen, sagte Grete. Dürfte ich noch einmal zur Welt kommen, so würde ich Buenos Aires aussuchen und mich nie von hier wegbegeben, auch wenn man mir wieder die Handtasche mit den hundert Pesos und meinen Führerschein stehlen würde – ohne diese Dinge kann ich leben, aber nicht ohne das Licht des Himmels, das ich heute vormittag gesehen habe.

Sie war fast gleichzeitig mit ihren müden Gefährten bei Borges' Nationalbibliothek in der Calle México angekommen. Auch dort mußten sie sich mit der an der Mailänder Renaissance inspirierten Fassade begnügen. Als die Führerin die Gruppe auf dem gegenüberliegenden Gehsteig zwischen zerbrochenen Fliesen und Hundehaufen versammelt hatte, sagte sie, das 1901 fertiggestellte Gebäude sei ursprünglich für die Lottoziehungen bestimmt gewesen und daher kämen die vielen geflügelten Nymphen mit verbundenen Augen, die den Zufall darstellten, und die bronzenen Lostrommeln. Zu dem Flechtwerk von Bücherregalen steige man durch kreisförmige Labyrinthe hinan, die, falls man überhaupt so weit zu gelangen wisse, in einen Korridor mit niedriger Decke mündeten, neben einer Kuppel, die sich über dem Bücherschlund auftue. Schon vor über zehn Jahren seien Tische und Lampen aus dem Lesesaal entfernt worden, und das Ganze diene jetzt den Sinfonieorchestern als Proberaum. »Nationales Musikinstitut« stand auf der Tafel neben den trotzigen Eingangstüren. Auf die Wand rechts war mit schwarzer Farbe gesprayt: »Die Demokratie dauert so lange wie der Gehorsam.« Das hat ein Anarchist getan, sagte die Führerin verächtlich. Sehen Sie, er hat mit einem A in einem Kreis signiert.

Das war die vorletzte Station, bevor sie zu meiner Pension kamen. Der Bus brachte sie über Straßen in schlechtem Zustand zu einem Café an der Ecke Chile und Tacuarí, wo laut Führerin Borges verzweifelte Liebesbriefe an die Frau geschrieben hatte, um deren Hand er immer wieder umsonst anhielt und die er ebenso vergeblich mit der Widmung des *Aleph* zu verführen suchte, während er darauf wartete, daß sie aus ihrem Haus käme, damit er sich ihr nähern konnte, und sei es nur mit Blicken, *I miss you unceasingly*, schrieb er. Die Druckbuchstaben, »meine Zwergenschrift«, bildeten immer stärker abfallende Linien zum Zeichen der

Trauer oder Anbetung, *Estela, Estela Canto, when you read this I shall be finishing the story I promised you.* Borges konnte seiner Liebe nur in einem überspannt seufzenden Englisch Ausdruck geben, er befürchtete, mit seinen Gefühlen die Sprache der Erzählung zu besudeln, an der er schrieb.

Ich habe immer gedacht, die Figur der Beatriz Viterbo, der Frau, die zu Beginn des *Aleph* stirbt, stamme in direkter Linie von Estela Canto ab, sagte ich zu den Skandinaviern, als sie im Eingangsraum der Pension beieinander standen. In den Monaten, in denen er die Erzählung schrieb, las Borges mit Inbrunst Dante. Er hatte sich die drei schmalen Bände von Melville Andersons Übersetzung in der zweisprachigen Oxford-Ausgabe gekauft, und irgendwann mußte er spüren, daß ihn Estela ins Paradies führen konnte, so wie er dank der Erinnerung an Beatriz, Beatrice, das Aleph hatte sehen können. Beide waren bei Abschluß der Erzählung schon gestorben, beide waren grausam, stolz, fahrlässig, hochmütig gewesen, und beiden, der imaginären und der wirklichen, verdankte er »die schönsten und vielleicht die schlimmsten Stunden meines Lebens«, wie er in seinem letzten Brief an Estela geschrieben hatte.

Ich weiß nicht, wie sehr das alles die Touristen interessieren mochte, die um jeden Preis – ein Ding der Unmöglichkeit – das Aleph sehen wollten.

Bevor die Führung durch die Pension begann, zog mich der Tucumaner am Arm in den Raum, wo Enriqueta, die Wirtin, das Schlüsselbrett und die Putzsachen verwahrte.

Wenn dieser Aleff kein Mensch ist, was soll es dann sonst sein? fragte er mit einem Anflug von Ungeduld.

Das Aleph, sagte ich, ist eine Erzählung von Borges. Und in der Erzählung ist es auch der Punkt im Raum, der alle Punkte in sich enthält, die Geschichte des Universums an einem einzigen Ort und in einem Augenblick.

Komisch. Ein Punkt.

Borges beschreibt es als kleine, regenbogenfarbene Kugel von fast unerträglicher Leuchtkraft. Es befindet sich zuhinterst in einem Keller, wenn man zur Stufe Nummer neunzehn gelangt.

Und diese Leute da sind gekommen, um das Ding zu sehen?

Das möchten sie, aber das Aleph gibt es nicht.

Wenn sie es wollen, müssen wir es ihnen zeigen.

Enriqueta rief nach mir, und ich mußte hinaus. In Borges' Erzählung wird die Fassade von Beatriz Viterbos Haus nicht erwähnt, aber die Führerin hatte nun einmal beschlossen, daß sie so war wie die, die wir sahen, aus Granit, mit einer hohen schwarzen Eisentür und rechts einem Balkon plus zwei weiteren Balkonen im oberen Stock, einem großen geschwungenen, der zu meinem Zimmer gehörte, und einem winzigen, kaum größer als ein Fenster, zweifellos derjenige der lärmenden Nachbarn. Zu dem vollgestopften Wohnzimmerchen, von dem in der Erzählung die Rede ist, gelangte man, wenn man den Eingang durchschritt, und dann tat sich am Ende des ehemaligen Speisezimmers und jetzigen Empfangsraums der Pension der Keller auf, zu dem man über neunzehn steile Stufen hinabstieg.

Als das Haus zu einer Pension wurde, hatte der Verwalter die Falltür vom Keller entfernen und neben den Stufen ein Geländer anbringen lassen. Desgleichen ließ er zwei Räume mit einem kleinen Badezimmer in der Mitte bauen, indem er das Loch vergrößerte, das Carlos Argentino Daneri vorher als Fotolabor gedient hatte. Durch zwei vergitterte Fenster auf Straßenhöhe kamen Licht und Luft herein. Seit 1970, sagte Enriqueta, ist der einzige, der den Keller bewohnt, Don Sesostris Bonorino, ein Angestellter der Stadtbücherei Montserrat, der keinen Besuch duldet. Es sind auch keine Freunde oder Angehörige von ihm bekannt. Vor Jahren hatte er zwei laute Katzen, flink und beweglich wie Terrier, die haben die Ratten verscheucht. An einem Sommermorgen, als er zur Arbeit ging, ließ er die Fenster nur angelehnt, und irgend so ein Fiesling hat ein Stück vergifteten Wels in den Keller geworfen. Ihr könnt euch etwa vorstellen, was der arme Mann bei seiner Rückkehr vorgefunden hat: Die Katzen lagen gebläht und steif auf einer Matratze aus Papieren. Seither schreibt er an einem vaterländischen Lexikon, das nie fertig werden wird. Boden und Wände sind übersät mit Karteikarten und Notizen, weiß Gott, wie er es anstellt, um ins Bad oder ins Bett zu gehen – auch das ist voller Kärtchen. Soweit ich mich erinnern kann, hat dort nie jemand saubergemacht.

Und er allein ist Besitzer des Aleph? fragte der Tucumaner.

Das Aleph hat keinen Besitzer, sagte ich. Kein Mensch hat es je gesehen.

Bonorino hat es gesehen, korrigierte mich Enriqueta. Manchmal macht er sich eine Notiz auf den Karten, wenn ihm dazu wieder etwas in den Sinn kommt, aber ich habe das Gefühl, daß ihm die Geschichten durcheinandergeraten.

Grete und ihre Gefährten wollten unbedingt in den Keller hinunter, um zu sehen, ob das Aleph irgendeinen Nimbus oder sonst ein Zeichen ausstrahle. Nach der dritten Stufe aber erlaubte Bonorinos Kartenlabyrinth kein Weitergehen. Eine Eskimotouristin, die genau wie Björk aussah, war so enttäuscht, daß sie nichts mehr sehen wollte und zum Bus zurückging.

Die Gespräche im Vorraum, Gretes Erzählung und der kurze Rundgang durch das Haus, in dem noch Überbleibsel des alten Parketts mit dem vorherrschenden Zementboden und zwei oder drei Leisten der ehemaligen Täfelung koexistierten, die Enriqueta jetzt als Wandschmuck benutzte, sowie die unzähligen Fragen zum Aleph – all das hatte fast vierzig Minuten gedauert statt der vom Reisebüro vorgesehenen zehn. Die Führerin wartete, die Hände in die Hüften gestemmt, im Eingang der Pension, während der Busfahrer mit unverschämtem Hupen zur Abfahrt drängte. Der Tucumaner bat mich, Grete zurückzuhalten und zu fragen, ob die Gruppe daran interessiert sei, das Aleph zu sehen.

Wie kann ich so was sagen? protestierte ich. Es gibt kein Aleph. Und außerdem ist Bonorino dort.

Du tust, was ich sage. Wenn sie das unbedingt sehen wollen, zieh ich ihnen heute abend um zehn eine Vorstellung auf. Für fünfzehn Pesos pro Kopf, sag es ihnen.

Resigniert gehorchte ich. Grete fragte, ob es sich lohne, und ich sagte, das wisse ich nicht. An diesem Abend seien sie jedenfalls besetzt, sagte sie. Man gehe mit ihnen ins Casa Blanca, um Tangos zu hören, und dann zur Vuelta de Rocha, einer Art Bucht im Riachuelo, fast an seiner Mündung, wo ein Sänger auftrete, dessen Namen man ihnen nicht nennen wolle.

Es wird Martel sein, entfuhr es mir.

Ich sagte es, obwohl ich wußte, daß es nicht möglich war – Martel gehorchte keinen anderen Gesetzen als denen des geheimen Stadtplans, den er entwarf. Vielleicht war die Vuelta de Rocha auf diesem Plan, dachte ich. Vielleicht wählte er nur die Orte, an denen es schon eine Geschichte gab oder wo sich demnächst eine ereignen würde. Solange ich ihn nicht singen hörte, würde ich es nicht herausfinden.

Ich möchte mich nur an das erinnern, was ich nie gesehen habe, sagte Martel an diesem Nachmittag, wie mir Alcira Villar später erzählte, die Frau, die sich in ihn verliebt hatte, als sie ihn in der Buchhandlung El Rufián singen hörte, und die ihn bis zu seinem Tod nicht verlassen sollte. Für

Martel bedeutete Erinnerung dasselbe wie Anrufung, sagte Alcira, wie das Wiedererlangen dessen, was ihm die Vergangenheit vorenthalten hatte, so wie er es mit den Texten verlorener Tangos tat.

Alcira war nicht wirklich schön, aber unglaublich attraktiv. Mehr als einmal bemerkte ich, daß sich, wenn wir uns zum Gespräch im Café La Paz trafen, die Männer nach ihr umdrehten und versuchten, sich das Außerordentliche ihres Gesichts einzuprägen, in dem eigentlich gar nichts Besonderes war außer einem seltsamen Zauber, der einen zum Stehenbleiben zwang. Sie war großgewachsen, braunhäutig und hatte dichtes dunkles Haar und schwarze, forschende Augen wie Sonia Braga in *Der Kuß der Spinnenfrau*. Seit ich sie kennenlernte, beneidete ich sie um ihre tiefe, selbstsichere Stimme und die langen schmalen Finger, die sich gemessen bewegten, als bäten sie um Erlaubnis. Nie getraute ich mich, sie zu fragen, wie sie sich in Martel hatte verlieben können, der ja fast ein Invalider war und ohne jeden Charme. Es gibt erstaunlich viele Frauen, die ein intelligentes Gespräch einer straffen Muskulatur vorziehen.

Aber Alcira war nicht nur verführerisch, sondern auch aufopfernd. Obwohl sie als freie Mitarbeiterin für technische Verlage und Wochenzeitschriften täglich acht bis zehn Stunden arbeitete, nahm sie sich Zeit, um Martel eine ergebene Krankenpflegerin zu sein, der – wie sie mir später selbst sagte – sprunghaft war und sich kindisch benahm, der sie bald bat, sich nicht von seiner Seite zu rühren, und sie dann wieder tagelang nicht wahrnahm, als wäre sie eine Schicksalsfügung.

Sie hatte bei den Recherchen für die Bücher und Broschüren mitgearbeitet, die über den 1894 fertiggestellten Wasserpalast in der Avenida Córdoba verfaßt wurden. So machte sie sich vertraut mit den Details der wuchernden, von belgischen, norwegischen und englischen Architekten ersonnenen Struktur. Das Äußere war von Olaf Boye entworfen worden, erklärte sie mir, einem Freund Ibsens, der sich jeden Nachmittag im Grand Café von Christiana mit diesem zum Schachspiel traf. Stundenlang saßen sie dort, ohne ein Wort zu wechseln, und in den Pausen zwischen zwei Zügen vervollständigte Boye die Arabesken seines ehrgeizigen Projekts, während Ibsen am *Baumeister Solness* schrieb.

In jener Zeit wurden die in den besseren Wohngebieten der Städte liegenden Ingenieurprojekte nicht in ihrer ganzen Blöße gezeigt, sondern von aufwendigen Bauten verdeckt, damit man die Häßlichkeit ihrer Maschinerie nicht sah. Je verwickelter und gebrauchshafter das Innere, desto raffinierter mußte sich das Äußere präsentieren. Boye war beauftragt worden, die Stollen, Reservoire und Saugheber, die Buenos Aires mit Wasser versorgen sollten, mit bunten Bodenfliesen, Gußeisenkaryatiden, Marmorplatten und Terrakottakronen zu verkleiden und die Türen und Fenster mit so vielen Kanten und Glasuren auszustatten, daß das einzelne Detail im Gewucher der Farben und Formen auf der Fassade unsichtbar wurde. Die Funktion des Gebäudes war es, die Innereien mit Voluten zu tarnen bis zum Verschwinden, aber auch der Außenanblick war so unwahrscheinlich, daß die Bewohner der Stadt am Ende vergaßen, daß es diesen Palast, der über ein Jahrhundert lang intakt geblieben war, noch immer gab.

Alcira schob Martel im Rollstuhl zur Ecke Córdoba und Ayacucho, von wo aus er sehen konnte, daß eine der Mansarden, die der Südwestecke, leicht geneigt war, nur wenige Zentimeter, vielleicht aufgrund einer Unachtsamkeit des Architekten oder weil die Straßenverzweigung diese Sinnestäuschung hervorrief. Der Himmel, der den ganzen Vormittag über durchscheinend gewesen war, färbte sich nun gegen zwei Uhr nachmittags bleigrau. Von den Gehwegen stieg leichter Nebel auf als Vorbote des Sprühregens, der jeden Moment einsetzen konnte, und es war unmöglich, zu wissen, sagte Alcira, ob es kalt war oder warm, die Feuchtigkeit erzeugte eine trügerische Temperatur, die manchmal stickig war und wenige Minuten später bis in die Knochen schmerzte. Das zwang die Bonaerenser, sich bei der Wahl der Kleidung nicht nach dem Thermometer zu richten, sondern nach dem, was die Rundfunk- und Fernsehsender alle Augenblicke als »Wärmeempfindung« meldeten, und die hing vom Luftdruck und den Absichten des Windes ab.

Auf die Gefahr hin, vom Regen überrascht zu werden, wollte Martel den Palast unbedingt vom Gehweg aus betrachten, und zehn oder fünfzehn Minuten war er in diesen Anblick versunken. Dann wandte er sich zu Alcira um und fragte: Bist du sicher, daß dieses Wunderwerk bloß eine Schale ist, die das Wasser verbirgt? Darauf antwortete sie: Da gibt es kein Wasser mehr. Von früher sind nur die Reservoire und Wasserstollen übriggeblieben.

Boye hatte das Projekt Hunderte Male abgeändert, erzählte mir Alcira, denn in dem Maß, wie die Stadt wuchs, ließ die Regierung Reservoire und Becken mit immer größerem Fassungsvermögen bauen, was wiederum solidere Metallstrukturen und tiefere Fundamente erforderte. Je mehr Wasser verteilt wurde, desto mehr Druck war nötig, und darum mußten die Tanks immer höher werden in einer absolut flachen Stadt, deren einziges Gefälle in den Steilküsten des Rio de la Plata bestand. Mehr als einmal wurde Boye vorgeschlagen, sich nicht mehr um einen einheitlichen Stil zu kümmern und sich in einen eklektischen Palast zu schicken, wie es in Buenos Aires so viele andere gab, doch der Architekt verlangte, daß die in den ursprünglichen Plänen vorgesehenen strengen Symmetrien der französischen Renaissance beachtet würden.

Die Beauftragten des Konstruktionsbüros Bateman, Parsons & Bateman, dem der Bau anvertraut wurde, waren noch damit beschäftigt, in rasendem Wettlauf mit der gefräßigen Expansion der Stadt die Eisenskelette der Wasserleitungen zu flechten und wieder zu demontieren, als Boye nach Christiana zurückzufahren beschloß. Von dem Tisch aus, den er mit Ibsen im Grand Café teilte, schickte er die Zeichnungen der Teile, aus denen die Fassade bestehen sollte, per Kurier nach London, wo sie erst nach einer Woche eintrafen und dann genehmigt wurden, ehe sie nach Buenos Aires weiterspediert wurden. Da jedes Teil im Maßstab 1:1, also in natürlicher Größe, gezeichnet war und es sich auf die Symmetrie des Ganzen verheerend ausgewirkt hätte, wenn es am falschen Ort angebracht worden wäre, mußte der Zeichner – dessen Skizzen sich auf über zweitausend beliefen – über die Präzision eines Schachspielers verfügen, der blind mehrere Simultanpartien bestreitet. Boye kümmerte sich nicht nur um die Schönheit der Ornamente, welche pflanzliche Bilder, Wappen der argentinischen Provinzen und Figuren aus einer fantastischen Zoologie darstellten, sondern ebenso um die Materialien, aus denen jedes einzelne hergestellt werden sollte, und die Qualität der Glasuren. Manchmal war es schwierig, seinen in winziger Schrift – und auf englisch – abgefaßten Anweisungen unter den Zeichnungen zu folgen, da er sich bis in alle Einzelheiten über die Adern im Marmor aus Azul, die Brenntemperatur der Keramiken und die Meißel zum Behauen der Granitblöcke ausließ. Boye starb mitten in einer Schachpartie am 10. Oktober 1892 an einem Herzanfall, als er die Zeichnungen der Südwestmansarde noch nicht beendet hatte. Das Büro Bateman, Parsons & Bateman betraute einen seiner Techniker mit den letzten Details, aber ein Fehler im Granit für die Basis des Südwestturms und der Umstand, daß die letzten sechsundachtzig

Terrakottastücke auf dem Weg von England nach Buenos Aires zerbrachen, hemmten den reibungslosen Verlauf der Bauarbeiten und führten zu der kaum wahrnehmbaren Abweichung von der Symmetrie, die Martel am Nachmittag seines Besuches bemerkte.

Im oberen Stock des Palasts, über der Calle Riobamba, führt das Wasserwerk ein kleines Museum. Dort sind einige von Boyes Zeichnungen ausgestellt sowie die originalen Chlor-Saugstrahlpumpen, die Ventile, Leitungsstücke und sanitären Einrichtungen vom Ende des 19. Jahrhunderts. Zu sehen sind auch Modelle der kommunalen Projekte, mit denen umsonst versucht worden war, den so kühn entworfenen Palast von Bateman und Boye zu etwas für Buenos Aires Nützlichem zu machen, das aber zugleich seine verlorene Größe verraten hätte. Da Martel daran interessiert war, auch die kleinsten Spuren dieser Vergangenheit zu betrachten, bevor er in die ungeheuerlichen Stollen und Reservoire eindränge, die inwendig fast das ganze Gebäude einnahmen, schob Alcira den Rollstuhl die Rampe zum Eingangsraum hinauf, wo die Verbraucher noch immer ihre Wasserrechnung vor einer Reihe von Schaltern zahlten, an deren Ende sich der Zugang zum Museum befand.

Martel war wie geblendet vom fast durchsichtigen Steingut der in den angrenzenden Räumen ausgestellten WCs und Bidets und von den Glasuren der Gesimse und Terrakottaplatten auf den filzbezogenen Piedestalen, so leuchtend wie an dem Tag, als sie den Ofen verlassen hatten. Einige von Boyes Zeichnungen waren eingerahmt, andere wurden zusammengerollt aufbewahrt. Auf zwei von letzteren befanden sich Notizen von Ibsen zu dem Stück, an dem er gerade arbeitete. Alcira hatte einen Satz abgeschrieben, *De tok av forbindingene uken etter* – was etwa heißen mochte: »Eine Woche später nahm man ihm den Verband ab« –, und Eintragungen zum Schachspiel mit Hinweisen auf den Moment, in dem die Partien unterbrochen wurden. Auf jede Erklärung seiner Begleiterin antwortete Martel mit den gleichen Sätzen: »Ist das nicht großartig! Die Hand des Mannes, der *Ein Puppenheim* geschrieben hat!«

Es war unmöglich, im Rollstuhl zu den inneren Galerien hinaufzugelangen oder gar über die engen Laufgalerien zu fahren, die zu dem großen, von hundertachtzig Gußeisensäulen umgebenen Innenhof führten. Keines dieser Hindernisse schreckte den Sänger ab, der von einer fixen Idee besessen schien. »Ich muß hingelangen, Alcirita«, sagte er. Vielleicht beflügelte ihn der Gedanke daran, daß die Hunderte von Arbeitern, die sechzehn Stunden täglich am Palast gebaut hatten, ohne Sonntagsruhe oder Essenspausen, auf den Gerüsten die ersten Tangos der Stadt, die echten, gepfiffen oder geträllert und sie nachher in die Bordelle und Mietskasernen gebracht hatten, in denen sie übernachteten, da sie keine andere Vorstellung vom Glück hatten als diese synkopenreiche Musik. Oder vielleicht, dachte Alcira, trieb ihn die Neugier an, den kleinen Tank der Südwestecke zu betrachten, der vom Oberlicht der Mansarde gekrönt wurde. Die konnte ebenso dazu dienen, in Zeiten extremer Trockenheit Wasser zu sammeln wie untaugliche Röhren zu beherbergen. Nachdem Oberst Moori Koenig die Pläne des Palastes studiert hatte, wählte er 1955 dieses Räumchen aus, um Evita Peróns Mumie zu verstecken, nachdem er sie dem Einbalsamierer Pedro Ara weggenommen hatte, aber ein riesiger Brand in den Nachbarhäusern hinderte ihn daran, als er sein Ziel um ein Haar erreicht hatte. Hier war über hundert Jahre zuvor auch ein so grauenhaftes Verbrechen begangen worden, daß man in Buenos Aires, wo es doch massenweise ungesühnte Verbrechen gibt, noch immer davon sprach.

Immer wenn Martel den Rollstuhl verließ, um an den Krücken zu gehen, bestand die Gefahr, daß ein Muskel riß und er eine weitere schmerzhafte innere Blutung erlitt. Aber an diesem Nachmittag war es so unumgänglich, die gewundenen Eisentreppen hinaufzusteigen, um zu den höchsten Tanks zu gelangen, daß er sich mit Geduld wappnete und das Gewicht seines Körpers von Stufe zu Stufe hievte, während Alcira, die ihm mit den Krücken folgte, betete, er möge nicht zusammenbrechen und ihr in die Arme kippen. Alle Augenblicke blieb er stehen, und nachdem er ein paarmal tief Atem geholt hatte, nahm er die nächsten Stufen in Angriff, die Halsadern geschwollen und die Taubenbrust unter dem Hemd zum Bersten angespannt. Obwohl ihn Alcira immer wieder von seinem Vorhaben abzubringen versuchte, weil sie an den ebenso mühseligen Abstieg dachte, ging der Sänger wie besessen weiter. Sowie er oben ankam, fast gänzlich atemlos, sank er auf einer der Eisenauskragungen zusammen und verharrte so einige Minuten mit geschlossenen Augen, bis das Blut in seinen Körper zurückkehrte. Als er die Augen aber wieder öffnete, benahm ihm das Staunen erneut den Atem. Was er sah, übertraf selbst die Traumlandschaft von *Metropolis*. Keramiknuten, Oberschwellen, winzige Jalousien, Ventile – die ganze Anlage sah aus wie das Nest eines Ungeheuers. Das Wasser war seit langem aus den auf drei Niveaus verteilten zwölf Tanks verschwunden, noch da war jedoch die Erinnerung an das Wasser mit seinen stillen Metamorphosen, wenn es in die Pumpleitungen gelangte, und an das gefährliche Schwappen der gewaltigen Wassermassen beim geringsten Windstoß. Vor allem die in den vier Mansarden untergebrachten Reservetanks konnten kippen, wenn der Südostwind stärker wurde und so das ausgeklügelte Gleichgewicht von Säulen, horizontalen Trägern und Ventilen störte.

Das rosa Flußwasser veränderte sich von einem Kanal zum nächsten, wurde in den Schleusen vom Urin, vom Sperma, vom Klatsch der Stadt und vom Gezeter der Vögel befreit und läuterte sich von seiner Wildwasservergangenheit, seinen Lebensgiften, um zu seinen klaren Anfängen zurückzukehren, bis es in diesen von Serpentinen und Trägern durchzogenen Tanks eingeschlossen wurde, aber wach, selbst in der Erinnerung, immer hellwach, denn es war das einzige, das Wasser, das sich in diesem Labyrinth zurechtzufinden wußte.

Der zentrale Innenhof, den Boye für öffentliche Bäder vorgesehen, den der dickleibige Bau aber auf ein Karree von dreihundert Quadratmeter Fläche reduziert hatte, war mit glasierten Fliesen überzogen, deren Muster durchgehend die Geometrie von Kaleidoskopen imitierten. Zu dieser Nachmittagsstunde, da das Licht voll durch die Dachluken hereinschien, stiegen vom Boden Dünste in einer noch lebhafteren Farbe auf als die Spektralfarben und bildeten Bögen und Lichtspiegel, die wieder zerfielen, wenn der geringste Laut die Grotte erbeben ließ. Martel beugte sich über eines der Geländer vor dem Abgrund und intonierte *Aaaaaaa*. Die Farben bewegten sich wie wild, und das Echo der schlafenden Metalle wiederholte den Vokal unendlich oft: *Aaaaaaaa*.

Dann richtete sich sein Körper bis zu einer Größe auf, die einem andern Menschen zu gehören schien, schmuck und elastisch. Alcira war es, als hätte er wie durch ein Wunder seine Gesundheit zurückbekommen. Das Haar, das er immer mit Brillantine bändigte, festdrückte und glattstrich, damit es dem seines Idols Carlos Gardel glich, stand ihm nun rebellisch-kraus zu Berge. Sein Gesicht war von einem verdutzten Ausdruck verklärt, in dem zugleich Glückseligkeit und Wildheit standen, als hätte ihn der Palast verhext.

Da hörte ich ihn ein Lied wie aus dem Jenseits singen,

erzählte Alcira, mit einer Stimme, die Tausende anderer klagender Stimmen zu enthalten schien. Es mußte ein Tango aus der Zeit vor der Sintflut sein – er trug ihn in einer noch unverständlicheren Sprache vor als der seiner Repertoirestücke, es waren eher phonetische Funken, dahinfliegende Laute, in denen man Gefühle wie Gram, Verlassenheit, Klage über das verlorene Glück, Heimweh spüren konnte, denen nur Martels Stimme einen Sinn verlieh. Was heißt denn *brenai, ayaúú, panísola*, und das war es mehr oder weniger, was er sang. Ich spürte, daß über diese Musik nicht nur eine einzige Vergangenheit fiel, sondern sämtliche Vergangenheiten, die die Stadt seit ältesten Zeiten gekannt hatte, als sie noch eine unwirtliche Savanne war.

Das Lied dauerte zwei bis drei Minuten. Danach war Martel so erschöpft, daß er sich nur mit Mühe und Not auf den Eisenvorsprung setzen konnte. Etwas kaum Wahrnehmbares hatte sich im Palast verändert. Noch immer reflektierten die Riesentanks die letzten, schon gedämpften Wellen der Stimme, und das Licht aus den Luken schuf bei der Berührung mit den feuchten Fliesen des Innenhofs Dunstfiguren, die sich nie wiederholten. Aber nicht diese Variationen fielen Alcira auf, sondern ein plötzliches Erwachen der Gegenstände. Drehte sich etwa das Kurbelrad irgendeines Ventils? Sollte es möglich sein, daß das Wasser, das seit 1915 still lag, sich in den Schleusen rekelte? So was kommt nie vor, sagte sie sich. Aber die Tür des Südwestecktanks, vom Rost der Angeln versiegelt, war nun angelehnt, und eine milchige Helligkeit zeichnete die Spalte. Von einem neuen Energiefluß angetrieben, stand der Sänger auf und ging darauf zu. Ich gab vor, mich auf ihn zu stützen, damit er sich auf mich stützte, erzählte mir Alcira Monate später. Ich war es, die die Tür ganz öffnete, sagte sie. Ein gewaltiger Todes- und Feuchtigkeitsbrodem verschlug mir den Atem. Da war etwas im Tank, aber wir sahen nichts. Von außen hüllte ihn eine Kulissenmansarde ein, mit zwei Dachluken, durch die die Drei-Uhr-Sonne hereinschien. Vom Boden, so glänzend, als hätte ihn nie jemand betreten, stieg derselbe Nebel auf, den wir schon an andern Stellen des Palastes gesehen hatten. Aber die Stille war noch undurchdringlicher, so vollkommen, daß sie fast zu greifen war. Weder Martel noch ich getrauten uns zu sprechen, obwohl wir beide dachten, was wir dann beim Verlassen des Palastes auch zueinander sagten: daß die Tanktür der Geist des jungen Mädchens geöffnet hatte, das in diesem Loch ein Jahrhundert zuvor gefoltert worden war.

Felicitas Alcántara verschwand am letzten Mittag des Jahres 1899. Sie war eben vierzehn geworden und schon als kleines Mädchen für ihre Schönheit berühmt gewesen. Sie war großgewachsen, bewegte sich träge und hatte schillernde, staunende Augen, die unausbleiblich sogleich Liebe einimpften. Schon oft war um ihre Hand angehalten worden, aber ihre Eltern erachteten sie als einzig eines Fürsten würdig. Ende des 19. Jahrhunderts verschlug es keine Fürsten nach Buenos Aires. Es dauerte noch fünfundzwanzig Jahre, bis Umberto von Savoyen, der Herzog von Windsor und der Maharadscha von Kapurthala kamen. So lebten die Alcántaras in freiwilliger Abgeschiedenheit. Ihr vom Madrider Königspalast inspirierter Wohnsitz in San Isidro am Ufer des Rio de la Plata war wie der Wasserpalast mit vier schiefer- und schildpattverkleideten Türmen geschmückt. Diese waren so auffällig, daß man sie an klaren Tagen von den Küsten Uruguays aus sehen konnte.

Am 31. Dezember erfrischten sich Felicitas und ihre vier jüngeren Schwestern kurz nach ein Uhr nachmittags im gelben Flußwasser. Die Gouvernanten der Familie überwachten sie auf französisch. Sie waren zu zahlreich und kannten die Gewohnheiten des Landes nicht. Zum Zeitvertreib schrieben sie Briefe an ihre Familien oder erzählten sich unglückliche Liebesgeschichten, während die Mädchen in den Binsengebüschen des flachen Ufers aus ihrem Blickfeld verschwanden. Von den Herdfeuern des Hauses her erreichte sie der Duft der Spanferkel und Puter, die für den Mitternachtsschmaus gebraten wurden. Am wolkenlosen Himmel flogen die Vögel in ungeordneten Schwärmen und hackten aufeinander ein. Eine der Gouvernanten bemerkte beiläufig, in dem Dorf der Gascogne, aus dem sie stammte, gebe es kein böseres Vorzeichen als den Zorn der Vögel.

Um halb zwei sollten sich die Mädchen zur Siesta zurückziehen. Als sie sie riefen, erschien Felicitas nicht. Am Horizont sah man einige Segelschiffe und über dem glatten, heißen Wasser Schmetterlingsschwärme. Lange suchten die Gouvernanten vergeblich. Sie hatten keine Angst, Felicitas könnte ertrunken sein, denn sie war eine kräftige Schwimmerin, die die Tücken des Flusses sehr genau kannte. Mit Obst und Grünzeug beladene Boote fuhren vorbei, die von den Märkten kamen, und die verzweifelten Frauen am Ufer riefen ihnen die Frage zu, ob sie ein unachtsames junges Mädchen gesehen hätten, das flußeinwärts geschwommen sei. Niemand beachtete sie. Alle feierten seit früh Silvester und waren betrunken. So verging eine Dreiviertelstunde.

Dieser Zeitverlust war fatal – Felicitas tauchte weder an diesem noch an den folgenden Tagen auf. Nie ließen sich die Eltern von der Überzeugung abbringen, wenn sie sogleich benachrichtigt worden wären, hätten sie irgendeine Spur gefunden. Kaum brach der 1. Januar 1900 an, durchkämmten mehrere Polizeipatrouillen die Gegend von den Islas del Tigre bis zu Barrancas de Belgrano und trübten damit den sommerlichen Frieden. Das Kommando über die Suche hatte der grausame Oberst und Kommissar Ramón L. Falcón, der 1909 traurige Berühmtheit erlangen sollte, als er auf der Plaza Lorea eine Protestdemonstration gegen den Wahlbetrug sprengte. Bei der Straßenschlacht kamen acht Personen ums Leben, und weitere siebzehn wurden schwer verletzt. Sechs Monate später rächte sich der junge Anarchist Simón Radowitzky, der wie durch ein Wunder unverletzt geblieben war, an dem Kommissar, indem er eine Bombe vor seinen Wagen warf, die ihn auslöschte. Er büßte sein Verbrechen einundzwanzig Jahre lang im Gefängnis von Ushuahia ab. Falcón ist heute in einem Marmordenkmal zwei Blocks vom Attentat entfernt verewigt.

Der Kommissar war angesehen wegen seiner Beharrlichkeit und Spürnase. Keiner der ihm anvertrauten Fälle war ungelöst geblieben – bis zu Felicitas Alcántaras Verschwinden. Wenn er keine Schuldigen hatte, erfand er sie. Aber diesmal fehlten ihm die Verdächtigen, die Leiche und sogar ein erklärbares Verbrechen. Es gab nur ein ganz klares Motiv, das aber niemand zu nennen wagte: die verwirrende Schönheit des Opfers. Einige Schiffer glaubten am Silvesternachmittag einen nicht mehr jungen, stämmigen Mann mit großen Ohren und einem Fahrradlenkerschnurrbart gesehen zu haben, der von einem Ruderboot aus mit einem Fernglas das Ufer auskundschaftete. Einer von ihnen sagte, der Mann habe zwei riesige Warzen neben der Nase gehabt, aber niemand maß diesen Beschreibungen Bedeutung bei, sie paßten genau auf Oberst Falcón.

Damals war Buenos Aires eine so prachtvolle Stadt, daß Julet Huret, Korrespondent des *Figaro*, nach dem Ausschiffen schrieb, mit seinen engen Straßen voller Banken erinnere es ihn an London, mit seinen Zweispännern an Wien und mit seinen breiten Bürgersteigen und den Straßencafés an Paris. Die Boulevards im Zentrum waren von

Glühlampen erleuchtet, die zu zerbersten pflegten, wenn die Passanten vorbeigingen. Für die städtischen Züge wurden Tunnels ausgehoben. Die elektrische Straßenbahn verkehrte mit zwei Linien von der Calle del Ministro Inglés zu den Portones de Palermo und von der Plaza de Mayo nach Retiro. Dieses Gerumpel griff die Fundamente einiger Häuser an und brachte die Anwohner auf den Gedanken, das Ende der Welt stehe unmittelbar bevor. Die Stadt öffnete berühmten Besuchern die Tore ihrer Paläste. Der meistgepriesene war der Wasserpalast, obwohl er laut dem Dichter Rubén Darío die kranke Fantasie Ludwigs II. von Bayern kopierte. Bis 1903 hatte der Wasserpalast keine Aufseher. Da sein einziger Schatz die Wasserstollen waren und keine Gefahr bestand, daß diese gestohlen wurden, hielt die Verwaltung Sicherheitsaufwendungen für überflüssig. Es mußten einige von England importierte Terrakottaverzierungen verschwinden, damit ein Wachdienst organisiert wurde.

Das Wasser von Buenos Aires wurde mit einigen großen Saughebern gewonnen, die sich gegenüber dem Belgrano-Viertel befanden, zwei Kilometer von der Küste entfernt, und durch Tunnels unter dem Fluß zu den Wasserbehältern von Palermo geführt, wo die Fäkalien ausgefiltert und Salze und Chlor zugesetzt wurden. Nach der Reinigung wurde es von einem Rohrleitungsnetz zum Wasserpalast in der Calle Córdoba befördert. Kommissar Falcón ließ die Leitungen leeren und nach Indizien durchsuchen, wodurch gerade die hilfsbedürftigsten Gebiete der Stadt in diesem glühendheißen Februar 1900 kein Wasser hatten.

Monatelang gab es keine Nachrichten von Felicitas. Anfang 1901 tauchten am Eingangstor der Alcántara-Villa Anschläge mit hinterhältigen Botschaften über das Los des Opfers auf. Keine steuerte den geringsten Hinweis bei. *Die Felicitas war Jungfrau. Jetzt nicht mehr*, hieß es in einer. Und in einer andern, noch perverseren: *Felicitas zu vögeln kostet im Puff in der Calle Junín 2300 einen Peso.* Diese Adresse gab es nicht.

Die Leiche des jungen Mädchens wurde an einem Aprilmorgen des Jahres 1901 entdeckt, als der Nachtwächter des Wasserpalastes sich einfand, um die seiner Familie im Südwestflügel des Gebäudes zugeteilte Wohnung zu putzen. Das Mädchen war mit einer leichten Wassergrastunika bedeckt und hatte den Mund voller runder Kiesel, die auf dem Boden zu Staub zerfielen. Entgegen den Mutmaßungen der Behörden war sie noch so unbefleckt wie am Tag ihrer Geburt. Ihre wunderschönen Augen waren in einem staunenden Ausdruck gefroren, und das einzige Zeichen von Mißhandlung bestand in einer dunklen Furche um den Hals, die die Gitarrensaite hinterlassen hatte, mit der sie erdrosselt worden war. Neben der Leiche fanden sich die Überreste eines Feuers, das der Mörder entfacht haben mußte, sowie ein Taschentuch aus feinstem Leinen und von unbestimmter Farbe, auf dem noch die Initialen RLF zu erkennen waren. Die Nachricht beunruhigte Kommissar Falcón zutiefst, denn die Initialen waren seine, und man hielt es für ausgemacht, daß das Taschentuch dem Schuldigen gehörte. Nie wich er von seiner Behauptung ab, Felicitas Alcántaras Entführung und Tod sei eine Rache an ihm, und er ersann die unmögliche Hypothese, das Mädchen sei in einem Boot zum Wasserbehälter von Palermo gebracht, dort erwürgt und dann durch das Rohrleitungssystem in den Wasserpalast in der Calle Córdoba geschwemmt worden. Falcón riskierte nie ein Wort über das Motiv des Verbrechens, das um so unerklärlicher war, nachdem man Sex und Geld ausgeschlossen hatte.

Kurz nach dem Auffinden von Felicitas' Leiche verkauften die Alcántaras ihre Besitzungen und wanderten nach Frankreich aus. Die Aufseher des Wasserpalastes weigerten sich, die Wohnung in der Südwestecke zu beziehen, und bevorzugten die Blechhütte, die ihnen die Verwaltung am Ufer des Riachuelo anbot, in einem der ungesündesten Winkel der Stadt. Ende 1915 ordnete der Präsident der Republik persönlich an, die verfluchten Räume zu schließen, zu versiegeln und aus dem städtischen Inventar zu streichen, so daß auf sämtlichen nach diesem Datum veröffentlichten Plänen des Palastes ein asymmetrisches Loch erscheint, das man beharrlich einem Konstruktionsfehler zuschreibt. In Argentinien gibt es den mittlerweile jahrhundertealten Brauch, sämtliche Fakten aus der Geschichte zu streichen, die den offiziellen Gedanken über die Größe des Landes widersprechen. Es gibt weder unlautere Helden noch verlorene Kriege. Die kanonischen Bücher aus dem 19. Jahrhundert vermelden stolz, die Schwarzen seien aus Buenos Aires verschwunden, ohne zu berücksichtigen, daß noch in den Einwohnerverzeichnissen von 1840 ein Viertel der Bevölkerung sich als Schwarze oder Mulatten deklarierte. In ähnlicher Absicht schrieb Borges 1972, man erinnere sich nur deshalb an Evita, weil die Zeitungen so blöd seien, sie weiterhin zu erwähnen. So ist verständlich, daß die Leute sagen, die Südwestecke des Wasserpalastes, obwohl von der Straße aus sichtbar, gebe es nicht.

Drei

November 2001

Die Pension war tagsüber ruhig und nachts laut, wenn die Bewohner des Nachbarzimmers sich in ihre endlosen Streitereien verwickelten und die Kleinen plärrten. So schickte ich mich darein, meine Dissertation woanders zu schreiben. Jeden Tag saß ich von ein Uhr nachts bis sechs Uhr früh an einem Tisch des Café Británico gegenüber dem Parque Lezama. Es lag wenige Schritte von meiner unruhigen Bleibe entfernt und schloß nie. Ab und zu vergnügte ich mich damit, durch die mit Arabesken verzierten Fenster die Schatten des heruntergekommenen Parks und der jetzt von obdachlosen Familien besetzten Bänke zu betrachten. Auf einer dieser Bänke hatte Borges im Frühling 1944 zum ersten Mal Estela Campo geküßt, nachdem er ihr am Vortag einen feurigen Liebesbrief geschickt hatte, wenn er sich auch seiner unkontrollierbaren Glut schämte: *I am in Buenos Aires, I shall see you tonight, I shall see you tomorrow, I know we shall be happy together (happy and drifting and sometimes speechless and most gloriously silly)*, »Ich bin in Buenos Aires, ich werde Dich heute abend sehen, ich werde Dich morgen sehen, ich weiß, daß wir glücklich sein werden miteinander (glücklich und ziellos und manchmal wortlos und geradezu glorios albern)«. Borges war damals fünfundvierzig, aber seine Gefühle kamen voller Panik und unbeholfen zum Ausdruck. An diesem Abend hatte er Estela auf einer der Bänke geküßt, und dann hatte er sie im Amphitheater, auf der Calle Brasil gegenüber den Kuppeln der russisch-orthodoxen Kirche, abermals geküßt und umarmt.

Hugo Wast, katholisch eifernder Romancier, der eben

zum Justizminister ernannt worden war, nahm sich vor, alles zu verbieten, was der Vatikan für unmoralisch erklärte – in erster Linie die Vorstellung von Sex –, da er darin die Ursache für die argentinische Dekadenz erblickte. Er kämpfte gegen die Tangos, deren obszöne Verse er durch lammfromme ersetzen ließ, und schickte die Polizisten von Buenos Aires auf die Jagd nach Paaren, die auf offener Straße Zärtlichkeiten austauschten.

Borges und Estela waren eine leichte Beute. Im einsamen Amphitheater war die Silhouette ihrer Umarmung im Mondlicht deutlich zu sehen. Plötzlich stand ein Schutzmann des Polizeireviers 14 vor ihnen, »wie vom Himmel gefallen«, erzählte Estela später, und verlangte ihre Personalausweise. Beide hatten ihn vergessen. Sie wurden festgenommen und zusammen mit andern Herumstreichern bis um drei Uhr früh in einen Hinterhof gesetzt.

Ich erfuhr die Geschichte von Sesostris Bonorino, der über einige hübsche Petitessen Bescheid wußte. Erst später ahnte ich, woher er diese hatte. Er wußte, daß sich an diesem Abend in Estelas Handtasche eine Schachtel Condal-Zigaretten befand und daß sie zwei von den verbleibenden neun geraucht hatte; er konnte den Inhalt von Borges' Jackettaschen beschreiben – ein Bleistift, zwei Bonbons, mehrere rostrote Ein-Peso-Scheine und ein Zettel, auf dem er einen Vers von Yeats abgeschrieben hatte: *I'm looking for the face I had / Before the world was made* (»Ich suche nach dem Gesicht, das ich hatte / Ehe die Welt erschaffen wurde«).

Eines Abends, als ich mich zum Café Británico aufmachte, wurde mir aus dem Keller zugezischt. Bonorino kniete auf der vierten oder fünften Treppenstufe und klebte Karteikarten ans Geländer. Er war untersetzt und kahl wie eine Zwiebel, hatte keinen Hals und die Schultern so hochgezogen, daß man schwer feststellen konnte, ob er einen Rucksack trug oder von einem Buckel entstellt wurde. Als ich ihn wenig vorher bei Tageslicht gesehen hatte, hatte mich auch seine gelbliche, fast durchscheinende Gesichtsfarbe beeindruckt. Er schien umgänglich, und mich behandelte er ehrerbietig, vielleicht weil ich nur vorübergehend da war und seine Leidenschaft für Bücher teilte. Ich sollte ihm für ein paar Stunden *Through the Labyrinth* ausleihen, den schweren, bei Prestel erschienenen Band, den ich in meinem Gepäck hatte.

Ich brauche es nicht zu lesen, ich weiß schon alles, was drin steht, brüstete er sich. Ich will nur die Abbildungen studieren.

Ich war ganz verwirrt und wußte einige Sekunden keine Antwort. Niemand in der Pension hatte das Prestel-Buch gesehen, das noch unberührt in meinem Koffer lag. Es erschien mir auch unwahrscheinlich, daß er es gelesen hatte – es war vor weniger als einem Jahr in London und New York erschienen. Außerdem sprach er *through* spanisch aus. Ich fragte mich, ob Enriqueta, wenn sie mein Zimmer saubermachte, auch in meinen persönlichen Sachen herumkramte.

Freut mich, einen Nachbarn zu haben, der Englisch kann, sagte ich auf englisch. Seinem teilnahmslosen Gesichtsausdruck entnahm ich, daß er kein Wort verstanden hatte.

Ich bereite ein vaterländisches Lexikon vor, antwortete er. Wenn es Ihnen nichts ausmacht, möchte ich Sie demnächst über einige angelsächsische Arbeitsmethoden befragen. Man hat mir viel vom Oxford und vom Webster erzählt, aber ich bin nicht in der Lage, sie zu lesen. Ich weiß mehr, als ein normaler Mensch in meinem Alter weiß, aber das, was ich gelernt habe, lehrt niemand.

Wozu dient Ihnen dann das Prestel-Buch? Die Labyrinthe, von denen darin die Rede ist, sind zum Verwirren gedacht, nicht zum Erklären.

Da wäre ich nicht so sicher. Für mich sind sie ein Weg ohne Wiederkehr oder eine Art, sich zu bewegen, ohne denselben Punkt zu verlassen. Wenn wir das Bild eines Labyrinths sehen, glauben wir irrtümlich, seine Form sei durch die Linien gegeben, die es bilden. Es ist genau umgekehrt: Die Form liegt in den weißen Räumen zwischen diesen Linien. Werden Sie mir das Vademecum ausleihen?

Aber natürlich, sagte ich. Ich bring es Ihnen morgen.

Ich wäre in mein Zimmer zurückgegangen, um es zu holen, aber ich hatte um ein Uhr früh eine Verabredung mit dem Tucumaner im Británico und kam ohnehin schon zu spät. Seit wir die Skandinavier kennengelernt hatten, war mein Freund besessen davon, im Keller für die Touristen eine Darbietung des Aleph zu veranstalten, und dazu mußte er Bonorino loswerden oder einweihen. Ich hielt das Unterfangen für verrückt, aber am Ende war ich es selbst, der die Lösung fand. Der Bibliothekar war ein Ordnungsfanatiker und bemerkte sofort, wenn eine Karte nicht mehr an ihrem Ort war. Von der fünften Stufe an bildeten die Papprechteckchen unterschiedlicher Größe und Farbe ein Netz, dessen Muster nur er kannte. Wenn jemand sie beim Hinuntersteigen mit dem Fuß berührte, würde sich Bonorino furchtbar aufregen und sogleich die Polizei holen. Mehrmals hatte der Tucumaner versucht, sich dem Keller zu nähern, immer erfolglos. Ich dagegen hatte das Interesse des Alten wecken können, als ich ihm eine Anthologie zeigte, die ich bei mir hatte, *Katalog der neuen lateinamerikanischen Poesie*, in der drei Borges-Gedichte standen, die nur dort zu lesen sind: *Die Gitarre*, *Auf die Calle Serrano*, *Abenddämmerung*, dazu die erste Fassung von *Dulcia linquimus arva*. Ich stellte mir vor, ein Gelehrter wie Bonorino käme nicht gegen die Neugier an, zu erfahren, wie sich Borges von einem Entwurf zum nächsten der rhetorischen Mißtöne entledigt hatte.

Ich erwartete den Tucumaner im Séparée des Cafés. Ich genoß es, von dort aus die Silhouetten der Palmen und Tipa-Bäume im Parque Lezama zu erraten und mir die großen Steinkrüge in der breiten zentralen Allee vorzustellen, auf Gipssockeln, auf denen die Fruchtbarkeitsgöttin in Basreliefs zu bewundern war. In der Nacht war es ein feindseliger Ort, wo sich niemand hindurchtraute. Mir genügte es, zu wissen, daß er sich auf der andern Straßenseite befand. In diesem Park war Buenos Aires entstanden, und von seinen Schluchten aus hatte es sich, den wilden Südostwinden und dem gefräßigen Morast des Flusses trotzend, auf dem flachen Land ausgebreitet. Nachts war die Feuchtigkeit dort noch spürbarer als anderswo, und während man im Sommer erstickte, gefroren einem im Winter die Knochen. Aber das Británico brachte es fertig, daß man nichts davon merkte.

Mitte Oktober war schönes Wetter, und ich verlor viele Arbeitsstunden damit, dem Kellner zuzuhören, wenn er die Zeiten begeisterten Patriotismus während des Falklandkrieges heraufbeschwor, als das Café sich Tánico nennen mußte, und aufzählte, wie oft Borges vorbeigekommen war, um einen Sherry zu trinken, und Ernesto Sabato sich an meinen jetzigen Tisch gesetzt hatte, um die ersten Seiten seines Romans *Über Helden und Gräber* zu schreiben. Ich wußte, daß die Erzählungen des Kellners Mythen für Ausländer waren und daß Sabato keinen Grund hatte, zum Schreiben eine solche Strecke zurückzulegen, wenn er doch in Santos Lugares, außerhalb der Stadtgrenzen, ein bequemes Arbeitszimmer mit einer reichbestückten Bibliothek hatte, die er benutzen konnte, wenn er Inspiration brauchte. Jedenfalls setzte ich mich nie wieder an diesen Tisch.

Der Tucumaner kam eine halbe Stunde zu spät. Ich ging nirgendwo hin ohne meinen *Katalog* – für den jeder Antiquar in diesem Augenblick fünfhundert Dollar gezahlt hätte – und zwei Bücher über postkoloniale Theorie, mit deren Hilfe ich die Idee der Nation quer durch die von Borges erwähnten Tangos analysieren wollte. In den ersten Nachtstunden flog meine Aufmerksamkeit von einem Gegenstand zum andern, von den Flaschen Quilmes-Cristal-Bier über den doppelten Gin, den die Gäste bestellten, zum Angriff auf die Flanke des schwarzen Königs auf dem Schachbrett, an dem sich zwei einsame Alte duellierten. Ich fuhr aus meiner Versunkenheit auf, als mir der Tucumaner eine Art Weihnachtskugel von der Größe eines Pingpongballs vor die Augen hielt. Die Oberfläche setzte sich aus Spiegelchen zusammen, einige bunt, und blitzte, wenn sich das Lampenlicht darin spiegelte.

Mehr oder weniger so ist dieser Aleff, oder? fragte er großspurig.

Vielleicht war das ein guter Lockvogel für Leichtgläubige. Einige Details paßten zu der Borges-Erzählung: Es war eine regenbogenfarbene, kleine Kugel, ihre Leuchtkraft konnte man aber nicht gerade als unerträglich bezeichnen.

Mehr oder weniger, sagte ich. Wir Touristen fressen jede Ente.

Ich versuchte mich spielerisch im Untergrundwortschatz von Buenos Aires, aber was dem Tucumaner völlig natürlich aus dem Mund kam, brachte mich durcheinander. Manchmal schlichen sich einige dieser flüchtigen Wörter in die Gedankengänge ein, die ich für meine Dissertation aufschrieb. Sowie ich es merkte, merzte ich sie aus – wieder in Manhattan, hätte ich sie ohnehin vergessen. Die Sprache von Buenos Aires veränderte sich derart rasch, daß zuerst die Wörter erschienen und erst dann die Wirklichkeit, und wenn die Wirklichkeit schon wieder verschwunden war, waren die Wörter noch immer da.

Wie der Tucumaner meinte, konnte ein Elektriker die

Kugel von innen beleuchten oder, noch besser, einen Halogenstrahl auf sie richten, der ihr ein sozusagen geisterhaftes Aussehen verliehe. Um die dramatische Wirkung zu erhöhen, empfahl ich ihm, die Kassette abzuspielen, auf der Borges mit seiner stockenden Stimme aufzählt, was im Aleph zu sehen ist. Die Idee begeisterte ihn:

Na, siehst du, Wildkatze? Wäre es nicht wegen Don Sexostrix, könnten wir uns eine dicke Hose machen und ganz Buenos Aires aufreißen.

Ich konnte mich einfach nicht daran gewöhnen, daß er mich Wildkatze, Puma, Titan nannte. Mir waren die zärtlichen Kosewörter lieber, die ihm entschlüpften, wenn wir allein waren. Das kam sehr selten vor, nur wenn ich ihn darum bat oder mit Geschenken überhäufte. Fast unsere ganze Intimität verlor sich in Diskussionen über die Strategien, um das Scheinaleph auszubeuten, in dem der Tucumaner, ich weiß auch nicht warum, ein glattes Geschäft sah.

Am nächsten Abend ging ich mit dem Prestel-Band zum Keller. Bonorino stand neben dem Geländer und machte sich Notizen in einem großen Buch, wie man sie für die Buchhaltung benutzte. Ich sah ihn auch einige Sätze auf die bunten Karten schreiben, die sich auf der zweiten und dritten Stufe stapelten: die rechteckigen grünen links, die rhombischen gelben in der Mitte, die quadratischen roten rechts. Ich habe gerade, sagte er zu mir, die Strecke der Lacroze-Straßenbahn vom Constitución-Bahnhof zum Cabildo vor mir, im Jahr 1930. Die Waggons fuhren ab dem Bahnhof und dann zwischen den schläfrigen Häusern des Südens durch die Calle Santiago del Estero, Pozos und Entre Ríos. Erst wenn sie ins Almagro-Viertel kamen, bogen sie nach Norden ab, wo es damals viele Landgüter und Baugrundstücke gab. Das war eine andere Stadt, ich habe sie gesehen.

Erstaunt folgte ich dieser Entfaltung topographischer Gelehrsamkeit, während Bonorino mit dem Bleistift fieberhaft die Route aufschrieb. Ich hätte gern überprüft, ob alles stimmte, was er da sagte. Ich schrieb die Angaben in ein Buch von John King, das ich bei mir hatte: »Lacroze, Linie 4. Bonor. sagt, die Straßenbahnen waren weiß mit grünem Streifen.« Der Bibliothekar ergoß sein ganzes Wissen in die Karten, aber ich kriegte nie heraus, welches sein Ordnungskriterium war, welche Angaben zu dieser oder jener Farbe gehörten.

Ein paar Minuten erzählte ich ihm mit aufgeschlagenem Prestel-Band von den verworrenen Mandalas auf den Böden der französischen Kathedralen – Amiens, Mirepoix und vor allem Chartres. Er sagte, aufregender seien die, die wir direkt vor der Nase hätten und ungesehen vorbeigehen ließen. Da das Gespräch länger dauerte als vorgesehen, hatte ich die geschickte Idee, ihn zu einer Tasse Tee im Británico einzuladen, obwohl ich wußte, daß er nie aus dem Haus ging. Er kratzte sich die Glatze und fragte, ob es mir recht sei, den Tee unten zu trinken, in seiner kleinen Küche.

Ich akzeptierte sogleich, obwohl ich ein plötzliches Schuldgefühl hatte, weil ich die Lektürearbeit dieser Nacht hinausschob. Kaum gelangte ich zur dritten Stufe der Kellertreppe, sah ich, daß ein Weitergehen unmöglich war. Überall waren die Karteikarten verstreut, und zwar in einer so merkwürdigen Ordnung, daß sie lebendig schienen und unmerklicher Bewegungen fähig. Warten Sie bitte, ich werde das Licht ausmachen, sagte Bonorino. Obwohl die einzige Glühbirne, die das Loch erleuchtete, nur fünfundzwanzig Watt hatte und von Fliegenschissen übersät war, reichte das Ausbleiben dieser Lichtquelle, um die Treppe zum Verschwinden zu bringen. Ich spürte, wie mich eine knochenlose Hand beim Ellbogen nahm und hinunterzog.

Ich sage zog und sage es falsch, denn in Wirklichkeit schwebte ich schwerelos, während ich um mich herum ein Zischeln hörte, das von den Kärtchen stammen mußte, die sich vor mir zurückzogen.

Die Wohnung des Bibliothekars war erbärmlich. Da die ebenerdig auf die Straße hinausgehenden Fenster seit der Katzengeschichte ständig geschlossen waren, konnte man kaum atmen. Hätte jemand versucht, ein Streichholz anzuzünden, wäre es bestimmt auf der Stelle erloschen. Ich erkannte ein Regal mit zehn oder zwölf Büchern, unter denen sich das Synonymenwörterbuch von Sopena und eine Yrigoyen-Biographie von Manuel Gálvez befanden. Die Wände waren von oben bis unten mit schmierigen Zetteln bedeckt, übereinandergeschichtet wie Kalenderblätter. Im schwachen Licht, das von der Straße hereindrang, sah ich Zeichnungen, die aufs genaueste das Innere einer Stradivari wiedergaben oder zeigten, wie sich von einem Eisenkern aus die Hochleistungsenergie verteilt, oder eine Maske der Querandí-Indios wiedergaben oder nie gesehene oder erahnte Schriften reproduzierten. Sie kamen mir vor wie zerstreute Fragmente eines endlosen Lexikons.

Ich studierte aufmerksam die Höhle, während Bonorino interessiert in dem schweren Prestel-Band blätterte. Ein ums andere Mal hörte ich ihn bei der Zeichnung von der in einem Mauerlabyrinth gefangenen Stadt Jericho und bei dem geheimnisvollen schwedischen Labyrinth von Ytterholmen den sinnlosen Satz sagen: »Wenn ich die Mitte erreichen will, darf ich mich nicht von der Seite entfernen, wenn ich die Seite entlanggehen will, darf ich die Mitte nicht verlassen.«

Aber der Keller war nicht nur wie ein Gefängnis, sondern auch von Staubschichten bedeckt, die beim geringsten Anlaß aufwirbelten. An einer Wand, unter dem Fenster, sah ich eine übel aussehende Pritsche mit einer Decke undefinierbarer Farbe. An den wenigen nicht von Karteikarten überfluteten Stellen hingen an Nägeln einige Hemden. Zwei Obstkisten neben dem Bett mochten als Bänke oder Nachttische dienen. Das kleine türlose Bad bestand aus einem WC und einem Waschbecken, wo sich Bonorino mit Wasser versorgen mußte, denn das Küchelchen, enger als ein Wandschrank, verfügte nur über ein Brett und einen Gaskocher.

Bonorinos Ausdrucksweise widersprach seiner Askese – sie war blumig, elliptisch und vor allem ausweichend. Auf keine Frage, die ich ihm stellte, erhielt ich eine direkte Antwort. Als ich wissen wollte, wie er in die Pension gekommen war, ließ er einen langen Sermon über die Armut vom Stapel. Mit Mühe und Not konnte ich heraushören, daß der vorherige Bewohner ein vornehmer Bulgare gewesen war, Arthritiker, dem Bonorino abends die wenigen Romane vorlas, die er in der Stadtbücherei Montserrat bekam. Das entnahm ich einer Myriade von Sätzen, von denen ich mich an einen erinnere, weil ich ihn aufschrieb: »Ich mußte von Monsieur Danglars' Gemeinheiten zu denen von Caderousse springen und hielt nicht inne, ehe Inspektor Javert in den Schlamm der Seine fiel.« Ich fragte ihn, ob das heiße, daß er *Der Graf von Monte Christo* und *Die Elenden* in einem Zug gelesen habe, eine selbst für den schlaflosen Jugendlichen, der ich gewesen war, unmögliche Leistung, und er antwortete mit einem weiteren Rätsel: »Wer hart ist, verharrt nicht.«

Während wir uns unterhielten, bemerkte ich, daß der Fußboden unter der untersten Treppenstufe sauber und geräumt war, und stellte mir vor, daß sich Bonorino oft dorthin legte, auf den Rücken, wie es Borges' Erzählung gebietet. Ich hielt es für ausgemacht, daß er in dieser Stellung das Aleph betrachtete, und verspürte zugegebenermaßen einen abscheulichen Neid. Ich fand es ungerecht, daß sich dieser Quasimodobibliothekar etwas unter den Nagel gerissen hatte, worauf wir alle ein Anrecht hatten.

Der Tee, den wir tranken, war kalt, und nach einer weiteren Viertelstunde Gespräch brach ich vor Langeweile fast zusammen. Bonorino dagegen redete mit Begeisterung, wie alle Einzelgänger. Geduldig pflückte ich aus seinem wuchernden Wortschwall das eine oder andere Detail, das mich interessierte. So fand ich heraus, daß er für dieses Loch nie einen Heller gezahlt hatte und also spielend hinausgeworfen werden konnte. Niemand machte ihm den Keller streitig, er war eine ungesunde Zelle, die nur als Abstellraum oder Getränkelager dienen konnte. Wenn jedoch an diesem Ort das Aleph überdauerte, war er wertvoller als das Gebäude, ja das ganze Geviert, etwa soviel wert wie Buenos Aires, da er alles umfaßte, was die Stadt war und sein würde. Aber obwohl ich immer wieder auf Borges' Erzählung zurückkam, wich Bonorino dem Thema aus und lobte dafür die Schönheiten des Pasaje Seaver, an dessen sanftes Gefälle, schieferbedachte Häuser und zur Calle Posadas hinaufführende Treppen er sich erinnerte. Er schlug mir vor, einmal dort spazierenzugehen, und ich getraute mich nicht, ihm zu sagen, die Passage sei schon vor Jahrzehnten verschwunden, als die Avenida 9 de Julio bis zu den dicken Mauern des Retiro-Bahnhofs verlängert wurde.

Um halb drei Uhr nachts war ich im Café Británico. Es mochten sechs oder sieben Tische besetzt sein, doppelt so viele wie sonst um diese Zeit. Ich sah Schach-Habitués, zwei Schauspieler, die vom Theater kamen, und einen gescheiterten Rockmusikkomponisten, der der Gitarre einzelne Akkorde entlockte. Ich bemerkte, daß sie sich alle unruhig bewegten, wie Vögel kurz vor einem Erdbeben, aber weder ich noch sonst jemand hätte in diesem Moment den Grund dafür gewußt.

In dieser Nacht kam ich mit dem Schreiben meiner Dissertation kaum voran, und als mir bewußt wurde, daß mir alles mißlang, versuchte ich ein Buch über Subkultur zu lesen, aber ich konnte mich nicht einmal genug konzentrieren, um mir Notizen zu machen. Die Vorstellung, Bonorino kaltzustellen, damit der Tucumaner seine Alephshow auf- und abziehen konnte, ließ mir keine Ruhe. Obwohl ich fast alles tat, worum der Tucumaner mich bat, wünschte ich mir im Grunde nichts sehnlicher, als den Keller für mich zu haben. In meinen lichten Momenten war mir bewußt, daß die Existenz des Aleph illusorisch war. Es war eine Borges-Fiktion, die in einem Haus spielte, das seit über fünfzig Jahren abgerissen ist. »Ich werde noch wahnsinnig, ich brauche einen Mitspieler.« Ich verscheuchte den Gedanken mit einer heftigen Handbewegung, und er kam wieder zurück. Entgegen jeder Idee von Wirklichkeit glaubte ich, das Aleph befinde sich unter der letzten Stufe der Kellertreppe, und wenn ich mich auf dem Boden auf den Rücken legte, könnte ich es sehen, wie Bonorino es sah. Ohne das Aleph hätte der Bibliothekar nicht so genau den Bauch einer Stradivari zeichnen oder den Augenblick nacherzählen können, in dem Borges und Estela Canto sich im Parque Lezama küßten. Es war eine unzerstörbare, an einem einzigen Punkt des Universums feststehende Kugel. Würde die Pension von einem Blitz getroffen oder Buenos Aires verschwinden, so bliebe der Punkt dort, vielleicht unsichtbar für die, die ihn nicht zu sehen wüßten, aber deswegen nicht weniger wirklich. Borges war fähig gewesen, das Aleph zu vergessen. Mich quälte es unablässig.

Bis dahin waren meine Tage routinemäßig und glücklich gewesen. Nachmittags setzte ich mich in die Cafés und klapperte die Antiquariate ab; in einem fand ich die Erstausgabe von *Elderly Italian Poets* von Dante Gabriel Rossetti für sechs Dollar und das bei Yale erschienene Buch von

Samuel Johnsons über Shakespeare für eineinhalb, weil die Deckel zerrissen waren. Schon vor meiner Ankunft hatte die Arbeitslosigkeit ungeahnte Ausmaße angenommen, und Tausende liquidierten Hab und Gut, um das Land zu verlassen. Einige uralte Bibliotheken wurden nach ihrem Gewicht per Kilo verkauft und manchmal von Antiquaren erworben, die keine Ahnung von ihrem Wert hatten.

Gern ging ich auch ins Café El Gato Negro in der Calle Corrientes, wo mich der Origano- und Paprikageruch einschläferte, oder setzte mich im El Foro ans Fenster, um die Winkeladvokaten mit ihrem Gefolge von Schreibern vorbeiziehen zu sehen. Am Samstag war mir der besonnte Gehweg vor La Biela gegenüber dem Recoleta-Friedhof lieber, wo sämtliche glücklichen Sätze, die mir für meine Dissertation einfielen, vom Eindringen der Straßenpantomimen und von entsetzlichen Tangospektakeln auf dem Platz vor der Pilar-Kirche zunichte gemacht wurden.

Manchmal ging ich gegen zehn Uhr abends in das Lokal La Brigada in San Telmo. Vorn gab es einen Markt, der spät schloß und so alt war wie das Jahrhundert, das wir eben hinter uns gelassen hatten. Gleich nach dem Eingang standen reihenweise Bolivianerinnen in ihren bunten Gewändern und hielten auf einem Tuch ausgebreitete Tüten mit geheimnisvollen Gewürzen feil. Drinnen, im Labyrinth der Galerien, drängten sich die Spielzeugkioske und die Auslagen von Knöpfen und Spitzen wie auf einem arabischen Markt. Das Zentrum des Komplexes war vollgepfercht mit Rinderhälften, die neben Bergen von Nieren, Kaldaunen und Blutwürsten an ihren Haken hingen.

Es ist immer schwierig, im Brigada einen freien Platz zu finden. Um zu beweisen, daß das Fleisch zart ist, zerteilen es die Kellner mit der Löffelkante, und es lohnt sich, die Augen zu schließen, wenn der erste Bissen die Zunge berührt – auf diese Art bricht das Glück die Erinnerung auf und bleibt dort haften. Wenn ich nicht allein zu Abend essen wollte, trat ich an die Tische der Filmregisseure und Schauspieler und Dichter, die sich dort trafen, und bat sie, ihnen Gesellschaft leisten zu dürfen. Ich hatte mittlerweile gelernt, wann das angezeigt war und wann nicht.

Im November setzte die Hitze ein. Selbst die kleinen Jungen, die mit ihren Handwagen überall Pappe und Kartons sammelten, um sie für zehn Centavos das Kilo zu verkaufen, vergaßen ihre Seelennöte und pfiffen so schöne Melodien, daß man den Kopf darauf betten konnte – die armen Jungen steckten die Hand in die Tasche, und das einzige, was sie fanden, war das schöne Wetter, und das ließ sie für einen Moment das unsägliche Bett vergessen, in dem sie an diesem Abend nicht schlafen würden.

Im Brigada erblickte ich an einem Tisch beim Fenster zwei Glattgesichter, die nach Fernsehen aussahen. Bei ihnen saß Valeria, und aus den Zeichnungen, die sie auf ein Blatt Papier skizzierte, schloß ich, daß sie ihnen die Tangoschritte erklärte. Seit dem Abend meiner Ankunft hatte ich sie nicht wieder getroffen, aber ihr Gesicht war mir unvergeßlich, da sie mich an meine Großmutter mütterlicherseits erinnerte. Sie begrüßte mich begeistert. Ich sah, daß sie sich langweilte und darauf wartete, daß irgend etwas oder irgend jemand sie rettete.

Diese beiden Trampel müssen morgen in einem Film tanzen und können nicht einmal eine Ranchera von einer Milonga unterscheiden, sagte sie. Die beiden nickten, als hätten sie nichts gehört.

Bring sie ins La Estrella oder La Viruta oder wie der Ort heute nacht auch heißen mag, antwortete ich. Dann wandte ich mich an die beiden Schauspieler und sagte: Valeria ist die Beste. Ich habe gesehen, wie sie einen Japaner mit Säbelbeinen unterrichtet hat. Um drei Uhr früh hat er getanzt wie Fred Astaire.

Sie ist viel älter als wir, bemerkte einer dümmlich. Ältere Frauen törnen mich nicht an, und dann kann ich nicht lernen.

Alt oder jung, im Bett sind wir alle gleich groß, sagte ich in Anlehnung an Somerset Maugham oder Hemingway.

Das Gespräch schleppte sich dahin, und einige Minuten versuchte Valeria es lebendig zu erhalten, indem sie von *La Ciénaga* sprach, einem argentinischen Film, der sie an die Hysterien und Nachlässigkeiten ihrer eigenen Familie erinnerte und aus diesem Grund immer noch beunruhigte. Die beiden Bürschchen dagegen waren gegangen, bevor er zu Ende war: Graciela Borges spielt wie eine Göttin, aber wir haben die vielen Hunde nicht ertragen, die es in jeder Szene gab, sagten sie. Die haben die ganze Zeit gebellt, sogar das Kino hat nach Hundescheiße gestunken.

Besser gefallen hatte ihnen *Der Sohn der Braut*, wo sie sich in Tränen aufgelöst hatten. Ich war nicht auf dem laufenden über die neuesten Filme und konnte nichts zum Thema beisteuern. Mir gefielen die von der Zeit gebeizten Werke. Sowohl in Manhattan wie jetzt in Buenos Aires besuchte ich Studiokinos und Filmklubs, wo ich Wunderwerke kennengelernt hatte, an die sich keiner mehr erinnert. In einem kleinen Saal des Theaters San Martín hatte ich an einem einzigen Tag *La fuga*, ein argentinisches Juwel von 1937, das sechzig Jahre lang als verloren galt, und *Crónica de un niño solo* gesehen, der nicht weniger gut war als *Sie küßten und sie schlugen ihn*. Eine Woche später entdeckte ich in einem Zyklus des Malba einen Kurzfilm von 1961 mit dem Titel *Faena*, in dem die Kühe mit dem Hammer bewußtlos geschlagen und dann im Schlachthof abgehäutet wurden, einige noch bei lebendigem Leib. Da begriff ich den wirklichen Sinn des Wortes Barbarei, und eine ganze Woche konnte ich an nichts anderes mehr denken. In New York wäre ich nach einem solchen Erlebnis Vegetarier geworden. In Buenos Aires war das unmöglich, denn es gibt praktisch nichts anderes zu essen als Fleisch.

Kurz nach elf Uhr verlangten Valeria und ihre Schüler die Rechnung und standen auf. Sie mußten am nächsten Tag vom frühen Morgen an drehen und zuvor noch zwei, drei Stunden üben. Als sie sich verabschiedeten, erwartete ich nichts mehr von dieser Nacht, aber eines der Bürschchen überraschte mich:

Wir müssen ans Ende der Welt – ohne zu schlafen. Die Kolonnaden in Liniers, stell dir vor. Man hatte uns auf den Mittag bestellt, aber dann ist ihnen aufgegangen, daß sie da schon reserviert sind. Irgend so ein verkrüppelter Sänger ist uns zuvorgekommen. Dieser Schwachkopf da, wie heißt er schon wieder? sagte er und schnalzte mit den Fingern.

Martel, antwortete der andere.

Julio Martel? fragte ich.

Genau. Wer kennt den schon.

Das ist ein großer Sänger, korrigierte ihn Valeria. Der beste seit Gardel.

Das sagst auch bloß du, insistierte das Bürschchen, das von ihr nicht angetörnt wurde. Keiner versteht, was er singt.

Die Unruhe ließ mich weder arbeiten noch schlafen. Zum ersten Mal erlaubte mir der Zufall, den Ort vorher zu wissen, an dem Martel eines seiner Privatkonzerte geben würde. Nachdem ich *Faena* gesehen hatte, konnte ich erahnen, warum er die Kolonnaden ausgesucht hatte, drei zweistöckige Gebäude mit einer kreuzgangähnlichen Stirnseite, deren Bau am selben Tag in Angriff genommen worden war, an dem der Wasserpalast eingeweiht wurde. In der Vergangenheit hatte das Nordportal als Zugang zu den Schlachthöfen und dem alten Viehmarkt gedient, wo am frühen Morgen die zur Schlachtung bestimmten Kühe versteigert wurden. 1978 hatte die Diktatur den Schlachthof geschlossen und abgebrochen. Auf dem 40-Hektar-Gelände wurden ein pharmazeutisches Labor und ein Freizeitpark gebaut, aber das Vieh kam weiterhin in Lastwagen mit Anhängern zum angrenzenden Markt, wo es in die Gehege gebracht und postenweise für einen bestimmten Betrag pro Kilo verkauft wurde.

Die Straße mit den Kolonnadengebäuden war oft umgetauft worden, und jeder nannte sie so, wie es ihm beliebte. Anfang des 20. Jahrhunderts, als der Ort unter dem Namen Chicago bekannt war und die Schlächter nur aus dieser blutrünstigen Stadt importierte Messer benutzten, wurde sie von denen, die sich überhaupt hinwagten, Calle Décima genannt. In den Kirchengemeinden war sie als Calle San Fernando eingetragen, zur Erinnerung an einen mittelalterlichen Fürsten, der ausschließlich Rindfleisch aß. Die Versteigerer, die sich hinter der blau-rosa Straßenecke der Bar Oviedo trafen, genau gegenüber den Kolonnaden, nannten sie bis vor kurzem Tellier, zu Ehren eines Franzosen namens Charles Tellier, der zum ersten Mal Gefrierfleisch über den Atlantik transportierte. Aber seit 1984 heißt sie Lisandro de la Torre, nach dem Senator, der das Kartell der Gefrierfleischfabriken aufdeckte.

Es gibt keine zuverlässigen Stadtpläne von Buenos Aires – die Straßen wechseln den Namen von Woche zu Woche. Was der eine Plan behauptet, negiert der andere. Aus Angst, sich zu verirren, entfernen sich manche Menschen in ihrem ganzen Leben nie weiter als zehn oder zwölf Häuserblocks von ihrer Wohnung. Enriqueta beispielsweise, die Pensionswirtin, war nie am Westende der Avenida 9 de Julio. Wozu auch, sagte sie. Wer weiß, was mir zustoßen könnte.

Als ich meine Mahlzeit im La Brigada beendet hatte, ging ich wie immer ohne Umweg über mein Zimmer gleich ins Café Británico. Ich mußte dringend meine Notizen zum Film *Faena* ordnen, um festzustellen, ob sich in den Ritualen des Schlachthofs eine Erklärung für Martels Anwesenheit in den Kolonnaden am nächsten Mittag fand. Laut dem Film bewegten sich allmorgendlich siebentausend Kühe und Kälber über eine Rampe dem Tod entgegen. Zuvor waren sie durch einen kleinen See gewatet, wo sie halbwegs gebadet wurden, und dann spritzte man sie mit Schläuchen ab, um die Reinigung zu vervollständigen. Oben an der Rampe ging eine Tür hinter ihnen zu und teilte sie in Dreier- oder Vierergruppen auf. Dann sauste auf jeden einzelnen Tiernacken ein brutaler Hammerschlag nieder, ausgeführt von einem Mann mit nacktem Oberkörper. Selten ging ihm der Schlag daneben. Die Tiere sackten zusammen und stürzten fast im selben Augenblick aus zwei Meter Höhe auf einen Zementboden. Für die Zartheit des Fleisches war entscheidend, daß keines den unmittelbar bevorstehenden Tod ahnte. Wenn eine Kuh Gefahr wittert, macht die Panik sie zäh, und die Muskeln bekommen einen sauren Geschmack.

Wenn die Kühe von der Rampe gefallen waren, banden ihnen sechs oder sieben *maneadores* die Beine mit einem Stahlkabel zusammen und hängten sie an einen Haken, während ein Gegengewicht sie kopfabwärts in der Schwebe hielt. Die Bewegungen mußten schnell und präzise sein – die Tiere lebten noch, und wenn sie aus der Ohnmacht erwachten, wehrten sie sich wie wahnsinnig. Waren sie aufgehängt, glitten sie an einem Fließband weiter, zweihundert Stück pro Stunde. Vor dem Förderrad erwarteten sie mit gezücktem Messer die Schlächter: ein treffsicherer Stich in die Halsschlagader, und das war's dann. Das Blut ergoß sich in Strömen in einen Trog, wo es gerinnen würde, um weiterverwendet zu werden. Was danach kam, war schrecklich, und es erschien mir undenkbar, daß Martel diese Vergangenheit besingen wollte. Die Leiber wurden abgehäutet, von oben nach unten aufgeschnitten, ausgeweidet und, jetzt ohne Kopf und Beine, den *cuarteadores* übergeben, die sie halbierten oder gleich in Stücke schnitten.

So ging es auch 1841 vor sich, als Esteban Echeverría *Der Schlachthof* schrieb, die erste argentinische Erzählung, in der die Grausamkeit im Umgang mit dem Vieh das Abbild der barbarischen Grausamkeit ist, die im Land gegenüber den Menschen ausgeübt wird. Obwohl sich der Schlachthof jetzt nicht mehr hinter den Kolonnadengebäuden befindet und sich in Dutzende Gefrierfleischfabriken außerhalb der Stadtgrenzen zerstreut hat, haben sich die Schlachtrituale nicht geändert. Man hat ihnen nur einen weiteren Tanzschritt angefügt, den Ochsenstachel, der aus zwei Kupferpolen besteht, durch die ein Stromstoß abgegeben wird. Wenn er auf dem Rücken der Tiere angesetzt wird, treibt er sie zu den Schlachtrampen. 1932 stellte ein Polizeikommissar namens Leopoldo Lugones, Sohn des größten Nationaldichters und sein Namensvetter, fest, daß das ein effizientes Folterinstrument für Menschen war, und ließ die Stromstöße am Körper der politischen Gefangenen ausprobieren, vorzugsweise in weichen Bereichen, wo der Schmerz womöglich noch unerträglicher ist – Genitalien, Zahnfleisch, After, Brustwarzen, Ohren und Nasenhöhlen –, um alle Gedanken oder Wünsche zu vernichten und die Opfer zu Un-Menschen zu machen.

Ich schrieb mir eine Liste dieser Details auf in der Hoffnung, ein Indiz zu finden, das Martel dazu brachte, vor dem alten Schlachthof zu singen, aber obwohl ich sie immer wieder durchging, erkannte ich keines. Alcira Villar hätte mir den Schlüssel dazu geben können, aber damals kannte ich sie noch nicht. Später sollte sie mir sagen, Martel versuche, die Vergangenheit so zurückzugewinnen, wie sie gewesen war, ohne die Entstellungen der Erinnerung. Er wisse, daß die Vergangenheit irgendwo unversehrt weiterbestehe, nicht als Gegenwart, sondern als Ewigkeit – was gewesen sei und noch sei, werde auch morgen noch dasselbe sein, so etwas wie Platons Grundidee oder Bergsons Zeitsplitter, obwohl der Sänger davon nie etwas gehört hatte.

Nach Alciras Worten setzte Martels Interesse für die Sinnestäuschungen der Zeit im Kino Tita Merello ein, an einem Tag im Juni, an dem sie sich gemeinsam zwei in Joinville bei Paris gedrehte Carlos-Gardel-Filme ansahen, *Melodía de arrabal* und *Luces de Buenos Aires*. Martel hatte sein Idol so intensiv beobachtet, daß er zunehmend spürte – sagte er damals –, daß er der andere war. Nicht einmal die erbärmliche Projektion der Filme hatte ihm die Illusion genommen. Im menschenleeren Saal sang er leise im Duo mit der Leinwandstimme zwei der Tangos, *Tomo y obligo* und *Silencio*. Alcira konnte nicht den geringsten Unterschied zwischen dem einen Sänger und dem andern feststellen. Wenn Martel Gardel imitierte, war er Gardel, sagte sie. Wenn er sich darauf verlegte, er selbst zu sein, war er besser.

Am nächsten Tag gingen sie sich die beiden Filme noch einmal in der Abendvorstellung ansehen, und danach beschloß der Sänger, sie sich in einem einschlägigen Geschäft Ecke Corrientes und Rodríguez Peña als Videos zu kaufen. Eine Woche lang tat er nichts anderes, als sie sich im Fernseher anzuschauen, ab und zu ein wenig zu schlafen, etwas zu essen und sie sich wieder anzusehen, erzählte mir Alcira. Er hielt das Band an, um die Landschaft zu studieren, die damaligen Cafés, die Gemüseläden, die Casinos. Gardel dagegen hörte er verzückt zu, ohne Unterbrechungen. Als alles zu Ende war, sagte er, die Vergangenheit der Filme sei ein Kunstkniff. Das Timbre der Stimmen sei fast so rein erhalten wie in den Aufnahmen, die nachher die Studios noch einmal machten, aber die Umgebung sei bemalter Karton, und obwohl das, was wir sähen, derselbe Karton sei wie an dem Tag, an dem er gefilmt worden sei, mache ihn der Blick schlechter, als läge in der Zeit eine unaufhebbare Schwerkraft. Nicht einmal damals hörte er auf, zu denken, irgendwo sei die Vergangenheit unversehrt, vielleicht nicht im Gedächtnis der Menschen, wie man annehmen könnte, aber außerhalb von uns, an einem verschwommenen Ort der Wirklichkeit.

Von alledem wußte ich nichts, als ich am Tag nach meiner Begegnung mit Valeria um elf Uhr vormittags zu den Kolonnaden des Markts in Liniers ging. Zwischen einer Kabelschwemme, neben zwei Lastwagen voller Scheinwerfer und Soundequipments, entdeckte ich die beiden Bürschchen aus dem Brigada in hochhackigen Lackschuhen. Die Dreharbeiten waren zu Ende, und ich begrüßte sie nicht. Die Kolonnaden waren von der sanften Novembersonne beschienen, und obwohl Feuchtigkeit und Alter sie rissig gemacht hatten, bewahrten sie ihre schlichte Schönheit. Hinter den Kolonnaden erspähte man Gänge und Treppen, die zu den Büros einer Gewerkschaft, einer Keramikschule und der Gemeindebezirksvertretung führten, während sich gegenüber ein volkskundliches Museum anbot, das ich nicht besuchen mochte. Im Zentrum der Plazoleta del Resero, auf dem einige Tipa-Bäume wuchsen wie im Parque Lezama, vergoß ein zwanzig Meter hoher Turm mit einer Uhr seinen Schatten.

Obwohl um diese Zeit der Straßenverkehr pausenlos rollte und die überfüllten Busse mit asthmatischem Geknatter vorbeifuhren, roch die Luft nach Kühen, Kälbern und feuchtem Gras. Während ich auf den Mittag wartete, trat ich in den Markt. Ein verworrenes Gespinst von Korridoren umgab die Gehege. Trotz der späten Stunde warteten wohl an die zweitausend Stück Vieh auf ihre Versteigerung. Die Empfänger der Ware führten in diesen Galerien ein unnachahmliches Menuett auf, dessen Schritte darin bestanden, untereinander die Viehpreise zu diskutieren, Hieroglyphen in ihre Notepads zu kritzeln, durchs Handy zu sprechen und mit ihren Partnern Zeichen auszutauschen, ohne in Verwirrung zu geraten oder aus dem Tritt zu kommen. Einmal hörte ich in der Ferne eine Glocke zur Versteigerung läuten, während die Viehtreiber die Kühe von einem Gehege zum nächsten brachten. Nachdem ich *Faena* gesehen hatte, erfüllte mich das Wissen um das Schicksal, das jedes einzelne dieser Tiere erwartete – ein unausweichliches Schicksal, das sich aber noch nicht erfüllt hatte –, mit unerträglicher Verzweiflung. Sie befinden sich schon im Tod, dachte ich, aber der Tod wird sie erst morgen ereilen. Welchen Unterschied gab es für sie zwischen dem Nichtsein von jetzt und dem Nichtsein vom folgenden Tag? Welchen Unterschied gibt es zwischen dem, was ich jetzt bin, und dem, was diese Stadt aus mir machen wird – etwas, was mir in diesem Augenblick widerfährt und was ich, wie die Tiere kurz vor dem Schlachten, nicht sehen kann? Was wird Martel aus mir machen, während er etwas anderes aus sich selbst macht?

Bald wäre es Mittag, und ich beeilte mich, rechtzeitig wieder zu den Kolonnaden zu kommen. Wenn der Sänger den Ort für sich allein wollte, hieß das, daß er vielleicht von einem Orchester begleitet wurde. Der Lärm der Lastwagen und Busse würde seine Stimme auslöschen, aber ich würde danebenstehen, um sie zu hören. Wenn nötig, würde ich sie trinken. Damals bewegte er sich schon nur noch im Rollstuhl fort und konnte nicht länger als eine Stunde am selben Ort bleiben, er litt an Zuckungen oder wurde ohnmächtig und hatte seine Schließmuskeln nicht mehr unter Kontrolle.

Um Viertel vor eins war er jedoch noch nicht da. Die Düfte der Speisen, die ringsum gekocht wurden, sammelten sich auf der Plazoleta del Resero und stachelten meinen Hunger an. Ich hatte nicht geschlafen und die ganze Nacht nur zwei Tassen Kaffee im Británico getrunken. Aus dem Oviedo an der Ecke kamen Büroangestellte und Hausfrauen mit eingepacktem Essen, und ich war versucht, über die Straße zu gehen, um ebenfalls einen Bissen zu kaufen. Ich verspürte eine leichte Übelkeit und hätte alles, was ich hatte, für einen Teller mit egal welchem Gericht gegeben, obwohl ich im Grunde gar nicht weiß, ob ich es hätte genießen können. Ich war beklommen, hatte eine unerklärliche Angst und das vage Gefühl, Martel würde nicht kommen.

In der Tat sah ich ihn nie kommen. Gegen halb drei verließ ich die Kolonnaden. Ich wollte weit weg sein vom Markt, weit weg vom Mataderos-Viertel und auch weit weg von der Welt. Ein Bus setzte mich wenige Blocks von meiner Pension entfernt ab, bei einer Kneipe, wo mir eine schändliche Nudelsuppe aufgetischt wurde. Kurz vor fünf war ich in meinem Zimmer, warf mich aufs Bett und schlief bis zum folgenden Tag.

Wenn er einen Ort nannte, meinte ihn Martel nie wörtlich, aber ich fiel jedes Mal wieder darauf herein. Hätten die beiden Bürschchen von La Brigada gesagt, er werde die weißen Sklavinnen von Zwi Migdal heraufbeschwören, so hätte ich ihn in irgendeinem der Bordelle gesucht, die dieser Zuhälterverein in der Nähe der Calle Junín und von Tucumán verwaltet hatte, in dem jetzt mit Buchhandlungen, Videoklubs und Filmverleihen wieder reingewaschenen Häusergeviert. Es wäre mir beispielsweise nicht eingefallen, zur Ecke Libertador und Billinghurst zu gehen, wo es Anfang des 20. Jahrhunderts ein verbotenes Café gegeben hatte, auf dessen Podium im Hintergrund die aus Polen und Frankreich wie Vieh importierten Frauen an den Meistbietenden versteigert wurden. Und noch weniger hätte ich mir vorgestellt, Martel könnte in dem alten Kasten in der Avenida de los Corrales singen, wo 1977 die ehemalige Prostituierte Violeta Miller ihre Krankenpflegerin Catalina Godel in den Tod geschickt hatte.

Ich erwartete ihn auf der Plazoleta del Resero und sah ihn nicht, weil er zusammen mit dem Gitarristen Tulio Sabadell in einem vor der Südkolonnade geparkten Auto saß.

Erst Ende Januar, kurz bevor ich Buenos Aires verließ, erfuhr ich, was geschehen war. Da erzählte mir Alcira Villar, an diesem Morgen habe der Sänger Blut erbrochen. Als sie seinen Blutdruck maß, stellte sie fest, daß er ganz niedrig war. Sie wollte ihm ausreden, das Haus zu verlassen, aber er hörte nicht auf sie. Er war bleich, die Gelenke schmerzten ihn, und sein Magen war gebläht. Als wir ihn ins Auto hievten, dachte ich, wir würden nie ankommen, sagte Alcira. Aber nach einer Viertelstunde erholte er sich wieder. Manchmal zog sich die Krankheit in seinen Körper zurück wie eine erschreckte Katze, und andere Male kam sie heraus und zeigte die Zähne. Auch Martel wurde von ihr überrascht, aber er konnte sie zähmen und sogar so tun, als gäbe es sie gar nicht.

An jenem Morgen nahmen wir die Ezeiza-Autobahn, fuhr Alcira fort, und kurz bevor das Taxi in die Avenida General Paz einbog, verschwanden die Schmerzen so unvermutet, wie sie gekommen waren. Er fragte mich, ob wir anhalten könnten, um einen Strauß Kamelien zu kaufen, und sagte, nachdem er die Gardel-Filme gesehen habe, habe er beschlossen, einige Tangos aus den dreißiger Jahren zu singen. In den vorangehenden Tagen hatte er *Margarita Gauthier* einstudiert, den seine Mutter immer beim Wäschewaschen gesungen hatte. »Das geschah unwillkürlich bei ihr«, hatte ihr Martel erzählt. »Sie scheuerte die Hemden, und schon machte sich der Tango ungerufen in ihrem Körper breit.« Aber an diesem Vormittag wollte er sein Privatkonzert mit *Volver* von Gardel und Le Pera beginnen.

Sabadell und ich waren verwundert, sagte Alcira, als er im Auto mit Baritonstimme zu einer Strophe von *Volver* ansetzte, die seinen Konflikt mit der Zeit widerspiegelte – oder wenigstens ist es mir so vorgekommen: *Ich habe Angst vor der Begegnung / mit der Vergangenheit, die sich wieder / mit meinem Leben anlegt.* Noch merkwürdiger war, daß er die Melodie im Baß-Schlüssel wiederholte, mit tiefer Baßstimme, und sie dann beinahe übergangslos als Tenor sang. Nie hatte ich ihn das Register wechseln hören, er war von Natur aus Tenor, und er hat auch nie wieder in meiner Gegenwart auf diese Art gespielt. Er hat aufmerksam auf unsere Reaktion geachtet, vor allem auf die Sabadells, der ihn ungläubig anstarrte. Ich erinnere mich nur noch an mein Staunen – der Übergang von einer Stimmlage zur andern geschah überhaupt nicht brüsk, sondern fast unmerklich, und ich weiß bis heute nicht, wie er das gemacht hat.

Noch bevor wir auf die Avenida de los Corrales gelangten, erzählte Alcira, verfiel Martel in eine dieser düsteren Gemütsverfassungen, die mich so beunruhigt haben, und verharrte in Schweigen, den Blick im Nichts verloren. Als wir an einem Haus mit Balkonen vorbeifuhren, das unbewohnt schien und dessen einziger Schmuck ein halbverfallenes Glasdach war, versuchte der Fahrer zu parken, vielleicht auf eine Anweisung hin, von der Sabadell und ich nichts wußten. Erst jetzt erwachte Martel aus seinem Marasmus und bat ihn, ohne anzuhalten bis zur Plazoleta del Resero weiterzufahren.

Wir sind nicht ausgestiegen, sagte Alcira. Martel bat Sabadell, den Kamelienstrauß neben den Eingang einer Ambulanz in der Südkolonnade zu legen und einen Moment darauf aufzupassen, damit ihn niemand mitgehen ließe. Unterdessen blieb er mit gesenktem Kopf sitzen, ohne ein Wort zu sagen. Rund um uns sind Lastwagen mit Anhängern, Autobusse und Motorräder vorbeigefahren, aber Martels Wille zur Stille war so stark und beherrschend, daß ich mich nicht erinnern kann, irgend etwas gehört zu haben, und in mir sind nur gerade die flüchtigen Schatten der Fahrzeuge und das Bild von Sabadell zurückgeblieben, der ohne seine Gitarre nackt wirkte.

Zwei Monate später erzählte mir Alcira in einem unserer langen Gespräche im Café La Paz, wer Violeta Miller war und warum Martel die Kamelien an dem Ort niedergelegt hatte, wo Catalina Godel ermordet worden war.

Ich bezweifle, daß du von der Zwi Migdal gehört hast, sagte sie. Anfang des 20. Jahrhunderts wurden fast alle Bordelle von Buenos Aires von dieser jüdischen Zuhältermafia kontrolliert. Die Migdal-Abgesandten fuhren durch die elenden Dörfer Polens, Galiziens, Bessarabiens und der Ukraine und suchten gleichfalls jüdische Mädchen, die sie mit falschen Eheversprechen verführten. In einigen Fällen wurden diese Scheinhochzeiten sogar in einer Synagoge gefeiert, wo alles Lug und Trug war: der Rabbiner und die zehn obligatorischen Teilnehmer des *Minjan*. Nach einer brutalen Initiation wurden die Opfer in Bordelle verbannt, wo sie vierzehn bis sechzehn Stunden täglich arbeiteten, bis ihr Körper eine Ruine war.

Violeta Miller war eine dieser Frauen, erzählte Alcira. Dritte Tochter eines Schneiders aus Lodz, Analphabetin und ohne besonderes Talent, akzeptierte sie an einem Vormittag des Jahres 1914 beim Ausgang der Synagoge die Begleitung eines ritterlichen Geschäftsmannes, der sie noch zweimal besuchte und ihr beim dritten Mal die Heirat antrug. Dem jungen Mädchen erschien als Gipfel des Glücks, was in Wirklichkeit der Anfang ihres Verderbens war. Während der Hochzeitsreise nach Buenos Aires erfuhr sie auf dem Schiff, daß ihr Mann weitere sieben Ehefrauen an Bord hatte und daß sie samt und sonders für die argentinischen Bordelle bestimmt waren.

Noch am Abend der Ankunft wurde sie mit einem Posten weiterer sechs Polinnen versteigert. Sie mußte als Schülerin gekleidet im Café Parisien aufs Podium steigen. Jemand befahl ihr, die Hände hochzuhalten, wenn sie auf jiddisch nach ihrem Alter gefragt würde, und die Finger zu bewegen, um zu zeigen, daß sie zwölfjährig sei. In Wirklichkeit war sie schon fünfzehn gewesen, aber sie war völlig unbehaart, hatte keine Brüste und nur ganz selten und unregelmäßig menstruiert.

Der Zuhälter, der sie ersteigerte, besaß ein Bordell mit zwölf Huren. Ohne viel Federlesens entjungferte er Violeta, und als er im Morgengrauen ihr Jammern hörte, brachte er sie mit Peitschenhieben zum Verstummen, deren Spuren erst nach einer Woche vernarbten. Verletzt und mißhandelt, wurde sie gezwungen, von vier Uhr nachmittags bis zum folgenden Morgen Stauer und Büroangestellte zu befriedigen, die in unverständlichen Sprachen auf sie einredeten. Sie versuchte zu fliehen und wurde wenige Meter vom Haus entfernt wieder eingefangen. Zur Strafe drückte ihr der Zuhälter ein Brandeisen auf den Rücken. Sämtliche Schmerzen auf einmal zu erleiden ist lebenslangen Qualen vorzuziehen, sagte sich Violeta und beschloß, bis zur Erschöpfung zu fasten. Eine Woche hielt sie mit einem einzigen Glas Wasser durch, und sie hätte sich sterben lassen, wenn ihr die Puffmutter, die sie bewachte, nicht in einer Kartonschachtel das Ohr einer anderen flüchtigen Hure gebracht und sie gewarnt hätte, wenn sie nicht nachgebe, würden sie sie blenden, damit sie sich nicht wehren könne.

Fünf Jahre lang wurde Violeta von einem Bordell ins

nächste geschleppt. Sie lebte in Buenos Aires, ohne zu wissen, wie die Stadt war – in ihrem Zimmer brannte ununterbrochen eine elektrische Lampe, damit sie nicht zwischen Nacht und Tag unterscheiden konnte. Die Kleinheit ihres Körpers zog eine Unzahl perverser Freier an, die glaubten, sie sei noch nicht geschlechtsreif, und ihren Abscheu mit Unerfahrenheit verwechselten. Am Ende des Sommers 1920 zog sie sich ein hartnäckiges Fieber zu, das sie monatelang ans Bett fesselte. Möglicherweise wäre sie gestorben, wenn ihr nicht ein ebenfalls polnischer Maurer, dem sie die Geschichte ihres Unglücks anvertraut hatte, bei seinen Besuchen Fläschchen mit Traubenzucker und fiebersenkende Kapseln zugesteckt hätte. Zwei Monate später, als sie noch immer rekonvaleszent war, hinterbrachte ihr eine ihrer Leidensgenossinnen, daß man sie wieder verkaufen wollte. Das war eine schreckliche Nachricht – Violeta war abgenutzt und vom Fieber ausgezehrt, und im Chaco, wo die armen Teufelinnen wie sie den Rest ihres Lebens verbrachten, wurde gearbeitet, bis die Schließmuskeln platzten.

In den fünfeinhalb Jahren ihres Martyriums hatte Violeta jeden Centavo Trinkgeld gespart. Sie besaß zweihundertfünfzig Pesos, ein Fünftel des Erlöses aus ihrer ersten Versteigerung, und bei dem Nichts, das sie wert war, hätte sie sich vielleicht selbst kaufen können. Doch das war unmöglich, da die Frauen nur an Leute des gleichen Geschäfts abgetreten wurden. Verzweifelt fragte sie den Maurer, ob einer seiner Bekannten bereit wäre, sich als Zuhälter auszugeben. Es mußte jemand Verwegenes sein. Nach vielem Hin und Her willigte ein Zirkusschauspieler in die Rolle ein. Er stellte sich als Italiener vor, nannte ein fiktives Bordell auf der Isla Grande von Chiloé und schloß den Handel in weniger als einer halben Stunde ab. Eine Woche später war Violeta frei.

In Güterzügen fuhr sie in den Nordwesten Argentiniens. Sie blieb einige wenige Monate in einem verschlafenen Dorf, wo sie als Dienstmädchen oder Ladenverkäuferin arbeitete, und wenn sie befürchtete, man könnte ihr auf die Spur kommen, floh sie in ein anderes Dorf. Unterwegs lernte sie das Alphabet und den katholischen Katechismus. Am Ende des dritten Winters gelangte sie nach Catamarca. Dort fühlte sie sich sicher, so daß sie zu bleiben beschloß. Sie stieg im besten Hotel der Stadt ab und gab in zwei Wochen nahezu ihre ganzen Ersparnisse aus. Das reichte, denn in dieser Zeit hatte sie schon den Geschäftsführer des Hotels und den Schatzmeister der Provinzbank verführt. Beide waren gottes- und gattinfürchtig, und Violeta bekam von ihnen mehr, als sie geben konnten: Einer bezahlte ihr Zimmer so lange, wie sie dort wohnen wollte, und der andere gewährte ihr ein Darlehen zu günstigem Zins und stellte sie den Damen des Gebetsapostolats vor, die sich jeden Freitag zum Rosenkranzbeten trafen. Sie erzählte ihnen, sie sei als Jüdin geboren worden, aber seit Kindesbeinen sei es ihr größter Wunsch, Christi Licht zu empfangen. Die Damen überredeten den Bischof, sie zu taufen, und wirkten bei der Zeremonie als Patinnen.

Catamarca war eine der Jungfrau vom Tal ergebene Stadt, und Violeta machte sich ihre Beziehungen zunutze, um eine Devotionalienhandlung zu eröffnen, in der sie von Rom gesegnete Medaillons, Muttergottesbilder für Schulen, Votivbilder für wundersam genesene Kranke und vollkommene Ablässe für Todgeweihte verkaufte. Von den entferntesten Orten kamen Pilger, und dieser unablässige Handel machte sie zu einer steinreichen Frau. Sie war großzügig mit der Kirche, unterhielt einen Mittagstisch für Arme und brachte jeden ersten Freitag im Monat Spielzeug ins Kinderkrankenhaus. Ihre Kleinheit, die ihr in den Bordellen soviel Leid beschert hatte, galt in Catamarca als Zeichen von Vornehmheit. Mehrmals wurde um ihre Hand angehalten, und immer wies Violeta ihre Bewerber taktvoll ab. Sie sei mit Unserem Herrn verlobt, sagte sie, und habe ihm ihre Keuschheit dargeboten. Das stimmte wenigstens zur Hälfte – nach all den Bordelljahren interessierte Sex sie nicht mehr. Sie haßte den säuerlichen Schweiß und die Gewalttätigkeit der Männer. Sie haßte das Menschengeschlecht. Manchmal haßte sie auch sich selbst.

So lebte sie über fünfundvierzig Jahre. Mit einem Glücksgefühl, das sie nicht ausdrücken konnte, las sie, daß die Mafiosi der Zwi Migdal auf Grund der Anzeige einer mutigen Hure einer nach dem andern gefallen waren, und ließ dem Kommissar und dem Richter, die sie hinter Gitter gebracht hatten, Medaillons zukommen.

Nie hörte sie ein Wort von ihren Schwestern, von denen sie annahm, sie seien in einem Konzentrationslager umgebracht worden, nie wollte sie nach Lodz zurück, und sie war nicht einmal bereit, sich die wenigen Filme über den Holocaust anzusehen, die in Catamarca gezeigt wurden. Die einzige Sehnsucht, die sie empfand, war die nach dem Buenos Aires, das man sie nicht hatte kennenlernen lassen.

Als sie sechzig wurde, beschloß sie, als angesehene Dame in der Stadt zu sterben, in der sie nur eine Sklavin gewesen war. Auf einer ihrer seltenen Reisen in die Hauptstadt kaufte sie ein Grundstück im Mataderos-Viertel in der Avenida de los Corrales. Sie beauftragte ein angesehenes Architekturbüro, dort ein Haus zu bauen, das genauso sein sollte wie die, die sie neidvoll im Lodz ihrer Jugend gesehen hatte, mit einem Speisesaal für vierzehn Gäste, einem Schlafzimmer mit Kleiderschränken von Wand zu Wand, Marmorbadewannen, in denen sie Platz hatte, ohne die Beine anziehen zu müssen, und einer Bibliothek mit Regalen bis zur Decke und voller gebundener Bücher, die sie nach der Lebhaftigkeit der Farben und der einheitlichen Größe aussuchte. Als das Haus fertig war, zog sie nach Buenos Aires, ohne sich von jemandem zu verabschieden.

Da sie auf ihren Spaziergängen in den Tälern Catamarcas gern die Sterne angeschaut hatte, ließ sie sämtliche Zimmer des neuen Hauses mit einer Decke aus Panzerglas ausstatten, was die Architekten zwang, ein Trapezoid mit einem komplizierten System von Abflüssen und feinsten Dichtungsmembranen zu entwerfen, dazu elektrische Anlagen, damit an klaren Tagen teilweise das Dach geöffnet und am Morgen das Licht gedämpft werden konnte.

Der größte Luxus jedoch war eine von behauenen Balustern gesäumte Marmorplattform, die sich rechts im Speisesaal erhob, neben dem Empfangsraum, und auf der sie ein Astronomenteleskop und einen Sessel anbringen ließ, der sich ihrem kleinen Körper anschmiegte wie ein Kleid. Auf die Plattform gelangte sie in einem Korbfahrstuhl, der von einem aus der Decke ragenden Mechanismus bewegt wurde, den ein grün gestrichener Tudorbogen verkleidete.

In Buenos Aires kehrte sie zur Religion ihrer Väter zurück. Sie ging freitagabends in die Synagoge, lernte Hebräisch und ließ sich in der elegantesten Kalligraphie eine *Ketuba* schreiben, die ihre ein halbes Jahrhundert zurückliegende falsche Heirat beurkundete. Sie faßte sie in einen Bronzerahmen mit Reliefsymbolen der vier Jahreszeiten und ließ sie am sichtbarsten Ort des Speisesaals aufhängen. Bei jeder der vier Türen des Hauses brachte sie eine goldene *Mezuza* mit dem Namen Jehovas und den entsprechenden Versen aus dem fünften Buch Mose an.

Aber die Einsamkeit brachte sie um den Schlaf. Alcira erzählte mir, zwei Frauen hätten abwechselnd bei ihr saubergemacht, aber beide hätten ihr Seidenstoffe gestohlen und versucht, ihren Schmucktresor aufzubrechen. 1975 waren beinahe jede Nacht Schießereien zu hören, und im Fernsehen wurde von Guerrillaangriffen auf die Kasernen gesprochen. Sie fühlte sich erleichtert, als sie erfuhr, daß die Militärs die Regierung übernommen hatten und alle Opponenten verhafteten. Ihre Ruhe war von kurzer Dauer. Ende Oktober 1978 stürzte sie zweimal, als sie aus der Badewanne stieg, und sie wurde von unerträglichen Asthmaanfällen heimgesucht. Der Arzt verlangte von ihr, daß sie ihr Mißtrauen überwinde und eine Krankenpflegerin anstelle.

Sie führte Gespräche mit fünfzehn Bewerberinnen, die ihr alle mißfielen, einige, weil sie zuviel aßen, andere, weil sie sie wie ein geistesschwaches Kind behandelten, dritte, weil sie zwei freie Tage pro Woche verlangten. Die letzte, die kam, als sie schon alle Hoffnung aufgegeben hatte, übertraf jedoch ihre Vorstellungen noch: Sie war fleißig, verschwiegen und schien so begierig aufs Dienen, daß sie, wie sie sagte, lieber nur aus dem Haus ging, wenn es unbedingt nötig war, alle zwei Wochen einmal für den Einkauf. Sie hatte unübertreffliche Empfehlungsschreiben – von einem Kapitänleutnant, der seine »Dankbarkeit und Bewunderung für die Überbringerin« ausdrückte, »die meine Mutter vier Jahre lang ergeben bis zu ihrem Tod gepflegt hat«, und von einem Fregattenkapitän, der ihr die Genesung seiner Frau zu verdanken hatte.

Margarita Langman hatte außerdem den Vorteil ihres Glaubens, sie war Jüdin und sehr religiös. Violeta begann von ihr abhängig zu werden wie ein Parasit. Noch nie war jemand ihren Wünschen zuvorgekommen. Margarita erahnte sie, ehe sie sie hatte. Fast allabendlich, wenn sie die Sterne beobachtete, stand die Frau neben ihr, stellte das Teleskop ein und erklärte ihr die unmerklichen Bewegungen des Kentaurs unter dem Kreuz des Südens. Sie schien gefeit gegen Überdruß. Wenn sie nicht bei Violeta war, ordnete sie das Geschirr oder nähte. Fernsehen und Rundfunk brachten pausenlos Warnungen der Regierung, die das Mißtrauen der beiden Frauen gegenüber Unbekannten noch verstärkten: »Wissen Sie, wo Ihr Sohn in diesem Augenblick ist?«, »Kennen Sie die Person, die bei Ihnen klingelt?«, »Sind Sie sicher, daß an Ihrem Tisch nicht ein Feind des Vaterlands sitzt?« Violeta war schlau und glaubte sich in der Lage, die Falschheit der Menschen auf den ersten Blick zu erkennen. Obwohl sie zu Margarita instinktiv Vertrauen hatte, erschien es ihr seltsam, daß sie mit Ausflüchten antwortete, wenn sie sich nach ihrer Familie erkundigte, und daß keiner von ihren angeblich zwei Brüdern sie besuchte oder anrief. Sie fürchtete, daß sie nicht war, was sie zu sein vorgab. Jetzt, da sie das Vergnügen einer echten Gesellschaft kennengelernt hatte, konnte sie sich ein Leben ohne sie nicht mehr vorstellen.

Eines Morgens, als die Krankenpflegerin für die vierzehntäglichen Einkäufe auf den Markt ging, beschloß Violeta, ihr Zimmer auszuspionieren. Da sie heimlich die Taschen der andern Migdal-Nutten oder der Angestellten der Devotionalienhandlung in Catamarca durchsucht hatte, hatte sie sich rechtzeitig vor Diebstahl und Verleumdung schützen können. Aber diesmal, wenige Minuten nachdem sie das Zimmer betreten und noch kaum Zeit gehabt hatte, sich das tadellos gemachte Bett mit den bestickten Kissen, die paar Bücher auf dem Nachttisch und den Koffer auf dem Kleiderschrank anzusehen, hörte sie Geräusche an der Haustür, so daß sie das Zimmer verlassen mußte. Jetzt tat es ihr leid, Margarita einen Schlüsselbund gegeben zu haben, aber was war ihr anderes übriggeblieben? Der Arzt hatte gesagt, ein weiterer Sturz könne sie für immer bettlägerig machen, und in diesem Fall wäre sie ihrer Wärterin gänzlich ausgeliefert. Besser, sie jetzt auf die Probe zu stellen, bevor es soweit kam.

Ich habe meinen Schal vergessen, sagte die Krankenpflegerin. Und außerdem waren auf dem Markt zu viele Leute. Ich gehe lieber am Nachmittag. Ich mag Sie nicht so lange allein lassen.

In der Woche darauf geriet Violeta sogar in Harnisch, wenn sie Margarita Teller spülen hörte. Sie zahlte ihr monatlich hunderttausend Pesos, und jeder Centavo erinnerte sie an ihre Qualen als junges Mädchen. Sie haßte die Energie, mit der sich Margarita bis spät in die Nacht hinein bewegen konnte, wo sie selbst doch nur noch einen nutzlosen, verwundeten Körper hatte. Sie haßte es, wenn sie sie lesen sah, da man ihr bis zu ihrer Befreiung, als sie bereits zwanzig war, nie ein Buch in den Händen zugestanden hatte, und danach war sie auf keines mehr neugierig. Sie mißbilligte die Art, wie sie sie ansah, ihre Kopfform, die rissigen Hände, die monotone Stimme. Aber am meisten quälte es sie, daß sie nie allein im Haus war, um ihre Geheimnisse zu erforschen.

Schon lange, erzählte Alcira, wollte die Greisin einen goldenen *Magen David* mit Brillanten kaufen. Die Notwendigkeit, Margarita auf die Probe zu stellen, brachte sie schließlich zur Entscheidung. Alle jüdischen Mädchen träumten von einem solchen Davidstern, und wenn Margarita den ihren sähe, würde sie ihn ihr neiden. Kannte Violeta das Menschenherz etwa nicht besser als jeder andere Mensch? Ungeduldig bestellte sie einen Goldschmied aus der Calle Libertad zu sich und handelte mit ihm Millimeter um Millimeter den Entwurf und den Preis für einen schweren, vierundzwanzigkarätigen goldenen Stern mit bläulich getönten Diamanten an jeder der sechs Zacken aus, der an einer dicken Kette hängen sollte.

Eines Dezembermorgens rief der Goldschmied an, der *Magen David* sei fertig, und erbot sich, ihn abzuliefern, aber Violeta lehnte ab. Es sei ihr lieber, wenn Margarita ihn abhole. Das war ihre Chance, sie für zwei, drei Stunden aus dem Haus zu haben. Heftig stritten sie darüber. Die Pflegerin betonte immer wieder, es sei unvorsichtig, Violeta so lange allein zu lassen, während diese Vorwände erfand, um sie wegzuschicken.

Der Sommer stand vor der Tür, und es war unerträglich heiß. Durch die Balkonfensterläden schaute Violeta der Pflegerin nach, als diese durch die Avenida de los Corrales zur Haltestelle der Buslinie 155 ging. Sie sah, wie sie sich ein Kopftuch umband, das ihr Gesicht zur Hälfte verbarg, und sich in den schützenden Schatten eines Baums stellte. Über den Pflastersteinen vibrierte die heiße Luft. Ein Bus kam. Sie versicherte sich, daß sie einstieg, wartete zehn Minuten und betrat erst dann siegesgewiß das verbotene Zimmer.

Die Bücher auf dem Nachttisch blätterte sie nicht einmal durch. Keines schien von Bedeutung. An den Bügeln hingen, nach Farben geordnet, einige wenige Kleider, zwei Hosen und zwei Blusen. Wenn Margarita etwas versteckte, mußte es im Koffer sein, den sie auf dem Kleiderschrank verwahrte, außerhalb ihrer Reichweite. Wie sollte sie ihn herunterholen? Sie verwarf eine Möglichkeit nach der andern. Schließlich erinnerte sie sich an die fahrbare Leiter, die ihr die Architekten aufgeschwatzt hatten.

Das Bordell hatte sie zwar nicht lesen gelehrt, ihr dafür aber andere Tugenden beigebracht: Mißtrauen, Diebstahl, Gebrauch von Dietrichen. Sie wunderte sich selbst, wie leicht sie, auf der vierten Stufe stehend und an den Schrank gelehnt, das Kofferschloß aufbrachte und den Deckel heben konnte. Enttäuscht sah sie nur einige gewöhnliche Hemden und ein Fotoalbum.

Auf dessen ersten Seiten klebten belanglose Familienbilder, erzählte Alcira. Ein Mann, der Margaritas Vater sein mußte und die Schultern für die Andacht mit dem *Tallit* bedeckt hatte, umarmte ein vielleicht zehn- oder elfjähriges Mädchen mit Waisenblick, wehrlos der feindseligen Welt ausgeliefert. Auf andern Fotos Margarita selbst, wie sie im Schulkittel an der Kamera vorbeischaute, wie sie beim Ausblasen einer Geburtstagskerze überrascht wurde, wie sie im Meer spielte. Auf dem letzten Bild, auf dem im Hintergrund eine Windmühle zu erkennen war, lächelte sie neben einem Mann, der ihr Bruder sein konnte, obwohl er einen dunklen Teint und leicht indianische Züge hatte wie die Bauern im Norden Argentiniens. Auf dem Arm trug sie ein wenige Monate altes Kind.

Stunden später, als Violeta in der Stella-Maris-Kirche in der Nähe des Hafens verhört wurde, sagte sie, als sie dieses letzte Foto betrachtet habe, habe sie geahnt, daß die Krankenschwester ein Doppelleben führe. Ein Schauer ist mir über den Rücken gelaufen, sagte sie aus. Ich dachte, der Mann auf dem Foto sei vielleicht ihr Mann und das Baby ihr Kind. Da ist mir klargeworden, daß ich dabei war, ihre Vergangenheit zu betreten, und nicht mehr hinauskommen würde. Neben dem Album habe ich hochkant das Heft gefunden, mit dem ich sie so oft gesehen hatte. Es war kein Tagebuch, wie ich einmal dachte, sondern Seiten mit sinnlosen Sätzen, schmutzige Ausschnitte, auf denen stand: *Käse, Erbsen, dumm, ich will, ich liebe meine Mama, ich heiße Catalina, meine Lehrerin heißt Catalina*, und nach jeder Notiz eine Bemerkung in kräftigerer Handschrift: *Fermín, fragen, warum man ihr das Glas Milch nicht gegeben hat – Tota, sind Papa oder Mama in der M aktiv? Beide? – Morgen die Fünferreihe wiederholen.* Und seitenweise so weiter. Nichts ist mir besonders aufgefallen, sagte Violeta zu dem Offizier, der sie verhörte. Ich wollte den Koffer schon wieder schließen, da habe ich noch den Deckel abgetastet und gespürt, daß er mit Papieren angefüllt war, mit Gegenständen, was weiß ich, ich war neugierig und auch besorgt, weil die Papiere lose waren und die Frau merken würde, daß ich sie durcheinandergebracht hatte. Aber auf meine Vorahnungen kann ich mich verlassen, und etwas hat mir im Herzen gesagt, daß sie schuldig ist. Ich habe Mut gefaßt, den doppelten Boden des Deckels geöffnet und einige weiße Blätter herausgezogen. Auf allen waren in Relief die Briefköpfe und Militärwappen mit dem Namen dieses Admirals oder jenes Kapitänleutnants aufgedruckt. Weiter hinten habe ich Kennkarten und Personalausweise von unbekannten Personen gefunden. Aber auf einigen war das Foto der Frau, obwohl manchmal mit gefärbten Haaren oder einer anderen Identität, Catalina Godel, Catalina Godel, an diesen Namen erinnere ich mich ganz deutlich, Sara Bruski, Alicia Malamud, und auch einige nichtjüdische Namen, Gómez, Arellano, weiß Gott wie viele noch. Wie hätte ich ahnen sollen, daß Margarita Lehrerin in Bajo Flores gewesen und aus dem Militärgefängnis geflohen war. Man weiß in diesen wirren Zeiten ja nicht mehr, wer wer ist.

Sie stieg von der Leiter und dachte nach. Die Empfehlungsschreiben der Krankenpflegerin waren zweifellos gefälscht, und sie war so dumm gewesen, sie sich nicht telefonisch bestätigen zu lassen. Es mochte falsch sein, was drin stand, aber alles andere war sicher echt: die Wappen mit den Ankern und die Namen der Offiziere in Reliefdruck. Sie durfte keine Zeit verlieren. Es waren schon fast zwei Stunden vergangen. Sie schob die Leiter in die Bibliothek zurück und stellte alles wieder an seinen Ort. Dann rief sie mit der in ihren Sklavinnenjahren erworbenen Ruhe die Nummer an, die in den Briefköpfen stand. Ein diensttuender Unteroffizier meldete sich. »Es geht um Leben und Tod«, sagte sie, wic mir Alcira später im Café La Paz erzählte. Der Unteroffizier fragte sie, von welcher Nummer aus sie anrufe, und hieß sie warten. In weniger als zwei Minuten hatte sie den Fregattenkapitän am Draht.

»Was für ein Glück – Sie selbst«, sagte Violeta. »Die Krankenschwester, die ich eingestellt habe, das wird doch nicht dieselbe sein, die Ihre Frau gepflegt hat?« – »Sagen Sie mir, mit welchem Namen sich diese Frau ausgewiesen hat, mit welchem oder welchen Namen«, verlangte der Offizier. Er hatte eine rauhe, ungeduldige Stimme, wie der Zuhälter, der sie im Café Parisien gekauft hatte. »Margarita Langman«, antwortete Violeta. Auf einmal fühlte sie sich selbst in die Enge getrieben. Die unendliche Vergangenheit brach über sie herein. »Beschreiben Sie sie«, drängte sie der Kapitän. Die alte Frau wußte nicht, wie sie das tun sollte, und sprach von dem Foto mit dem Kind und dem Mann mit den leicht indianischen Zügen. Dann diktierte sie ihm ihre Adresse in der Avenida de los Corrales und nannte verschämt ihre neunundsiebzig Jahre. »Diese Frau ist ein sehr gefährliches Element«, sagte der Offizier. »Wir fahren gleich zu Ihnen. Wenn sie eher da ist als wir, halten Sie sie zurück, lenken Sie sie ab. Es ist besser, sie entwischt Ihnen nicht, verstanden? Es ist besser, sie entwischt Ihnen nicht.«

So erfuhr ich, Bruno Cadogan, daß die von Sabadell auf der Plazoleta del Resero niedergelegten Kamelien nicht die barbarische Schlächterei von Echeverría und *Faena* heraufbeschwören sollten, sondern eine andere, erbarmungslosere, jüngere. Im Café La Paz sagte mir Alcira Villar, wenn sie nur einige wenige Minuten an dieser Todesecke geblieben seien, dann, weil Martel Catalina Godel nicht am letzten Punkt ihres Unglücks ehren wollte, sondern in dem Haus, wo sie sich fast sechs Monate lang verborgen gehalten hatte, nachdem sie aus dem Folterzentrum der Kriegsmarine geflohen war. Dann verstehe ich nicht, sagte ich zu Alcira, warum er die Kolonnaden für ein Konzert verlangt hat, das er nie gegeben hat. Hättest du ihn gekannt, antwortete sie, dann wüßtest du, daß er damals schon nie mehr öffentlich gesungen hat. Er mochte nicht abgezehrt und kraftlos gesehen werden. Er wollte von niemandem gestört werden, als Sabadell den Blumenstrauß hinlegte und er leise einen Tango für Catalina Godel rezitierte. Vielleicht war es zuerst sein Plan, auszusteigen und zur Ambulanz zu gehen, ich weiß auch nicht. Martels Absichten waren ungreifbar wie die einer Katze.

Vier

Catalina Godel verließ das Elternhaus mit neunzehn Jahren, als sie sich bis über beide Ohren in einen Landschullehrer verliebte, der sich gerade in Buenos Aires befand. Nichts fruchteten die Tränen der Mutter, die Vorträge des Vaters über das Unglück, in das ein Mann anderen Glaubens und von niedriger Herkunft sie stürzen würde, noch die Verwünschungen der älteren Geschwister. Sie folgte ihrem Geliebten in seine Schule am Ende der Welt, in der Einöde von Santiago del Estero, um dort zu arbeiten. Sie erfuhr, daß er im peronistischen Widerstand aktiv war, und schloß sich ihm ohne Zögern an. Schon nach wenigen Monaten konnte sie im Handumdrehen Molotowcocktails herstellen, und sie war gewandt im Waffenreinigen und Scheibenschießen und erwies sich als mutig, zu allem bereit.

Obwohl ihr Gefährte manchmal wochenlang verschwand, machte sich Catalina keine Sorgen. Sie gewöhnte sich an, nicht zu fragen, sich nichts anmerken zu lassen und bloß das Notwendigste zu sagen. Nur in der Neujahrsnacht 1973 lastete das Schweigen auf ihr, als sie allein in der kleinen Schule zurückblieb, eingeschlossen von einem Staubsturm, während die Erde unter ihren Füßen zu brennen schien. Durch das Radio erfuhr sie Tage später, daß ihr Gefährte beim Versuch, in der Avenida General Paz in Buenos Aires einen Wachposten zu überfallen, verhaftet worden war. Die Aktion erschien ihr töricht, wahnwitzig, aber sie verstand, daß die Menschen die Unterdrückung satt hatten und handeln mußten, wie auch immer. In einer Reisetasche aus Stoff verwahrte sie ihre wenigen Kleider, die Kindheitsfotos und ein Buch von John William Cooke,

Peronismus und Revolution, das sie fast auswendig konnte. Sie ging zu Fuß ins nächste Dorf und nahm dort den ersten Bus nach Buenos Aires.

Du kannst dir nicht vorstellen, wie beharrlich Martel und ich jedem Detail dieses Lebens nachgeforscht haben, sagte Alcira Villar neunundzwanzig Jahre später im Café La Paz zu mir, kurz bevor ich für immer nach New York zurückfuhr.

Damals traf ich sie jeweils, wenn es zu dämmern begann, gegen sieben Uhr abends. Seit zwei Monaten wohnte ich in einem unerträglichen kleinen Hotel in der Nähe des Kongreßpalasts. Hitze und Fliegen ließen mich keinen Schlaf finden. Wenn ich zum La Paz spazierte, gab der Asphalt unter meinen Füßen nach. Obwohl die Kühlung im Café die Temperatur auf konstant fünfundzwanzig Grad hielt, fielen die Hitze und die Feuchtigkeit erst nach Stunden von mir ab. Mehr als einmal blieb ich dort sitzen und machte mir Notizen für diesen Bericht, bis die Kellner die Tische abzuräumen begannen und den Fußboden aufwischten. Alcira dagegen traf immer strahlend ein, und nur ab und zu, wenn es sehr spät wurde, traten ihre Augenringe hervor. Wenn ich sie darauf hinwies, berührte sie sie mit den Fingerspitzen und sagte ohne jeden Sarkasmus: »Das ist das Glück des Älterwerdens.« Sie erzählte, sie und der Sänger seien auf Catalinas Geschichte gestoßen, als sie die Akten des Prozesses gegen die Führer der Diktatur gelesen hätten, und obwohl sie sich nicht allzusehr von Tausenden anderer Geschichten unterscheide, sei Martel wie behext gewesen und habe monatelang an nichts anderes denken können. Er habe alles daran gesetzt, Zeugen aufzutreiben, die Catalina in der Avenida de los Corrales oder in den Jahren ihrer politischen Aktivität gekannt hatten. Eine kleine Information führte uns zur nächsten, sagte Alcira, und so kam Violeta Millers Vergangenheit ans Tageslicht. Einer ihrer polnischen Neffen fuhr 1993 nach Buenos Aires, um wegen des Hauses zu prozessieren. Durch diesen Neffen erfuhren wir, wie in Lodz alles begonnen hatte.

Es dauerte fast ein Jahr, bis wir das Puzzle zusammengesetzt hatten, fuhr Alcira fort. Die beiden Frauen hatten eine verwandte Biographie. Sowohl Catalina wie Violeta waren Jüdinnen gewesen und zum Dienen gezwungen worden, und jede hatte ihrem Unterdrücker auf ihre Weise ein Schnippchen geschlagen. Martel glaubte, wenn sie mehr Vertrauen zueinander gehabt und sich erzählt hätten, wer sie waren und was sie alles durchgemacht hatten, wäre ihnen vielleicht nichts geschehen. Aber beiden war das Mißtrauen angeboren, und da sie nicht zusammenfinden konnten, wurde Violeta ein Opfer ihrer Angst und Schäbigkeit, und nur Catalina konnte ihre Würde bis zum Ende verteidigen.

Nach dem Überfall auf den Wachposten, erzählte Alcira, wurde Catalinas Gefährte verurteilt und ins Gefängnis von Rawson in Patagonien gebracht. Im Mai 1973 wurde er freigelassen, aber nach anderthalb Jahren war er schon wieder im Untergrund. Perón war gestorben und hatte die Regierung in den Händen einer idiotischen Gattin und eines Astrologen zurückgelassen, der mit der Ermordung eingebildeter und wirklicher Feinde Macht anhäufte. Zu dieser Zeit beschloß Catalina, sich eine falsche Identität zuzulegen, diejenige Margarita Langmans, und begann, in Bajo Flores als Schullehrerin zu arbeiten, wo man ihr ein kleines Zimmer ohne Bad überließ. Da war sie bereits schwanger, und während einiger Tage spielte sie mit dem Gedanken, zu ihren Eltern zurückzugehen, damit sie sich um sie kümmerten und ihr Kind in einer Atmosphäre häuslichen Glücks aufwachsen könnte. Später erschien ihr diese bürgerliche Schwäche als schlechtes Omen.

Ihr Kind kam Mitte Dezember 1975 zur Welt. Obwohl

Catalina – die unter dem Namen Margarita ins Krankenhaus eintrat – den Vater persönlich per Telefon von der Geburt benachrichtigt hatte, erschien er erst eine Woche später. Anscheinend befand er sich zur entscheidenden Stunde im Rio de la Plata unter Wasser, wo er an der Jacht *Itatí*, Eigentum der Oberbefehlshaber der Kriegsmarine, Seeminen anbrachte. Im Januar und Februar versteckte sich das Paar im Haus eines Großknechts in Colonia, Uruguay, während Isabel Peróns Regierung auseinanderbrach und überall nach ihnen gesucht wurde. In diesem kurzen Uruguayer Sommer erlebte Margarita das Glück ihres ganzen Lebens. Sie und ihr Gefährte fotografierten sich gegenseitig, schauten am Flußufer zu, wie es dunkel wurde, und spazierten Hand in Hand und mit dem Kinderwagen durch die Gäßchen der Altstadt. Sie kehrten nach Buenos Aires zurück, als die Militärs, die bereits ihren tödlichen Putsch unternommen hatten, alle umbringen ließen, die sie als subversiv identifizierten. Im April 1976 fiel der ehemalige Landschullehrer als einer der ersten. Kaum erfuhr es Margarita, übergab sie das Kind der Obhut seiner Großmutter und kehrte nach Bajo Flores zurück, das sie erst wieder verließ, um als Freiwillige bei den Desperadoattentaten mitzuwirken, die die peronistischen Guerrilleros in diesem Jahr begingen.

Vierzehn Monate später wurde sie in Mataderos in der Bar Oviedo von einem Hinterhalt überrascht, wo sie ein weiteres ihrer Geheimtreffen vereinbart hatte. Beim Eintreten bemerkte sie, daß das Lokal von Militärs in Zivil umzingelt war, und lief zu den Kolonnaden. Dort wollte sie mit einem Bus das Weite suchen. Aber sie wurde in dem Hauseingang, wo sich jetzt die Ambulanz befindet, eingekreist und mit verbundenen Augen in einen Keller gebracht, gefoltert und vergewaltigt und über ihr Sexualleben und das Leben von Leuten ausgefragt, die sie kaum kannte.

Nach Stunden – sie fand nie heraus, wie viele es waren – brachte man ihren geschändeten Körper an einen Ort namens Kapuze, wo andere Gefangene mit einer Tüte über dem Kopf gerade knapp überlebten. Dort genas sie langsam, trank in kleinen Schlucken das Wasser, das man ihr gab, und wiederholte in der Dunkelheit ihren Decknamen, Margarita Langman, ich bin Margarita Langman. Monate vergingen. Dem Getuschel der Mitgefangenen entnahm sie, daß sie, wenn sie zu zerbrechen vorgab und das Vertrauen ihrer Henker gewann, vielleicht fliehen und erzählen konnte, was ihr zugestoßen war. Sie verfaßte ein Geständnis, in dem sie ihren Idealen abschwor, übergab es einem Kapitänleutnant, und als dieser ihr vorschlug, es vor laufender Fernsehkamera zu lesen, tat sie es bedenkenlos. So schaffte sie es, in eine Werkstätte für Fälschungen versetzt zu werden, wo Fahrzeugbriefe für gestohlene Autos, Pässe und Visa ausländischer Konsulate hergestellt wurden. Geduldig machte sie sich mit den Namen und Graden ihrer Häscher vertraut und sammelte Papier mit offiziellen Briefköpfen. Es gelang ihr sogar, Dokumente für sich selbst zu drucken, darunter auch einige mit ihrem richtigen Namen. Immer hatte sie diese Papiere in einem Umschlag mit nicht entwickelten Filmen bei sich, um sie zu schützen.

Sie hatte schon einige Zeit in der Werkstätte verbracht, als man sie anwies, die Aktivisten zu denunzieren, die sich im Mataderos-Viertel herumtrieben. Das war der entscheidende Test für ihre Loyalität, vielleicht der Schritt vor ihrer Freilassung. Um sieben Uhr abends fuhr sie mit einer Patrouille los. Sie saß auf dem Beifahrersitz eines Ford Falcon, hinten befanden sich drei Unteroffiziere. Es war Winter, Eisregen fiel. Als sie zur Ecke Lisandro de la Torre und Tandil kamen, rammte ein Autobus seitlich den Ford und warf ihn um. Die Insassen waren bewußtlos. Nur Margarita konnte mit leichten Schnittwunden an Armen und Beinen durch ein Fenster aus dem Wagen klettern. Ihr größtes Problem war es, die hilfsbereiten Menschen abzuschütteln, die sie ins Krankenhaus fahren wollten. Schließlich entwischte sie ihnen in der Dämmerung und suchte in Bajo Flores Zuflucht, wo die Militärs gewütet hatten und ihr fast keine Freunde mehr blieben. Am folgenden Morgen las sie im Anzeigenteil von *Clarín* die Annonce, in der Violeta Miller eine Krankenpflegerin suchte, fälschte die Empfehlungsschreiben und wurde im Haus in der Avenida de los Corrales vorstellig.

Was dann geschah, weißt du ja schon, sagte Alcira. An dem Nachmittag, an dem sie sterben sollte, kehrte Catalina Godel, Margarita Langman oder wie du sie jetzt nennen willst, mit dem *Magen David* vom Goldschmied zurück, fast zur gleichen Zeit, als Violeta das Telefongespräch mit den Henkern beendete. Die Alte hing mit ingrimmiger Wut am Leben, wie unsere Nationalhymne deklamiert. Sie fürchtete so sehr, entdeckt zu werden, daß sie sich zwangsläufig verraten mußte. Sie begann zu zittern. Sie sagte, sie habe Schüttelfrost, der Rücken tue ihr weh und sie brauche einen Tee. Verschieben wir das Einreiben auf später, antwortete Margarita ungewöhnlich hochfahrend. Ich bin schweißgebadet und sehne mich nach einem Bad.

Da machte Violeta zwei Fehler. Sie hielt das Etui mit dem *Magen David* in der Hand und öffnete es unbegreiflicherweise nicht. Dafür schaute sie auf, und ihr Blick traf sich mit dem Margaritas. Sie sah, daß ein Blitz des Verstehens die andere durchzuckte. Alles geschah in einem einzigen Augenblick. Die Pflegerin sauste an Violeta vorbei, als gäbe es sie nicht mehr, und erreichte die Haustür. Sie rannte übers Pflaster der Avenida, floh in die Kolonnaden der Plazoleta del Resero, und dorthin verfolgten sie ihre Henker, an dieselbe Stelle, wo sie sie zum ersten Mal erwischt hatten.

Violeta Miller wurde jeden Morgen in einem Ford Falcon abgeholt und in die Stella-Maris-Kirche am andern Ende der Stadt gebracht. Dort verhörte sie der Fregattenkapitän, erzählte Alcira, manchmal fünf, sieben Stunden. Er zerrte ihre Vergangenheit ans Licht und verhöhnte sie wegen ihrer doppelten Konversion. Die alte Frau verlor das Zeitbewußtsein. Aber die ungerufen auftauchenden Erinnerungen belasteten sie. Die alte Osteoporose verschlimmerte sich, so daß sie sich nach den Verhören jeweils kaum mehr bewegen konnte. Sie mußte wieder Krankenpflegerinnen einstellen, die sie ebenso ungnädig behandelten wie die Puffmütter in den Bordellen. Aber nichts entmutigte sie so sehr wie das Durcheinander, das sie allabendlich vorfand, wenn sie in die Avenida de los Corrales zurückkehrte. Das Haus war zum privaten Jagdrevier des Fregattenkapitäns geworden, der ihr nach und nach die Marmorbadewannen, den Eßtisch, die Baluster der Plattform, den Korbfahrstuhl, das Teleskop, die spitzenbesetzten Bettlaken, den Fernseher abräumte. Selbst der Tresor mit dem Schmuck und den Wertpapieren wurde aus der Wand gerissen. Die einzigen unversehrten Dinge waren ein Roman von Cortázar, den Margarita erst zur Hälfte gelesen hatte, und der leere Nähschrank in der Küche. Eines Tages war das Glasdach an zwei zentralen Punkten der Bibliothek durchlöchert, so daß der Regen erbarmungslos auf die Bücherwracks niederfiel.

Erinnerst du dich noch, daß Sabadell in der Südkolonnade am Mittag den Kamelienstrauß niedergelegt hat? fragte Alcira. Das war am 20. November, natürlich erinnere ich mich, antwortete ich. Ich war dort und habe auf Martell gewartet, ihn aber nicht gesehen. Ich habe dir ja gesagt, daß wir nicht ausgestiegen sind, sagte sie. Wir haben Sabadell zugeschaut, wie er die Blumen niederlegte und die Leute auf der Plazoleta del Resero gleichgültig kamen und gingen. Der Sänger hatte den Kopf gesenkt, ohne ein Wort zu sagen. Sein Wille zur Stille war so stark und beherrschend, daß ich mich von diesem Mittag nur an die flüchtigen Schatten der Fahrzeuge und das Bild von Sabadell ohne Gitarre erinnern kann.

Von dort sind wir zum alten Haus in der Avenida de los Corrales gefahren, erzählte Alcira weiter. Die Liegenschaft war immer noch Streitgegenstand und inzwischen kaum noch etwas wert. Schon vor langem war der Parkettboden ausgeweidet worden, und die Scherben der Decke waren überall verstreut.

Martell wollte im Rollstuhl in die Küche geschoben werden. Ohne zu zögern, öffnete er eine der Speisekammern, als wäre ihm das Haus vertraut. Er entnahm ihr den Rest einer verrosteten Blechdose mit einem Fadenknäuel und ein feuchtes Exemplar von *Rayuela*, das zerfiel, kaum daß er begann, darin zu blättern. Mit diesen Überbleibseln in den Händen sang er. Ich dachte, er würde zuerst *Volver* singen, wie er im Auto angekündigt hatte, aber er begann mit *Margarita Gauthier*, einem Tango von Julio Jorge Nelson, der »Witwe von Gardel«. *Mit Beben denke ich heute an dich, meine göttliche Margarita*, sagte er und straffte dabei kaum den Oberkörper. So fuhr er fort, als schwebte er. Der Text ist ein klebriger Sirup, aber Martel machte ihn zu einem Trauersonett von Quevedo. Als seine Stimme die drei süßesten Verse des Tangos in Angriff nahm, sah ich, daß sein Gesicht tränenüberströmt war: *Auf den Knien vor dem Grab, wo dein Körper ruht, / habe ich heute die Huldigung dargebracht, die deine Seele ersehnt hat, / habe dir den Strauß mit den schon verwelkten Kamelien überreicht* ... Ich legte ihm die Hand auf die Schulter, damit er seine Stimme nicht überanstrengte, aber er beendete das Lied ohne Schwierigkeiten, ruhte sich einige Sekunden aus und bat Sabadell, ein paar Akkorde von *Volver* zu zupfen. Sabadell begleitete ihn klug, ohne daß die

Gitarre mit der Stimme wetteiferte – seine Arpeggien waren eher eine Verlängerung des Lichts, von dem die Stimme so übervoll war.

Ich dachte, nach *Volver* würden wir gehen, aber Martel hielt sich die Hände an die Brust, auf eine fast theatralische und bei ihm ganz überraschende Art, und wiederholte den ersten Vers von *Margarita Gauthier* mindestens viermal, immer im selben Stimmregister. Je öfter er ihn wiederholte, desto mehr füllten sich die Worte mit Sinn, als würden sie im Vorbeigehen die Stimmen aufnehmen, die sie zu früheren Zeiten ausgesprochen hatten. Ich erinnere mich, sagte Alcira, daß ich ein ähnliches Erlebnis gehabt hatte, als ich einige Filme sah, die einem dasselbe Bild länger als eine Minute vor Augen halten – das Bild verändert sich nicht, aber die Person, die es anschaut, wird allmählich eine andere. Der Akt des Sehens verwandelt sich unmerklich in den Akt des Besitzens. *Mit Beben denke ich heute an dich, meine göttliche Margarita*, sang Martel, und die Worte waren nicht mehr außerhalb unseres Körpers, sondern dem Strom des Blutes eingefügt, kannst du das verstehen, Bruno? fragte Alcira. Ich sagte, ich hätte vor langer Zeit einen ähnlichen Gedanken des Philosophen David Hume studiert, und zitierte: Die Wiederholung ändert nichts an dem sich wiederholenden Objekt, sie ändert aber etwas in dem Geist, der sie betrachtet. Genau so war es, sagte Alcira. Dieser Satz drückt ganz klar aus, was ich empfand. Als ich an diesem Mittag Martel zum ersten Mal *meine göttliche Margarita* singen hörte, hatte ich nicht den Eindruck, daß er innerhalb der Melodie die Tempi änderte, aber beim zweiten oder dritten Mal merkte ich, daß er jedes Wort fast unmerklich auseinanderzog. *Mit Beben denke ich heute an dich*, sang er, und die Margarita des Tangos kehrte zu dem alten Haus zurück, als wäre die Zeit nicht vergangen, mit dem Körper von vor vierundzwanzig Jahren. *Heute rufe ich dich ergriffen wach*, sagte er, und ich habe gespürt, daß dieses Beschwören genügt hat, um die Scherben vom Boden verschwinden zu lassen und die Spinnweben und den Staub zu tilgen.

Dezember 2001

Die Nichtbegegnung mit Martel auf der Plazoleta del Resero machte mich verrückt. Ich wußte nicht weiter beim Schreiben und trieb selbst richtungslos dahin. Ich verbrachte mehrere Nächte im Británico und betrachtete die trostlose Landschaft des Parque Lezama. Wenn ich, zurück in der Pension, überhaupt einschlafen konnte, weckte mich jedes unerwartete Geräusch wieder auf. Ich wußte nicht, was ich mit meiner Schlaflosigkeit anfangen sollte, und ging völlig durcheinander wieder aus dem Haus, um durch Buenos Aires zu wandern. Manchmal wurde ich vom abgerissenen Constitución-Bahnhof aus, über den Borges soviel geschrieben hatte, zum San-Cristóbal- und Balvanera-Viertel geschwemmt. Alle Straßen sahen für mich gleich aus, und obwohl die Zeitungen auf die dauernden Überfälle aufmerksam machten, spürte ich keine Gefahr. Um den Constitución-Bahnhof herum waren Jugendbanden unterwegs, deren Mitglieder kaum älter als zehn Jahre waren. Auf der Suche nach etwas Eßbarem verließen sie ihre Verstecke, beschützten einander und bettelten. Man sah sie in den Hauseingängen schlafen, das Gesicht mit Zeitungen und Mülltüten zugedeckt. Viele Menschen lebten unter freiem Himmel, und wo ich in einer Nacht zwei sah, fand ich in der folgenden drei oder vier. Vom Constitución-Bahnhof aus ging ich durch die Calle San José oder Virrey Cevallos zur Avenida de Mayo und überquerte dann die Plaza de los Dos Congresos, deren Bänke von armen

Familien besetzt waren. Mehr als einmal verbrachte ich die schlaflosen Stunden an der Ecke der Calle Rincón und México und überwachte Martels Haus, aber immer umsonst. Nur einmal sah ich ihn am Mittag mit Alcira Villar herauskommen – aber ich erfuhr erst Wochen später, daß sie es gewesen war –, und als ich ihn in einem Taxi einzuholen versuchte, versperrte mir eine Rentnerdemonstration den Weg.

Obwohl die Stadt flach und kariert war, verwehrte es mir die Monotonie der Häuser, mich zu orientieren. Nichts ist so schwer, wie die feinen Veränderungen innerhalb des völlig Gleichen wahrzunehmen, so wie in der Wüste und auf dem Meer. Die Verwechslungen lähmten mich manchmal an irgendeiner Straßenecke, und wenn ich aus meiner Erstarrung endlich herauskam, suchte ich im Umkreis nur noch ein Café. Glücklicherweise gab es zu jeder Tages- und Nachtzeit offene Lokale, und in eines von ihnen setzte ich mich dann und wartete, bis die Häuser im ersten Morgenlicht zu einem Profil zurückfanden, anhand dessen ich sie wiedererkennen konnte. Erst dann fuhr ich in einem Taxi in die Pension zurück.

Die Schlaflosigkeit schwächte mich. Ich hatte Halluzinationen, in denen Fotos des Buenos Aires vom Beginn des 20. Jahrhunderts von Bildern der Wirklichkeit überlagert wurden. Ich trat auf den kleinen Balkon meines Zimmers hinaus und sah anstelle der Durchschnittshäuser auf der anderen Straßenseite die Terrasse von Gath & Chaves, einem Geschäft, das schon vor vierzig Jahren aus der Calle Florida verschwunden war und wo Herren mit Strohhüten und Damen mit gestärkter Chemisette im Tearoom eine Tasse Schokolade tranken vor einem Horizont von nadelförmigen Türmen und unbetretbaren Aussichtsbalustraden, manche von hellenischen Statuen gekrönt. Oder ich sah die absurden Puppen vorbeispazieren, mit denen in den zwanziger Jahren für Schmerzmittel und Aperitifs geworben worden war. Die irrealen Szenen folgten einander stundenlang, und in dieser Zeit wußte ich nicht, wo mein Körper war, da sich die Vergangenheit darin so stark festsetzte, als wäre sie die Gegenwart.

Fast allnächtlich traf ich mich im Británico mit dem Tucumaner. Wir diskutierten immer wieder über die beste Art, Bonorino aus dem Keller auszuquartieren, konnten uns aber nicht einigen. Vielleicht ging es weniger um die Mittel als um den Zweck. Für mich war das Aleph – falls es überhaupt existierte – ein kostbarer Gegenstand, den man nicht teilen konnte. Mein Freund dagegen wollte es zu einer Jahrmarktsattraktion degradieren. Wir hatten herausgefunden, daß die Pension nach dem Tod des vornehmen Bulgaren einigen Privatiers in Acassuso verkauft worden war, die weitere zwanzig Mietshäuser besaßen. Wir vereinbarten, daß ich ihnen einen Brief schreiben und darin den Bibliothekar anschwärzen würde, seit 1970 keine Miete bezahlt zu haben. So würden wir zwar dem Immobilienverwalter und vielleicht auch der armen Enriqueta Schaden zufügen. Aber das ließ den Tucumaner kalt.

Gegen Ende November hatte mir die New Yorker Universität eine unerwartete Geldsendung geschickt. Der Tucumaner regte an, das karge Bohemeleben in der Pension für einmal zu vergessen und eine Nacht in der Suite im obersten Stock des Hotels Plaza Francia zu verbringen, von wo aus man die Avenida del Libertador und einige ihrer Paläste sowie die Bojen der Nordküste sehen konnte, die auf dem unbeweglichen Flußwasser flimmerten. Obwohl es kein Spitzenhotel war, kostete dieses Zimmer dreihundert Dollar, mehr, als meine Mittel zuließen. Aber ich mochte es ihm nicht abschlagen und bezahlte im voraus eine Buchung für den folgenden Freitag. Wir hatten vor, zuerst in einem der Restaurants der Recoleta mit ambitionierter Küche zu dinieren, aber an diesem Tag gab es einen unerwarteten Zwischenfall: Die Regierung verkündete, es könne nur noch ein ganz kleiner Prozentsatz der Bankeinlagen abgehoben werden. Ich befürchtete, mit leeren Taschen dazustehen. Sowie der plötzliche Beschluß bekanntgegeben wurde – zu spät, um die Hotelbuchung noch zu annullieren –, wollte niemand mehr Kreditkarten akzeptieren, und das Geld hatte keinen festen Wert mehr.

Gegen Mitternacht waren wir im Hotel Plaza Francia. Die Luft war feuerfarben, als wäre ein Gewitter im Anzug, und die Straßenlaternen sahen aus wie in wäßrige Kokons gehüllt. Ab und zu fuhr ein Auto durch die Avenida, langsam, wie betäubt. Ich hatte den Eindruck, beim Reiterdenkmal des Generals Alvear unter unserem Balkon küsse sich ein Paar, aber eigentlich waren alles Schatten, und ich weiß nicht einmal mehr, wie ich mich auszog und aufs Bett warf. Der Tucumaner blieb noch eine Weile draußen und erforschte die Linien des Rio de la Plata. Übellaunig, voller Mückenstiche kam er wieder herein.

Die Feuchtigkeit, sagte er.

Die Feuchtigkeit, wiederholte ich. Wie in Kuala Lumpur. Noch vor weniger als einem Jahr hatte ich die beiden Städte verwechselt. Vielleicht deshalb, erzählte ich ihm, weil ich eine Geschichte über Mücken gelesen hatte, die sich hier ereignet hat, im Februar 1977. Damals hüllte ein entnervender Fischgestank Buenos Aires ein. An den durch die Dürre noch breiter gewordenen Ufern erschienen Millionen halbverweste Dorados, Pejerreys, Bagrewelse, vergiftet von Fabrikabfällen, deren Erzeuger von den Militärs gedeckt wurden. Die Diktatur übte eine eiserne Zensur aus, und die Zeitungen getrauten sich nicht, auch nur ein Wort über das Geschehen zu publizieren, obwohl es die Einwohner mit ihren Sinnen fortwährend bestätigten. Da das Leitungswasser eine seltsam grünliche Färbung aufwies und verseucht schien, kauften die, die nicht gerade bettelarm waren, in den Läden die ganzen Vorräte an abgefülltem Sodawasser und Fruchtsaft auf. In den Krankenhäusern, wo jeden Augenblick mit einer Epidemie gerechnet wurde, ließen sich täglich Tausende gegen Typhus impfen.

Eines Nachmittags stieg aus dem Morast eine Mückenwolke auf, die den Himmel verdunkelte. Das geschah ganz plötzlich, als wäre es eine biblische Plage. Die Haut der Menschen bedeckte sich mit Quaddeln. Auf dem Gebiet der vierzig Häuserblocks nördlich der Kathedrale bei der Plaza de Mayo, wo sich Banken und Wechselstuben konzentrieren, war der Gestank vom Fluß her unerträglich. Einige gehetzte Passanten, die Geldgeschäfte tätigen mußten, hatten sich weiße Gesichtsmasken aufgesetzt, aber die Polizeipatrouillen zwangen sie, sie abzunehmen und sich auszuweisen. In der Calle Corrientes trugen die Leute brennende Kräuterspiralen, die die Mücken ebenso vertreiben sollten wie der Rauch der großen Feuer, die trotz der sengenden Hitze an einigen Ecken entfacht wurden. Die Plage verschwand so unerwartet, wie sie gekommen war. Erst dann brachten die Zeitungen auf den Innenseiten kurze Meldungen, alle unter dem gemeinsamen Titel »Unerklärliches Phänomen«.

Als wir im Hotel schliefen, kam um zwei Uhr früh heftiger Wind auf. Ich mußte die Fenster der Suite schließen. Da erwachte der Tucumaner und fragte, wen ich vom Balkon aus anschaue.

Niemand, sagte ich und erzählte ihm vom Wind.

Lüg nicht, antwortete er. Du lügst so oft, daß ich schon nicht mehr weiß, ob du mir überhaupt einmal die Wahrheit gesagt hast.

Komm her, schau dir den Himmel an, sagte ich. Jetzt ist er wolkenlos. Man sieht die Sterne über dem Fluß.

Immer weichst du mir aus, Bruno. Was interessiert mich der Himmel? Das einzige, was mich interessiert, sind deine Lügen. Wenn du den Aleff für dich allein willst, dann sag es offen heraus. Ich hab das nun lang genug mitgemacht. Jetzt ist's mir egal, wenn kein Koks reinkommt. Aber schmier mich nicht an, Titan.

Ich schwor ihm, daß ich keine Ahnung hatte, wovon er sprach, aber er war weiterhin aufgeregt, sehr nervös, als stünde er völlig unter Drogen. Ich kniete auf seiner Seite neben dem Bett nieder und streichelte seinen Kopf, um ihn zu beruhigen. Umsonst. Er drehte mir den Rücken zu und knipste das Licht aus.

Die Launen des Tucumaners waren mir unverständlich. Wir hatten keine gegenseitigen Verpflichtungen, und jedem stand es frei, das zu tun, was er für richtig hielt, aber wenn ich im Británico bis zum frühen Morgen arbeitete, kam er mich holen und machte mir öffentlich eine Szene, die mich beschämte. Er verlangte immer wieder fast Unmögliches von mir, um mich auf die Probe zu stellen, und kaum begann ich seine Wünsche zu erfüllen, ging er auf Distanz. Nicht wirklich zu wissen, was er von mir wollte, war vielleicht das, was mich am meisten anzog.

Müde schlummerte ich ein. Nach drei Stunden fuhr ich aus dem Schlaf auf. Ich war allein in der Suite. Auf dem Tisch im Entree hatte der Tucumaner eine Bleistiftnachricht hinterlassen: Er verziehe sich und vermache mir den Aleff. Eines Tages würde ich es ihm büßen. Ich ging die Ereignisse dieser Nacht noch einmal durch, um zu verstehen, was ihn verärgert haben mochte, und fand nichts. Am liebsten hätte ich das Hotel auf der Stelle verlassen, aber es war unsinnig, jetzt hinunterzugehen und ohne weitere Erklärungen auszuchecken. Eine halbe Stunde oder länger saß ich im kleinen Wohnzimmer der Suite und dachte an nichts, in diesem Zustand der Verzweiflung, der selbst die einfachsten Bewegungen unmöglich macht. Ich getraute mich nicht, die Augen zu schließen, vor lauter Angst, die Wirklichkeit könnte mich verlassen. Ich sah, wie der aschene Glanz des Morgens auf mich zukroch und wie die Luft, die mir am Vorabend so feucht erschienen war, bis zur Durchsichtigkeit dünn wurde.

Das Aufstehen war so anstrengend, als hätte man mir einen kranken Körper aufgebürdet. Ich trat auf den Balkon hinaus, um den Tagesanbruch zu betrachten. Die Sonnenkugel stieg riesig und gebieterisch über der Avenida auf, und ihre Goldzungen streiften die Parks und Prunkgebäude. Ich bezweifle, daß es je eine andere so unglaublich schöne Stadt gegeben hat wie Buenos Aires in diesem Augenblick. Der Verkehr war für einen Samstagmorgen ungewöhnlich stark. Zu Hunderten fuhren Autos langsam durch die Avenida, während das Licht, bevor es ausgeblutet ins Laub der Bäume fiel, die Bronze der Denkmäler bestrich und die Turmspitzen verbrannte. Unversehens wurde die Kuppel des Palais de Glace unter meinem Balkon von einem funkelnden Schwert geteilt. In den zwanziger Jahren war in einigen seiner Salons Tango getanzt worden, und in anderen – bekannt als Vogue's Club – hatten das Julio-de-Caro-Sextett und das Orchester von Osvaldo Fresedo aufgespielt. Während die Sonne stieg und ihre Scheibe kleiner und blendender wurde, fegte ein purpurrotes Licht über die Fassade des Museo de Bellas Artes hinweg, in dessen Sälen ich zwei Wochen zuvor die minutiösen Szenen der Schlacht von Curupaytí betrachtete hatte, die Cándido López zwischen 1871 und 1902 linkshändig gemalt hatte, nachdem ihm eine explodierende Granate den rechten Arm weggerissen hatte.

Da bekam ich den Eindruck, Buenos Aires schwebe schwerelos in dieser Eishelligkeit, und fürchtete, es könnte von der Sonne angezogen werden und aus meinem Blickfeld verschwinden. Alle bösen Ahungen von einer Stunde zuvor verflogen. Ich dachte, ich hätte kein Recht, unglücklich zu sein, solange ich sähe, wie die Stadt inmitten eines Kreises brannte, der andere, höhere Kreise spiegelte wie die, die Dante in der Mitte des Paradieses sieht.

Lautere Gefühle pflegen sich mit unlauteren Gedanken zu vermischen. Ich glaube, es war in diesem Moment, daß ich – kaum hatte ich mir vorgenommen, dem Tucumaner in einem Brief das Schauspiel zu beschreiben, das ihm entgangen war – einen ganz andersgearteten Brief beendete, nämlich an die Privatiers von Acassuso, in dem ich die mehr als dreißigjährige Besetzung des Kellers durch den Bibliothekar Sesostris Bonorino denunzierte. Ich weiß nicht, wie ich erklären soll, daß ich an das eben gesehene blendende Licht denken und meine Hand gleichzeitig so niederträchtige Sätze schreiben konnte. Gern hätte ich meinem Freund gesagt, daß er und ich, da wir nichts mit Buenos Aires zu tun hatten, für seine Schönheit vielleicht empfänglicher waren als die Einheimischen. Die Stadt war am Rande einer eintönigen Ebene erbaut worden, mitten im Gestrüpp, das weder für die Ernährung noch die Korbflechterei taugte, am Ufer eines Flusses, dessen einziger Reiz in seiner ungeheuren Breite besteht. Obwohl Borges versuchte, ihr eine Vergangenheit anzudichten, ist die, die sie heute hat, ebenfalls platt, ohne weitere Heldentaten als die von seinen Dichtern und Malern improvisierten, und jedesmal, wenn man ein Stück Vergangenheit in die Hand nimmt, kann man zusehen, wie es sich in einer monotonen Gegenwart auflöst. Es war schon immer eine Stadt mit Massen von Armen, und schon immer mußte man sich sprungweise fortbewegen, um dem Hundedreck auszuweichen. Ihre einzige Schönheit ist die, die ihr die menschliche Fantasie zuschreibt. Sie ist nicht von Meer und Hügeln umgeben wie Hongkong und Nagasaki, noch durchzieht sie ein Fluß, auf dem Jahrhunderte der Zivilisation dahingefahren sind, wie London, Paris, Florenz, Budapest, Genf, Prag und Wien. Kein Mensch kommt nach Buenos Aires, weil er auf der Durchreise nach anderswo ist. Jenseits der Stadt gibt es kein anderswo – die Räume an nichts, die sich im Süden auftun, wurden schon in den Landkarten des 16. Jahrhunderts Land des Unbekannten Meeres, Land des Kreises und Land der Giganten genannt, allegorische Namen für die Inexistenz. Nur eine Stadt, die der Schönheit so sehr abgeschworen hat, kann selbst im Unglück noch von so erstaunlicher Schönheit sein.

Ich verließ das Hotel vor acht Uhr morgens. Da es mich nicht in die Pension zurückzog, wo der Lärm an Samstagen zum Wahnsinnigwerden war, ging ich ins Británico. Das Café war leer. Mutterseelenallein kehrte der Kellner die Kippen der Nachtvögel zusammen. Ich zog den Brief an die Privatiers von Acassuso aus der Tasche und las ihn noch einmal durch. Er war schwerfällig, böse, und obwohl ich ihn nicht zu unterschreiben gedachte, verriet er mich in jedem Detail. Er resümierte alles, was mir Bonorino anvertraut hatte. Keinen Augenblick dachte ich an den Schaden, den ich dem Bibliothekar zufügte. Ich wollte ihn bloß aus dem Kellergeschoß weghaben, um nach Lust und Laune zu überprüfen, ob es das Aleph wirklich gab, wie alles nahelegte. Und um zu erfahren, was in mir geschähe, wenn ich es betrachtete.

Kurz vor dem Mittag kehrte ich in mein Zimmer zurück. Dort versuchte ich ein paar Stunden an meiner Dissertation weiterzuschreiben, aber ich war unfähig, mich zu konzentrieren. Schließlich übermannte mich die Unruhe, und ich ging zum Tucumaner, der noch in seinem Dachzimmer schlief. Ich erwartete Begeisterung oder zumindest Dankbarkeit, wenn er den Brief sähe. Aber nichts dergleichen. Er schimpfte, weil ich ihn geweckt hatte, las gleichgültig den Brief und wollte dann in Ruhe gelassen werden.

In den folgenden Tagen durchstreifte ich die Stadt in derselben Traurigkeit, die ich im Hotel Plaza Francia vor dem Tagesanbruch verspürt hatte. Ich spazierte durch Villa Crespo und suchte die Calle Monte Egmont, wo der Protagonist von *Adán Buenosayres* gelebt hatte, eines weiteren Romans, über den ich für meinen Magister geschrieben hatte, aber keiner der Anwohner konnte mir sagen, wo sie lag. »Von der Calle Monte Egmont stieg nicht mehr der Duft der Paradiese auf«, zitierte ich ihnen, um mit dem Satz ihren Orientierungssinn aufzufrischen. Das einzige, was ich erreichte, war, daß sie mich stehenließen.

Am Mittag des folgenden Freitags, als es noch heißer wurde, besuchte ich den Chacarita-Friedhof. Einige Mausoleen waren extravagant, mit gläsernen Portalen, durch die man den Innenaltar und die mit Spitzenmantillen bedeckten Särge bestaunen konnte. Andere waren mit Statuen von Kindern geschmückt, die ein Blitz traf, oder mit Matrosen, die durch ein Fernglas den imaginären Horizont absuchten, und Matronen, welche mit ihren Katzen im Arm zum Himmel auffuhren. Die meisten Gräber bestanden jedoch aus einer Platte und einem Kreuz. Als ich eine der Alleen betrat, traf ich auf eine Statue von Aníbal Troilo, der in nachdenklicher Haltung Bandoneon spielte. Ein Stück weiter verzierten die grellen Farben Benito Quinquela Martíns die Säulen, die sein Grab flankierten, und selbst der Sarg des Malers wies knallige Arabesken auf. Ich sah Bronzeadler über ein Basrelief der Anden fliegen und sah die Dichterin Alfonsina Storni in ein Granitmeer eintauchen, während neben ihr die Leichenwagen der Gebrüder Gálvez zerschellten. Als ich vor dem Denkmal von Agustín Magaldi stehenblieb, der ein Geliebter von Evita Perón gewesen war und immer noch auf der Gitarre seiner

Ewigkeit spielte, hörte ich in der Ferne herzzerreißendes Wehklagen und stellte mir vor, es sei eine Beerdigung. Ich folgte dem Lärm. Drei Frauen in Trauer, das Gesicht hinter einem Schleier verborgen, weinten neben der Statue von Carlos Gardel, dem sie eine angezündete Zigarette zwischen die grünlichen Lippen gesteckt hatten, während andere Frauen Kränze vor dem Grab der Madre María niederlegten, deren Talent zum Wunderwirken mit den Jahren zunahm, wie die Tafeln besagten.

Gegen halb drei Uhr verließ ich den Friedhof durch die Avenida El Cano und wandte mich Richtung Norden, in der Hoffnung, irgendwann aufs Land oder zum Fluß zu kommen. Doch die Fläche der Stadt war unüberwindlich. Ich erinnerte mich an eine Erzählung von Ballard, der von einer Welt fantasiert, welche nur aus untereinander durch Brücken, Tunnel und kaum wahrnehmbare Flüsse verbundenen Städten besteht, in denen die Menschen ersticken wie in einem Ameisenhaufen. Aber in den Straßen, durch die ich schritt, erinnerte nichts an Ballards Riesengebäude. Sie waren von alten Bäumen beschattet, Jakarandas und Platanen, die neoklassisch-koloniale Villen beschützten, zwischen denen auch einige angeberische Wohnsilos aufragten. Als ich merkte, daß ich in die Calle José Hernández im Belgrano-Viertel gelangt war, stellte ich mir vor, ich müsse in der Nähe des Landsitzes sein, wo der Autor von *Martín Fierro* seine letzten glücklichen Jahre verbracht hatte, trotz der wachsenden Verachtung der Kritiker für dieses Buch – das kaum dreißig Jahre nach seinem Tod, 1916, von Lugones als das »große Nationalepos« gepriesen werden sollte – und trotz der grausamen Kämpfe um die Föderalisierung der Stadt Buenos Aires, wo er eine Vorkämpferrolle gespielt hatte. Hernández war ein imponierend aussehender Mann mit einer so dröhnenden Stimme, daß man ihn in der Abgeordnetenkammer »Ratsche«

nannte. Bei den Schlemmerbanketten auf seinem Landsitz, den man vom Stadtzentrum aus nach mehreren Stunden zu Pferd erreichte, bewunderten seine Gäste ebenso seinen Appetit wie seine Gelehrsamkeit, die es ihm erlaubte, römische, englische und jakobinische Gesetzestexte, von denen noch nie jemand etwas gehört hatte, lückenlos zu zitieren. Er wurde periodisch von »Hochdruck« geplagt, wie er seine Völlereianwandlungen nannte, konnte aber nicht aufhören zu essen. Eine Herzmuskelentzündung warf ihn für fünf Monate nieder, bis er eines Oktobermorgens starb, umgeben von einer aus über hundert Verwandten ersten Grades bestehenden Familie, die alle seine letzten Worte hören konnten: »Buenos Aires … Buenos Aires …«

Obwohl ich die Calle José Hernández in ihrer ganzen Länge abschritt, fand ich keinen einzigen Hinweis auf diesen Landsitz. Dagegen entdeckte ich an den Fassaden von Villen in der Calle Juramento und O'Higgins Tafeln, die nicht ganz so hochrangige literarische Persönlichkeiten ehrten, wie Enrique Larreta oder Manuel Mujica Láinez. Nach einer Weile kam ich zu den Barrancas de Belgrano, wo sich zu Hernández' Zeiten der Stadtrand befunden hatte. Dort war der von Charles Thays kurz nach dem Tode des Dichters entworfene Park jetzt von erschlagenden Wohnblocks umgeben. Ein mit Muschelschalen und Marmorfischen verzierter Brunnen und ein Pavillon, wo sonntags die Militärkapellen ihre Konzerte gegeben haben mochten, waren noch die einzigen Zeugen einer ländlichen Vergangenheit. Der Fluß hatte sich mehr als zwei Kilometer zurückgezogen und war unmöglich zu sehen. Auf einem Bild von erlesener Schönheit, *Wäscherinnen im Bajo Belgrano*, hatte Prilidiano Pueyrredón die Ruhe dieses Vororts festgehalten. Obwohl im Titel mehrere Frauen genannt werden, ist auf dem Gemälde nur eine einzige zu sehen. Sie trägt ein Kind in den Armen und auf dem Kopf ein gigantisches Wäschebündel, während ein anderes, noch größeres Bündel von einem reiterlosen Pferd dahinter getragen wird. Auf der leichten Krümmung der damals einsamen, wilden Steilufer gruben zwei Ombu-Bäume ihre Wurzeln in die Erde, in offenem Kampf mit dem reißenden Fluß, dessen Ufer zu dieser frühen Morgenstunde die Füße der Wäscherin betraten. Damals hatte Buenos Aires eine grüne, fast goldene Farbe, und keine Zukunft trübte die Einsamkeit seines einzigen Hügels.

Als es schon dunkel wurde, kehrte ich müde in die Pension zurück. Ein gräßlicher Radau erwartete mich. Meine Zimmernachbarn warfen Matratzen, Decken und Kleidertaschen über die steile Treppe in den Empfangsraum herunter. In der Küche schluchzte Enriqueta, den Blick starr auf den Boden geheftet. Vom Keller drang das emsige Zischeln von Bonorinos Karteikarten herauf. Ich trat zu Enriqueta, reichte ihr eine Tasse Tee und versuchte sie zu trösten. Als ich sie endlich zum Sprechen brachte, hatte auch ich das Gefühl, die Welt breche über mir zusammen. Immer wieder summte mir ein Gedicht von Pessoa im Kopf herum, das mit den Worten beginnt: *Wenn du dich umbringen willst, warum willst du dich dann nicht umbringen?*, und ich konnte es beim besten Willen nicht in die Flucht schlagen.

Nachmittags um drei – erzählte Enriqueta – seien zwei Gerichtsvollzieher und ein Notar mit der Anweisung gekommen, sämtliche Mieter müßten ausziehen. Sie hätten Zahlungsbelege gefordert und das Geld derer zurückgezahlt, die à jour gewesen seien. Soviel ich mitbekam, hatten die Eigentümer das Haus einem Architekturbüro verkauft, und das wollte so schnell wie möglich einziehen. Als Bonorino den Gerichtsbeschluß las, der für den Auszug nur eine Frist von vierundzwanzig Stunden einräumte, blieb er reglos im Empfangsraum stehen, in einem Zustand der

Abwesenheit, aus dem ihn nicht einmal Enriquetas Zurufe herausholen konnten, bis er sich schließlich die Hand auf die Brust legte, »Mein Gott, mein Gott« sagte und im Keller verschwand.

Obwohl mein Brief an die Privatiers von Acassuso nichts mit diesen Vorgängen zu tun hatte, hätte ich am liebsten das Rad der Zeit zurückgedreht. Ich ertappte mich dabei, wie ich einen anderen Pessoa-Satz wiederholte: *Gott möge Erbarmen mit mir haben, wenn ich es schon mit niemandem hatte.* Wenn sich mir ein Zitat oder eine Melodie im Kopf herumdrehte, konnte ich sie erst nach einer Ewigkeit wieder verscheuchen. Und dann noch Pessoa. Wer konnte denn in dieser ganzen Verzweiflung einen verzweifelten Dichter lieben? *Armer Bruno Cadogan, um den sich keiner kümmert. Armer Bruno Cadogan, der so viel Selbstmitleid hat.*

Außerdem waren mir die Hände gebunden. Ich konnte niemandem helfen. Ich hatte idiotischerweise dreihundert Dollar in eine einzige Nacht im Hotel Plaza Francia gesteckt und konnte nicht einmal den kläglichen Rest Geld abheben, der mir noch blieb. Und besser zahlte man mir die Stipendien gar nicht erst weiter aus, es wurden ja sämtliche Geldsendungen beschlagnahmt. Schon am Sonntag hatte ich versucht, zu einigen Pesos zu gelangen, indem ich mich in die endlosen Schlangen vor den Geldautomaten gestellt hatte. Drei der Automaten gingen die Reserven aus, bevor ich auch nur zehn Meter vorgerückt war. Weitere fünf waren blank, aber die Menschen mochten sich das nicht bieten lassen und drückten immer wieder die Tasten, als könnte doch noch ein Wunder geschehen.

Gegen Mitternacht erzählten mir meine Zimmernachbarn aufgeräumt, sie würden in Fuerte Apache unterkommen, wo Verwandte von ihnen wohnten. Als ich das Enriqueta weitersagte, reagierte sie, als wäre das eine Tragödie.

Fuerte Apache, sagte sie, die Silben dehnend. Nicht im Traum kriegte man mich da hin. Ich weiß nicht, wie sie auf die Idee kommen, mit den armen Kindern an so einen Ort zu ziehen.

Schuldgefühle quälten mich, obwohl ich mir an nichts die Schuld zu geben hatte. Oder doch: Schließlich hatte ich hinter dem Rücken der Bewohner diesen so unnützen wie niederträchtigen Brief geschrieben. In Buenos Aires, wo die Freundschaft eine Kardinaltugend mit Erlösungscharakter ist, gilt der Verräter als Schurke, wie man den Tangotexten entnehmen kann, die den Petzer, den Judas und Anschwärzer verhöhnen. Ich bin sicher, der Tucumaner hielt mich für einen verachtenswerten Menschen. Mehr als einmal hatte er mich gebeten, den Brief zu schreiben, und dabei vermutlich gedacht, ich würde mir eher die Hand abhacken lassen, als es zu tun. Für jemanden wie mich, der glaubte, Sprache und Taten seien buchstäblich miteinander verbunden, war das Verhalten meines Freundes schwer zu verstehen. Auch mir war das Verraten nicht leicht geworden. Und trotzdem war das Aleph stärker ins Gewicht gefallen als die Niederträchtigkeit.

Wieder sah ich die riesige Frau, die am Nachmittag meiner Ankunft im Bidet eine Bluse gewaschen hatte. Anmutig den Hindernissen ausweichend, kam sie mit einer Matratze auf den Schultern die Treppe herunter. Ihr Körper zerfloß in Schweiß, aber das Augen- und Lippen-Make-up blieb dabei intakt. Das Leben singt für alle gleich, sagte sie, als sie mich erblickte, aber ich weiß nicht, ob sie mit mir sprach oder mit sich selbst. Ich stand mitten im Empfangsraum und kam mir vor wie eines der Dekorationsstücke. In diesem Moment ging mir auf, daß die Verben *singen* und *verraten* Synonyme sind.

Aus dem Halbdunkel der Kellertreppe lugte Bonorinos Glatze heraus. Ich wollte gehen, weil ich sein Gesicht nicht anschauen mochte. Aber er war heraufgekommen, um mit mir zu sprechen.

Kommen Sie bitte herunter, Cadon, sagte er zu mir. Ich war an die Verunstaltungen meines Namens bereits gewöhnt.

Die Kärtchen waren von der Treppe verschwunden, und die düstere Behausung, durch deren ebenerdige Fenster nur spärlich Licht hereinsickerte, erinnerte mich an den Hauptgang des Labyrinths, das Kafka sechs Monate vor seinem Tod in *Der Bau* beschrieb. So, wie der Nager in der Erzählung seine Vorräte an einer der Wände anhäuft und sich an der Menge und an ihren verschiedenen Gerüchen freut, so hüpfte auch Bonorino vor den Obstkisten, die ihm als Nachttisch gedient hatten und jetzt, auf weitere fünf oder sechs geschichtet, das winzige Bad und die Kochnische verdeckten. In ihnen verwahrte er seine geretteten Habseligkeiten. Ich konnte das Synonymenwörterbuch, die Hemden und den Gaskocher ausmachen. Die Wände waren von den Spuren der jahrelang dort klebenden Zettel verschattet, und das einzige Möbelstück, das noch an seinem Ort stand, war die Pritsche, jetzt allerdings nackt, ohne Laken und Kissen. Bonorino drückte das Buchhaltungsbuch an seine Brust, in dem er die auf den bunten Karten verstreuten Informationen eingetragen hatte. Die aschgraue 25-Watt-Glühbirne beleuchtete knapp seinen buckligen Körper, über den das ganze Elend der Welt hereingebrochen zu sein schien.

Unglückliche Nachrichten, Cadon, sagte er. Das Licht der Erkenntnis ist zur Guillotine verurteilt worden.

Das tut mir leid, log ich. Man weiß nie, warum so etwas geschieht.

Ich dagegen kann alles sehen, was verlorengegangen ist: die Quadratur des Kreises, die Zähmung der Zeit, die Urkunde der ersten Gründung von Buenos Aires.

Nichts wird verlorengehen, wenn es Ihnen wohl ist, Bonorino. Darf ich Ihnen für einige Tage das Hotel bezahlen? Tun Sie mir den Gefallen.

Ich habe schon eine Einladung von anderen Verstoßenen angenommen, die mir eine Unterkunft in Fuerte Apache zur Verfügung stellen. Sie sind Ausländer, Sie haben keinen Anlaß, für irgend etwas Verantwortung zu übernehmen. Dienen wir Gott, wo es möglich ist, und begnügen wir uns damit, das Unmögliche zu wünschen, wie die heilige Teresa gesagt hat.

Ich erinnerte mich, daß Carlos Argentino Daneri verzweifelt war, als man ihm ankündigte, das Haus in der Calle Garay würde abgebrochen, denn wenn man ihm das Aleph nahm, würde er seine ambitiöse Dichtung *Die Erde* nicht beenden können. Bonorino, der in die aufwendigen Stichwörter des vaterländischen Lexikons dreißig Jahre investiert hatte, wirkte dagegen gleichgültig. Ich wußte nicht, wie ich mich taktvoll nach seinem Schatz erkundigen sollte. Ich konnte auf das Geviert unter der letzten Treppenstufe anspielen, das er blitzblank gelassen hatte, auf die Zeichnung der Stradivari, die ich bei meinem letzten Besuch knapp gesehen hatte. Er selbst verschaffte mir die Lösung.

Dann zählen Sie für alles andere auf mich, sagte ich heuchlerisch.

Genau. Ich wollte Sie nämlich darum bitten, dieses Buch zu verwahren, das Destillat all meiner Anstrengungen. Sie werden es mir dann zurückgeben, bevor Sie wieder in Ihre Heimat fahren. Ich habe gehört, daß in Fuerte Apache Hiebe und Diebe dicht beisammenleben. Wenn ich die Karteikarten verliere, verliere ich nichts. Sie enthalten nur Entwürfe und Kopien der Fantasien anderer Leute. Was wirklich ich geschaffen habe, steht in diesem Buch, und ich wüßte nicht, wie ich es schützen sollte.

Sie kennen mich ja nicht einmal, Bonorino. Ich könnte

Sie verkaufen und verraten. Ich könnte Ihr Werk unter meinem Namen veröffentlichen.

Sie würden mich nie verraten, Cadon. Zu keinem habe ich mehr Vertrauen. Ich habe keine Freunde.

Diese naive Erklärung zeigte mir, daß der Bibliothekar das Aleph nicht haben konnte. Er hätte es nur ein einziges Mal zu betrachten brauchen, um zu entdecken, daß ihn der Tucumaner und ich verraten hatten. Auch Carlos Argentino Daneri in der Borges-Erzählung hatte den Abbruch seines Hauses nicht vorhersehen können. Darum konnte man an dem leuchtenden Punkt, der Dantes Paradies wiederaufleben läßt, die Zukunft nicht sehen, und man konnte auch die Wirklichkeit nicht sehen. Die gleichzeitigen unendlichen Ereignisse, die er enthielt, das unfaßbare Universum, das waren nur Ablagerungen der Fantasie.

Ich dachte, Sie hätten zumindest das Aleph, tastete ich mich vor.

Er sah mich an und brach in Gelächter aus. In seinem riesigen Mundloch hatten nur fünf oder sechs Zähne überlebt.

Legen Sie sich unter die neunzehnte Stufe und schauen Sie selbst nach, ob ich es habe, sagte er. Ich habe Hunderte Nächte dort auf dem Rücken gelegen und gewartet, bis ich es sähe. Vielleicht hat es früher einmal ein Aleph gegeben. Jetzt ist es verschwunden.

Ich fühlte mich elend, ein Verlierer, ein Schuft. Ich ergriff das Buchhaltungsbuch, das beinahe so schwer war wie ich, und wollte den Band über die Labyrinthe nicht zurücknehmen, den ich ihm ausgeliehen hatte.

Behalten Sie ihn so lange, wie Sie wollen, sagte ich. In Fuerte Apache werden Sie ihn nötiger haben als ich.

Er bedankte sich nicht einmal. Er schaute mich von oben bis unten mit einer Dreistigkeit an, die im Widerspruch stand zu seiner üblichen salbungsvollen Art. Was er dann tat, war noch seltsamer. Mit rhythmischer, wohlmodulierter Stimme begann er einen Vorstadtrap zu stanzen: *Du wirst schon sehn, in Fuerte Apache / wird alles bald zu Matsche. / Wenn ich lebe, leb ich elend wie ein Schwein. / Wenn ich sterbe, wird es an einer verirrten Kugel sein.*

Gar nicht übel, sagte ich. Ich wußte nicht, daß Sie solche Fähigkeiten haben.

Ich bin vielleicht nicht Martel, aber ich schlage mich durch.

Nie hätte ich gedacht, er könnte Martel kennen.

Wie bitte? Ihnen gefällt Martel?

Wem gefällt er nicht? sagte er. Am vergangenen Donnerstag habe ich einen Bibliothekskollegen in Parque Chas besucht. Jemand hatte uns gesagt, Martel stehe an einer Ecke und singe. Er ist ganz unvorhergesehen aufgekreuzt und hat drei Tangos zum besten gegeben. Zwei haben wir grade noch hören können. Das war das Größte.

Parque Chas, wiederholte ich. Ich weiß nicht, wo das liegt.

Gleich dort, am Anfang von Villa Urquiza. Seltsame Gegend, Cadon. Die Straßen sind rund, und sogar die Taxis verfahren sich. Schade, daß es im Buch von Prestel nicht vorkommt – von den vielen Labyrinthen, die es auf der Welt gibt, ist es das ausgedehnteste.

Fünf

Dezember 2001

Als die Pension in der Calle Garay geschlossen wurde, zog ich in ein bescheidenes Hotel in der Avenida Callao in der Nähe des Kongreßgebäudes. Obwohl mein Zimmer auf einen Innenhof hinausging, war der Verkehrslärm rund um die Uhr ohrenbetäubend. Ich versuchte in den umliegenden Cafés meine Arbeit wiederaufzunehmen, aber überall stürmten die Menschen herein und hinaus und machten lauthals ihrem Unmut über die Regierung Luft. Da ging ich lieber wieder ins Británico, wo mir wenigstens die Abläufe vertraut waren. Dort erfuhr ich vom Kellner, daß der Tucumaner sein Glitzeraleph in einem Gewerkschaftskeller vorführte, zu dem ihm der Nachtwächter Zugang verschaffte, weil er die Einnahmen mit ihm teilte. Zum Premierenabend waren zehn oder zwölf Touristen gekommen, aber die zweite und die dritte Vorstellung mußten abgesagt werden, da das Publikum ausblieb. Ich vermutete, der Tucumaner habe entgegen meiner Empfehlung darauf verzichtet, den entsprechenden Borges-Abschnitt vorzulesen: *Ich sah das belebte Meer, ich sah Morgen- und Abendröte, ich sah die Menschenmassen Amerikas, ich sah ein silbriges Spinnennetz im Zentrum einer schwarzen Pyramide, sah ein aufgebrochenes Labyrinth (das war London).* Ohne diesen Text mußte der Eindruck des Aleph mißlich bleiben, und zweifellos gingen die Touristen enttäuscht wieder weg. Aber zehn Zuschauer zu beschummeln war in diesen ruhelosen Wochen schon ein kolossaler Erfolg. In Buenos Aires hatte niemand Geld (auch ich nicht), und die Besucher flohen aus der Stadt, als wäre die Pest im Anmarsch.

Wenn es dunkel wurde, der Verkehr brüllte und mein Geist von der Prosa der postkolonialen Theoretiker außer Gefecht gesetzt wurde, wandte ich mich Bonorinos Buchhaltungsbuch zu, in dem es wimmelte von ausführlichen, illustrierten Wortdefinitionen wie *facón* (langes spitzes Gauchomesser), *piolín* (Bindfaden), *Uqbar* (Fantasieland von Borges), *yerba mate* (Matestrauch und -tee), *fernet* (Fernet Branca), *percal* (Perkal) und das einen langen Absatz über argentinische Erfindungen enthielt, zum Beispiel den *birome* oder Kugelschreiber, *dulce de leche* oder Milchkonfitüre, die Identifizierung durch Fingerabdrücke und die Picana, den elektrischen Ochsenstachel, von denen zwei Dinge nicht einheimischem, sondern dalmatinischem und ungarischem Genie zu verdanken sind.

Die Bezüge waren unerschöpflich, und wenn ich das Buch aufs Geratewohl aufschlug, geriet ich nie auf dieselbe Seite, wie es bei Borges' *Sandbuch* der Fall ist, das Bonorino oft zitierte. Eines Nachmittags fand ich ganz zufällig einen langen Abschnitt über Parque Chas, und während ich ihn las, dachte ich, nun sei es an der Zeit, das Viertel kennenzulernen, wo Martel zuletzt gesungen hatte. Laut Bonorinos Angaben geht der Name des Ortes auf einige unfruchtbare Felder zurück, die Dr. Vicente Chas geerbt hatte und in deren Mitte der Schornstein eines Ziegelofens aufragte. Kurz vor seinem Tod 1928 strengte Dr. Chas einen erbitterten Prozeß gegen die Regierung von Buenos Aires an, die den Ofen schließen wollte, weil er schädlich war für die Lungen der Anwohner, zugleich aber auch die Westverlängerung der Avenida de los Incas verhinderte, da ihr der ungeheure Schlot im Weg stand. In Wirklichkeit hatte die Regierung diesen Ort für den Bau eines ehrgeizigen »radiozentrischen« Projekts der jungen Architekten Frehner und Guerrico ausersehen, dessen Gestalt das Labyrinth über die Sünden der Welt und die Hoffnung des

Paradieses unter der Kuppel der Kirche San Vitale in Ravenna kopierte.

Aber Bonorino vermutete, die runde Anlage des Viertels gehorche einem geheimen Plan von Kommunisten und Anarchisten, um in unsicheren Zeiten einen Unterschlupf zu haben. Seine These war von der Leidenschaft der Einwohner von Buenos Aires für Verschwörungen inspiriert. Wie sonst wäre zu erklären, daß die Hauptdiagonale dort La Internacional hieß, bevor sie die Avenida General Victoria wurde, oder daß die Calle Berlín auf einigen Plänen als Bakunin figurierte und eine kleine Straße von vierhundert Metern Treveris hieß, in Anspielung auf Trier, die Geburtsstadt von Karl Marx?

»Ein in Parque Chas ansässiger Kollege von der Bücherei Montserrat«, schrieb Bonorino in seinem Buch, »begleitete mich eines Morgens durch dieses Durcheinander von Zickzacks und Irreführungen bis zur Ecke Ávalos und Berlín. Um die Schwierigkeiten des Labyrinths zu erproben, sollte ich mich hundert Meter in einer beliebigen Richtung entfernen und dann auf demselben Weg zurückkehren. Wenn ich länger als eine halbe Stunde ausbliebe, wollte er mich suchen kommen. Ich verirrte mich, wüßte aber nicht mehr zu sagen, ob auf dem Hin- oder Rückweg. *Die unerträglich weiße Sonne des Mittags war die gelbe Sonne, die der Abenddämmerung vorausgeht,* und wie ich mich auch drehte und wendete, ich hatte die Orientierung verloren. Dies ahnend, machte sich mein Kollege auf die Suche nach mir. Es wurde schon dunkel, als er mich endlich an der Ecke Londres und Dublin erblickte, wenige Schritte von der Stelle entfernt, wo wir uns getrennt hatten. Ich hätte, sagte er, verstört und durstig ausgesehen. Als ich von dem Ausflug zurückkehrte, befiel mich ein hartnäckiges Fieber. Zu Hunderten haben sich Menschen in den trügerischen Straßen von Parque Chas verirrt, wo die Fuge zwischen der

Wirklichkeit und den Fiktionen von Buenos Aires zu liegen scheint. Bekanntlich gibt es in jeder großen Stadt eine dieser Linien von hoher Dichte, ähnlich den schwarzen Löchern im Weltraum, die das Naturell dessen verändern, der sie überschreitet. Der Lektüre alter Telefonbücher entnahm ich, daß sich der Gefahrenpunkt im von der Calle Hamburgo, Bauness, Gándara und Bucarelli eingegrenzten Rechteck befindet, wo vor siebzig Jahren einige Häuser von Helene Jacoba Krig, Emma Zunz, Alina Reyes de Aráoz, María Mabel Sáenz und Jacinta Vélez bewohnt worden waren, die später zu literarischen Figuren wurden. Aber die Menschen des Viertels selbst siedeln ihn in der Avenida de los Incas an, bei den Ruinen des Ziegelofens.«

Mit Bonorinos Angaben verstand ich noch nicht, warum Martel in Parque Chas gesungen hatte. Der Taumel auf der Grenzlinie zwischen Realität und Fiktion hatte nichts mit seinen früheren Versuchen zu tun, die Vergangenheit einzufangen – ich hatte nie geglaubt, er interessiere sich für die Vergangenheit der Fantasie –, und einige Volksmärchen über die Abenteuer des Pibe Cabeza und andere im Labyrinth dahinvegetierende Menschen standen, falls sie stimmten, in keinerlei Verbindung mit der höheren Geschichte der Stadt.

Ich verbrachte zwei Nachmittage in der Kongreßbibliothek, um mich über das Leben in Parque Chas zu informieren, und stellte fest, daß sich dort keine anarchistischen oder kommunistischen Nester gebildet hatten. Ich forschte ausführlich nach, ob einige Apostel der libertären Gewalt (wie Osvaldo Bayer sie nannte) in dem Labyrinth Zuflucht gefunden hatten, ehe sie ins Gefängnis von Ushuaia oder vors Erschießungskommando gebracht wurden, aber ihr Leben hatte sich an zentraleren Orten in Buenos Aires abgespielt.

Obwohl das Viertel einen so abweisenden Eindruck machte, wollte ich es kennenlernen. Eines frühen Morgens nahm ich den Bus, der von Constitución zur Avenida Triunvirato fuhr, wandte mich dann nach Osten und betrat die Terra incognita. Als ich zur Calle Cádiz gelangte, wurde die Landschaft eine Abfolge von Kreisen – wenn denn Kreise einander folgen können –, und unversehens wußte ich nicht mehr, wo ich war. Ich marschierte über zwei Stunden und kam sozusagen nicht vom Fleck. In jeder Biegung sah ich den Namen einer Stadt, Ginebra, La Haya, Dublin, Londres, Marsella, Constantinopla, Copenhague. Die Häuser standen dicht beisammen, ohne Zwischenraum, aber die Architekten hatten es fertiggebracht, die geraden Linien gebogen aussehen zu lassen, oder umgekehrt. Obwohl einige Häuser rosafarbene Türstürze hatten und andere blaue Säulengänge – es gab auch glatte, weißgestrichene Fassaden –, waren sie schwierig auseinanderzuhalten. Mehr als ein Haus trug dieselbe Nummer, sagen wir 184, und bei mehreren glaubte ich dieselben Vorhänge und denselben Hund zu sehen, der die Schnauze aus dem Fenster streckte. Ich ging unter einer unbarmherzigen Sonne dahin, ohne auf eine Menschenseele zu treffen. Ich weiß nicht, wie ich auf einen von einem schwarzen Gitter umfriedeten Platz gelangte. Bis dahin hatte ich nur ein- oder zweistöckige Häuser gesehen, aber um dieses Quadrat herum erhoben sich hohe Türme, ebenfalls alle gleich, in deren Fenstern Fahnen von Fußballklubs hingen. Ich wich einige Schritte zurück, und die Türme erloschen wie Streichhölzer. Ein andermal verirrte ich mich zwischen den Spiralen der niedrigen Häuser. Ich kehrte um und versuchte, mit jedem Schritt genau den Weg zu wiederholen, den ich in umgekehrter Richtung zurückgelegt hatte, und so fand ich tatsächlich den Platz wieder, aber nicht an dem Punkt, wo ich ihn verlassen hatte, sondern an einem andern, diagonal gegenüberliegenden. Einen Augenblick dachte ich, ich sei das Opfer einer Halluzination, aber die grüne Markise, unter der ich noch vor weniger als einer Minute gestanden hatte, leuchtete in hundert Meter Entfernung unter der Sonne, und an ihrer Stelle erschien jetzt ein Laden, der sich als Sandwichpalast ausgab, im Grunde aber nur ein Kiosk war, der Bonbons und Erfrischungsgetränke anbot. Er wurde von einem jungen Burschen mit einer riesigen Schirmmütze bedient, die seine Augen verdeckte. Erleichtert sah ich endlich ein menschliches Wesen, das in der Lage wäre, mir zu erklären, an welcher Stelle des Labyrinths wir uns befanden. Mit Mühe konnte ich eine Flasche Mineralwasser bestellen, da ich verging vor Durst, aber noch bevor ich den Satz beendet hatte, antwortete der Bursche »Hab ich nicht« und verschwand hinter einem Vorhang. Eine Zeitlang klatschte ich in die Hände, um ihn auf mich aufmerksam zu machen, bis mir klar wurde, daß er nicht zurückkäme, solange ich hier war.

Vor dem Verlassen der Pension hatte ich aus einem Reiseführer einen sehr detaillierten Plan von Parque Chas herauskopiert, auf dem die Zu- und Ausgänge zu sehen waren. Auf dem Plan gab es einen grauen Bereich, der vielleicht ein Platz war, aber er hatte die Form eines unregelmäßigen Vierecks und nicht eines Quadrats, wie ich es vor mir hatte. Im Unterschied zu den Gäßchen, durch die ich zuvor gegangen war, gab es in dem, wo ich jetzt war, keine Namens- oder Nummernschilder an den Fassaden, so daß ich beschloß, vom Kiosk aus in gerader Richtung nach Westen zu gehen. Ich hatte das Gefühl, je weiter ich marschierte, desto länger werde der Gehweg, als bewegte ich mich auf einem Fließband.

Meine Uhr zeigte Mittag, und die Häuser, an denen ich vorbeikam, waren verschlossen und anscheinend leer. Ich hatte den Eindruck, auch die Zeit verschiebe sich launisch, wie die Straßen, aber mittlerweile war es mir einerlei, ob es sechs Uhr abends oder zehn Uhr vormittags war. Das Gewicht der Sonne wurde unerträglich. Ich verdurstete. Sobald ich in irgendeinem Haus ein Lebenszeichen sähe, würde ich so lange klingeln und klingeln, bis jemand mit einem Glas Wasser erschiene.

Ich begann Schatten zu sehen, die sich in einer der Seitenstraßen bewegten, kilometerweit entfernt, und fühlte mich so schwach, daß ich an Ort und Stelle ohnmächtig zu werden befürchtete, ohne daß mir jemand zu Hilfe käme. Nach kurzer Zeit merkte ich, daß die Schatten keine Halluzinationen waren, sondern Hunde, die wie ich etwas zu trinken und einen Unterschlupf suchten, und außerdem eine Frau, die ihnen mit schnellen Schritten auszuweichen sich bemühte. Sie kam auf mich zu, schien mein Vorhandensein aber nicht zu bemerken, und auch ich nahm an ihr nur den Klang einiger Metallarmreifen wahr, anhand deren ich sie noch nach Monaten blind hätte identifizieren können – sie bewegten sich in immergleichem Rhythmus, zuerst ein rasches metallisches Funkeln und dann zwei langsame Töne. Ich versuchte, ihr etwas zuzurufen, damit sie mir sagen könnte, wo wir uns befanden – aus ihrem zielstrebigen Gang schloß ich, daß sie es wußte –, doch bevor ich den Mund öffnen konnte, verschwand sie in einer Haustür. Dieses Lebenszeichen ermutigte mich, und ich setzte meinen Weg fort. Ich kam an zwei weiteren unbewohnten Häusern und einer Klinkerfassade mit einem kleeblattförmigen Eisenfenster vorbei. Da gab es auch eine zweiflüglige Tür, und der eine Flügel stand offen. Ich ging hinein und gelangte in einen großen dunklen Raum mit Regalen, auf denen ein paar Sporttrophäen glänzten, und einigen Plastikstühlen und zwei oder drei Tafeln zur moralischen Erbauung mit Sätzen wie *Qualität erreicht man, indem man die Dinge beim ersten Mal gut macht* oder *Es sind die Kleinig-*

keiten, die die Vollkommenheit ausmachen, aber die Vollkommenheit ist keine Kleinigkeit.

Später erfuhr ich, daß sich die Ausstattung des Raums je nach Laune des Geschäftsführers änderte und daß manchmal anstelle der Stühle ein Ladentisch dastand und in den Regalen Ginflaschen, aber möglicherweise verwechsle ich diesen Ort mit einem andern, wo ich später am selben Tag hinging. An beiden Orten veränderte sich das Dekor gleichermaßen ohne Ankündigung, wie in einem Theaterstück. Ich kann mich nicht mehr groß an das erinnern, was dann geschah – die Wirklichkeit verschwamm mir. Auch heute würde ich noch denken, Parque Chas sei eine Sinnestäuschung, wenn sich die Frau, die ich einen Moment zuvor gesehen hatte, nicht in dem Raum befunden und ich sie später andernorts noch oft gesehen hätte.

Dir ist übel, war das erste, was sie sagte. Setz dich und rühr dich nicht, bis es vorüber ist.

Ich möchte nur ein wenig Wasser, sagte ich. Meine Zunge war völlig ausgetrocknet, und ich konnte nicht weitersprechen.

Aus der Dunkelheit tauchte ein großer, blasser Mann mit einem fast schwarzen Dreitagebart auf. Er trug ein T-Shirt, unter dem sich die Muskeln abzeichneten, und eine Pyjamahose und fächelte sich mit einem Stück Pappe Luft zu. Mit kurzen Schrittchen und die blendende Helligkeit der Straße meidend kam er auf mich zu.

Ich habe keine Genehmigung, Wasser zu verkaufen, sagte er. Nur Brauselimonade und Soda in Flaschen.

Egal was, sagte die Frau.

Sie sprach so würdevoll, daß man ihr unmöglich nicht gehorchen konnte. Vielleicht weil mich die glühende Sonne durcheinandergebracht hatte, erschien sie mir in diesem Moment als unwiderstehlich schöne Frau; als ich sie dann näher kennenlernte, merkte ich, daß sie nur auffallend war.

Sie hatte etwas mit diesen Filmschauspielerinnen gemein, in die man sich verliebt, ohne zu wissen, warum, Frauen wie Kathy Bates oder Carmen Maura oder Anouk Aimée oder Helena Bonham Carter, die zwar nicht gerade umwerfend sind, aber einem ein Glücksgefühl bescheren, wenn man sie ansieht.

Sie wartete, bis ich das Sodawasser geschlürft hatte, das mir der Mann im T-Shirt gebracht und für das er eine Unsumme verlangt hatte, zehn Pesos. Die Frau verbot mir, soviel zu zahlen – wenn du ihm zwei Pesos gibst, ist das schon das Dreifache dessen, was es wert ist –, und forderte dann mit lässiger Miene einen Stock mit Perlmutterknauf zurück, der anscheinend seit über einer Woche hier aufbewahrt wurde. Der Mann angelte den Gegenstand aus einem der Regale, wo ihn die Trophäen verdeckt hatten. Er hatte einen gebogenen, glänzenden Griff. Unterhalb der Perlmutterplättchen bemerkte ich das übliche Bild von Carlos Gardel, das die Autobusse von Buenos Aires schmückt, in Gauchokleidung und mit einer weißen Schärpe um den Hals. Der Stock erschien mir als so einmaliges Stück, daß ich bat, ihn berühren zu dürfen.

Er wird sich schon nicht abnützen, sagte die Frau. Sein Besitzer braucht ihn kaum noch.

Er war federleicht. Das Holz war sehr schön gearbeitet, und Gardels Bild konnte nur das Werk eines Intarsienmeisters sein. Meine bewundernden Äußerungen wurden von dem Mann im T-Shirt unterbrochen, der, wie er sagte, den Klub schließen und schlafen gehen wollte. Ich hatte mich bereits wieder erholt und fragte die Frau, ob es ihr recht sei, gemeinsam aus dem Labyrinth und bis zur Bushaltestelle zu gehen.

An der Ecke Triunvirato wartet ein Taxi auf mich, sagte sie. Aber ich kann dich dorthin führen.

Obwohl aus ihrer Handtasche ein Stadtplan mit mehreren markierten Punkten guckte, schien sie ihn nicht zu benötigen. Sie irrte sich nicht ein einziges Mal in der Richtung. Als wir loszogen, fragte sie mich nach meinem Namen und was ich hier mache.

In Parque Chas sieht man selten jemanden, der nicht vom Viertel ist, sagte sie. Im allgemeinen kommt und geht hier niemand.

Ich berichtete ihr, was Bonorino über Martels unerwartetes Konzert an einer Straßenecke erzählt hatte und wie leidenschaftlich ich den Sänger seit Monaten suchte.

Schade, daß wir uns nicht eher kennengelernt haben, sagte sie, als wäre das das Selbstverständlichste von der Welt. Ich lebe mit Martel zusammen. Ich hätte ihn dir vorstellen können. Der Stock, den ich holen gekommen bin, gehört ihm.

Ich schaute sie unter dem gleißenden Licht an. Da wurde mir klar, daß sie dieselbe Frau war wie die, die ich in der Calle México mit dem Sänger hatte in ein Taxi steigen sehen. So unglaublich es klingt, nun fand ich sie in einem Labyrinth, wo doch sonst alles verlorengeht. Ich hatte sie großgewachsen in Erinnerung, aber das war sie nicht. Nur neben Martels Winzigkeit wirkte sie groß. Sie hatte dichtes, dunkles Haar, und die Sonne schien ihr nichts anzuhaben – sie ging ungeschützt und ohne außer Atem zu kommen dahin, als bestünde ihre Natur ebenfalls aus Licht.

Sie können ihn mir *jetzt* vorstellen, sagte ich. Ich getraute mich nicht, sie zu duzen. Ich bitte Sie darum.

Nein, Jetzt ist er krank. Er ist mit einer inneren Blutung nach Parque Chas gekommen, um zu singen, und wir haben es nicht gewußt. Er hat drei Tangos gesungen – zuviel. Als er fertig war, ist er im Auto ohnmächtig geworden. Wir haben ihn ins Krankenhaus gebracht, und alles hat sich verschlimmert. Er befindet sich auf der Intensivstation.

Ich muß mit ihm sprechen, insistierte ich. Sobald es

geht. Ich werde im Krankenhaus warten, bis Sie mich rufen. Ich werde mich nicht vom Platz rühren, wenn es Ihnen nichts ausmacht.

Von mir aus kannst du tun, was du willst. Es kann Wochen, Monate dauern, bis man ihm erlaubt, jemanden zu sehen. Das passiert ihm nicht zum ersten Mal. Ich habe schon keine Übersicht mehr, wie viele Tage ich nicht mehr geschlafen habe.

Monoton wiederholten sich die runden Straßen. Hätte man mich gefragt, wo wir waren, so hätte ich gesagt, immer am selben Ort. Ich sah weitere identische Vorhänge in den Fenstern und ebenfalls gleiche Hunde, die die Schnauze herausstreckten. Als wir jedoch um eine Ecke bogen, veränderte sich die Gegend und bekam gerade Linien. Auf dem kurzen Spaziergang hatte ich soviel wie möglich von mir erzählt und versucht, die Frau für Borges' Überlegungen zu den Ursprüngen des Tangos zu interessieren. Ich sagte, ich sei nach Buenos Aires gekommen, um an meiner Dissertation zu arbeiten, und wenn mein Geld zu Ende gehe, müsse ich wohl oder übel nach New York zurückkehren. Ich versuchte – umsonst –, aus ihr herauszukriegen, wieviel Martel über die ersten Tangos wußte, da er sie ja gesungen und auf seine Art neu komponiert hatte. Ich sagte, ich könne mich nicht damit abfinden, daß all dieses Wissen mit ihm verschwände. Inzwischen waren wir zur Avenida Triunvirato gelangt. Vor einer Pizzeria wartete das Taxi.

Martel liegt im Fernández-Krankenhaus in der Calle Bulnes, sagte sie mit mütterlicher Stimme. Die Besuchszeit auf der Intensivstation ist abends von halb sieben bis halb acht. Ich glaube nicht, daß du mit ihm sprechen kannst, aber ich werde dort sein, immer.

Sie schloß die Tür des Taxis und fuhr davon. Hinter den Scheiben sah ich ihr unklares Profil, eine Hand, die zum

Abschied winkte, abwesend, und ein von der grellen Sonne des Mittags – oder wie spät es auch immer war – ausgelöschtes Lächeln. Ich lächelte zurück und merkte in diesem Augenblick, daß ich nicht einmal wußte, wie sie hieß. Dem rasenden Verkehr ausweichend, rannte ich ihr mitten auf der Avenida nach und holte sie mit Mühe und Not an einer Ampel ein. Völlig außer Atem sagte ich, was ich vergessen hatte.

Oh, wie zerstreut ich bin, sagte sie. Ich heiße Alcira Villar.

Jetzt, da mir der Zufall zu Hilfe kam, würde ich ihn nicht mehr aus den Händen lassen. Ich war in einer Presbyterianerfamilie aufgewachsen, deren erstes Gebot die Arbeit war. In den Augen meines Vaters war Glück eine Sünde, da es den Willen zur Anstrengung bricht. Ich hatte niemanden gekannt, der in der Lotterie gewonnen oder das Glück als eine Gabe und nicht als Ungerechtigkeit empfunden hätte. Aber eines schönen Vormittags kurz vor Sommerbeginn hatte das Glück in meinem Leben Einzug gehalten, zehntausend Kilometer südlich von meinem Geburtsort. Mein Vater hätte mich die Augen schließen und diese Versuchung fliehen geheißen. Alcira, sagte ich, Alcira Villar. Ich konnte an nichts anderes denken und keinen andern Namen mehr aussprechen.

Vom folgenden Tag an war ich allabendlich ab sechs Uhr in einem Raum neben der Intensivstation auf Posten. Manchmal schaute ich auf den Gang hinaus und beobachtete die Schwingtür, die auf einen langen Korridor führte, an dessen Ende sich die Patienten befanden, im zweiten Stock des Krankenhauses. Der Raum war sauber, hell, und nichts störte das gespannte Schweigen von uns Wartenden. Durch die Fenster sah man auf einen Innenhof mit Blumenbeeten. Manchmal kamen Ärzte herein, riefen die Familien beiseite und unterhielten sich flüsternd mit ihnen.

Wenn sie fertig waren, folgte ich ihnen und fragte, wie es Martel gehe. Na ja, es geht, war alles, was ich aus ihnen herausbekam. Die Krankenschwestern erbarmten sich meiner Unruhe und bemühten sich, mich zu trösten. Machen Sie sich keine Sorgen, Cogan. Die Patienten auf der Intensivstation brauchen deswegen noch nicht zu sterben. Die meisten kommen nachher in die Gemeinschaftszimmer und gehen schließlich wieder nach Hause. Ich wies sie darauf hin, daß Martel nicht zum ersten Mal da war und daß das kein gutes Zeichen sei. Da schüttelten sie den Kopf und räumten ein: Stimmt, es ist nicht das erste Mal.

Oft setzte sich Alcira zu mir oder bat mich, sie in ein Café in der Avenida Las Heras zu begleiten. Nie konnten wir uns in Frieden unterhalten – entweder weil man sie auf ihrem Handy anrief, um sie mit einer Recherche zu beauftragen, die sie jedesmal ablehnte, oder weil ständig ein Häufchen Demonstranten vorbeizog und um etwas zu essen bettelte. Wenn wir einen alleinstehenden Tisch fanden, wurden wir immer von Bettlerinnen mit ihren Babys im Arm gestört oder von Horden kleiner Jungen, die mich an der Hose oder den Hemdsärmeln zupften, um ein Stück Zucker, das ranzige, zum Kaffee servierte Plätzchen oder eine Münze zu bekommen. Schließlich wurde ich gleichgültig gegenüber der Not, da auch ich, fast unmerklich, in Not geriet. Alcira dagegen behandelte sie liebevoll, als wären sie in einem Gewitter verirrte Geschwister, und wenn der Kellner sie unwirsch aus dem Café verscheuchte – was fast immer der Fall war –, protestierte sie zornig und war nicht bereit, auch nur eine Minute länger dort zu bleiben.

Obwohl ich rund siebentausend Dollar auf der Bank liegen hatte, durfte ich pro Woche nur zweihundertfünfzig abheben, nachdem ich mein Glück an Geldautomaten versucht hatte, die über eine Busstunde auseinanderlagen. Allmählich bekam ich mit, daß einige Banken das Geld in den Automaten um fünf Uhr früh nachfüllten und daß es zwei Stunden später schon wieder alle war und daß der Zyklus bei andern Banken am Mittag begann, aber Tausende bemerkten es zur gleichen Zeit, und mehr als einmal, nachdem ich die Avenida Chiclana in Boedo verlassen hatte, um rechtzeitig in die Avenida Balbín am andern Ende der Stadt zu gelangen, verlief sich gerade die Schlange, da der Automat leer war. Nie hatte ich die von der Regierung zugelassenen zweihundertfünfzig Pesos in weniger als sieben Stunden pro Woche beisammen, und ich konnte mir nicht vorstellen, wie sich all die Leute mit festen Arbeitszeiten zu helfen wußten.

Wenn meine Bankgeschäfte von Erfolg gekrönt waren, brachte ich die Hotelrechnung à jour und kaufte Alcira einen Blumenstrauß. Sie schlief wenig, und die Schlaflosigkeit hatte ihren Blick stumpf gemacht, aber sie ließ sich die Müdigkeit nicht anmerken und sah wach, energisch aus. So merkwürdig es erscheinen mag, es besuchte sie niemand im Krankenhaus in der Calle Bulnes. Ihre Eltern waren sehr alt und wohnten in irgendeinem Dörfchen in Patagonien. Martel war allein auf der Welt. Er war unverheiratet geblieben, wie Carlos Gardel, der einen legendären Ruf als Frauenheld gehabt hatte.

Im Raum neben der Intensivstation erzählte mir Alcira bruchstückweise die Geschichte, die der Sänger in Parque Chas hatte wiederaufleben lassen, nachdem die innere Blutung bereits eingesetzt hatte. Obwohl ich sah, daß er schwach war – sagte sie –, hat er mit Sabadell sehr angeregt über das Repertoire dieses Abends diskutiert. Ich bat ihn, nur zwei Tangos zu singen, aber es mußten unbedingt drei sein. Am Vorabend hatte er mir haarklein erklärt, was dieses Viertel für ihn bedeute, er hat das Wort *Viertel* umspielt, vierteln, vierteilen, verteilen, verurteilen, vertieren, tierisch,

Tier, und ich erriet, daß diese Spielereien eine Tragödie verbargen und er um nichts in der Welt das Rendezvous mit sich selbst in Parque Chas verpassen würde. Aber es war mir nicht klar, wie schlecht es ihm wirklich ging, bis er nach dem letzten Tango zusammengebrochen ist. Seine Stimme war drängend und gleichzeitig nachlässig und melancholisch, ich weiß auch nicht, wie ich es ausdrücken soll, vielleicht weil sie mit ihrem Ungestüm die Enttäuschungen, die Glückseligkeiten, die Klagen gegen Gott und das Unglück seiner Krankheiten mit sich gerissen hat, all das, was er vor den Leuten nie zu sagen gewagt hatte. Beim Tango ist die Schönheit der Stimme genauso wichtig wie die Art des Vortrags, der Raum zwischen den Silben, die Absicht, die jeden Satz einhüllt. Du wirst gemerkt haben, daß ein Tangosänger vor allem ein Schauspieler ist. Nicht irgendein Schauspieler, sondern jemand, in dem der Zuhörer seine eigenen Gefühle wiedererkennt. Das Gras, das auf diesem Feld von Musik und Worten wächst, ist das wild wuchernde, unausrottbare Gras von Buenos Aires, der Duft des Unkrauts und der Luzerne. Wenn Martel Al Pacino mit der Stimme von Pavarotti wäre, würdest du nicht eine einzige Strophe ertragen. Du weißt ja, wie Gardel mit seiner wohlgeschulten, aber ordinären Stimme genau dort triumphiert hat, wo Plácido Domingo scheitert, der sein Gesangslehrer hätte sein können, aber immer der Alfredo aus *La Traviata* bleibt, wenn er *Rechiflao en mi tristeza* singt. Im Unterschied zu diesen beiden gesteht sich Martel nicht die geringste Ungezwungenheit zu. Er macht die Silben nicht geschmeidig, damit die Melodie dahingleiten kann. Er taucht dich ins Drama dessen ein, was er singt, als wäre er Schauspieler, Kulisse, Regisseur und Musik eines unglücklichen Films in einem.

Es war, es ist Sommer, wie du weißt, sagte Alcira. Du hast das Knistern der Hitze hören können. An diesem

Abend trug Martel die förmliche Kleidung der Vorstellungen in den Klubs – eine gestreifte Hose, einen schwarzen Zweireiher, ein weißes, bis oben zugeknöpftes Hemd und die Schärpe seiner Mutter, die denjenigen Gardels glich. Dazu hochhackige Schuhe, die ihn beim Gehen noch mehr behinderten, und Make-up auf den Augenringen und Wangenknochen. Am Morgen hatte er mich gebeten, ihm die Haare schwarz zu färben und die Hose zu bügeln. Ich habe eine kräftige Farbe genommen und einen Festiger, der seine Frisur trocken und glänzend hielt. Ich hatte Angst, beim Schwitzen könnten ihm schwarze Rinnsale auf die Stirn laufen wie Dirk Bogarde in der letzten Szene von *Tod in Venedig*.

Parque Chas ist ein ruhiger Ort, sagte Alcira. Wenn irgendwo im Viertel etwas geschieht, weiß man es im selben Moment überall. Das Gerede ist der Ariadnefaden durch die unendlichen Gänge des Labyrinths. Das Auto, das uns hinfuhr, hielt an der Ecke Bucarelli und Ballivian an, vor einem dreistöckigen Haus, das in seltsamem, ganz hellem Ocker gestrichen war, welches im letzten Abendlicht zu brennen schien. Wie so viele andere Häuser dieser Gegend nahm es eine dreieckige Fläche ein und hatte etwa acht Fenster im zweiten Stock und zwei auf Straßenhöhe, dazu drei in der obersten Etage. Die Eingangstür war in den Scheitel der Straßenecke eingelassen. Gegenüber döste eines dieser Geschäfte vor sich hin, die es nur in Buenos Aires gibt, ein Keksladen. In den Jahren der Blüte wurden in ihnen ungewöhnliche Sorten Kekse feilgehalten, von Ingwersternen über asphodillhoniggefüllte Würfel bis zu Jasminplätzchen, aber die argentinische Dekadenz hatte sie zu Limonade-, Bonbons- und Kammläden degradiert. Ab der Ecke mit der Ballivian stieg die Calle Bucarelli an, eine der wenigen Erhebungen, die die ebene Anlage der Stadt durchbrechen. Zwei frische Graffiti verkündeten

»Massaker in Palästina« und, unter einem gütigen Jesusbild, »Wie schön ist es, bei dir zu sein«.

Kaum hatte Sabadell die Gitarre aus der Hülle genommen, füllten sich die zunächst menschenleeren Straßen mit einem bunten Völkchen, sagte Alcira, mit Bocciaspielern, Losverkäufern, Hausfrauen mit schief gewickelten Lokkenwicklern, Radfahrern, Buchhaltern mit glanzseidenen Ärmelschonern und den jungen Koreanerinnen des Keksladens. Diejenigen mit Klappstühlen stellten sie in einem Halbkreis vor dem Gelben Haus auf. Nur wenige hatten Martel schon einmal gesehen, und gehört hatte ihn vielleicht noch gar niemand. Die wenigen bekannten Bilder des Sängers waren in der Zeitung *Crónica* und in der Wochenschrift *El Periodista* erschienen und glichen der aufgeschwemmten, gealterten Gestalt nicht im geringsten, die an diesem Abend nach Parque Chas kam. In einem der Fenster wurde geklatscht, und die meisten Leute stimmten ein. Eine Frau bat ihn, *Cambalache* zu singen, und eine andere wollte unbedingt *Yira, yira* hören, aber Martel hob die Arme und sagte: Entschuldigt, in meinem Repertoire gibt es keine Tangos von Discépolo. Ich bin gekommen, um andere Texte zu singen, um mich an einen Freund zu erinnern.

Ich weiß nicht, ob du einmal eine Geschichte über Aramburus Tod gelesen hast, sagte Alcira. Ich kann es mir nicht vorstellen. Pedro Eugenio Aramburu. Warum hättest du etwas davon erfahren sollen, Bruno, in deinem Land, wo man nichts von außerhalb weiß? Aramburu war einer der Generäle, die 1955 Perón gestürzt haben. In den nächsten beiden Jahren war er de facto Präsident, gab seine Zustimmung, daß siebenundzwanzig Menschen ohne Prozeß erschossen wurden, und ordnete an, Eva Peróns Leiche auf der andern Seite des Ozeans beizusetzen. 1970 machte er sich bereit, erneut die Macht zu übernehmen. Eine

Handvoll junger Katholiken entführte ihn im Namen von Kruzifix und Perónfahne und verurteilte ihn auf einem Landgut in Timote zum Tod. Das Gelbe Haus in der Calle Bucarelli war einer der Schlupfwinkel, wo der Plan ausgeheckt wurde. Der Krauskopf Andrade, Spielgefährte von Martel, gehörte zu den Verschwörern, aber das wußte niemand. Er floh, ohne eine Spur, ohne eine Erinnerung zu hinterlassen, als hätte es ihn nie gegeben. Vier Jahre später tauchte er bei Martel auf, erzählte seine Version der Ereignisse und verschwand dann tatsächlich für immer.

Es war schwierig, Alciras Schilderung zu folgen, da sie immer wieder von plötzlichen Rückfällen des Sängers in der Intensivstation unterbrochen wurde. Man hielt ihn mit künstlicher Beatmung und ständigen Bluttransfusionen am Leben. Was ich aufgeschrieben habe, ist ein Puzzle, von dem ich nicht weiß, ob es aufgeht.

Andrade, der Krauskopf, war kräftig gebaut, hochgewachsen und mit einem dunklen Teint wie der Sänger, aber mit widerspenstigem Haar und einer hyänenhaften Diskantstimme. Seine Mutter half Señora Olivia bei den Näharbeiten, und wenn sich die Frauen nachmittags zusammensetzten, blieb dem Krauskopf nichts anderes übrig, als dem invaliden Estéfano Gesellschaft zu leisten. Sie gewöhnten sich an, Karten zu spielen und die Romane aus der Gemeindebibliothek von Villa Urquiza zu teilen. Estéfano war ein gieriger Leser. Während der eine für die Lektüre von *Die Kinder des Kapitän Grant* vierzehn Tage brauchte, verschlang der andere *Die geheimnisvolle Insel* und *Zwanzigtausend Meilen unter den Meeren*, die zusammen doppelt so viele Seiten hatten, in einer Woche. Der Krauskopf forschte in den Kiosken des Parque Rivadavia und der Calle Corrientes nach, wo die verlorenen Nummern der Zeitschrift *Zorzales 900* verschimmelten, und er war es auch, der seine Mutter, Señora Olivia und eine Nachbarin auf einem Jahrmarkt überredete, ein zweites Mal mit der Geisterbahn zu fahren, während Estéfano in einem Elektroakustikpavillon *Die Bude in der Ayacuchostraße* aufnahm.

So wie der eine davon träumte, ein verführerischer, schmucker Tangosänger zu sein, so wollte der andere Fotoberichterstatter werden. Den kränkelnden Jungen entmutigten die kümmerlichen Beine, der fehlende Hals, der beschämende Buckel. Dem Krauskopf machte die Stimme alles zunichte – noch mit zwanzig Jahren kippte sie ihm in ein Quieken und Quietschen ab. Im November 1963 schleppte er mit zwei weiteren Verschwörern eine Büste von Domingo Faustino Sarmiento durch die Calle Libertad im Zentrum von Buenos Aires und schrie dazu in ein Megaphon: Da habt ihr den brutalen Mörder des Chacho Peñaloza! Die Szene sollte eine Beschimpfung sein – die Stimme des Krauskopfs machte sie zur Lachnummer. Obwohl er seine Kamera um den Hals hängen hatte, um die Empörung der Passanten einzufangen, war *er* der Fotografierte, auf der Frontseite der Abendzeitung *Noticias Gráficas.* Zu dieser Zeit begann Estéfano in den Klubs zu singen. Mitten im Konzert erschien jeweils sein Freund, trat vor die Bühne und machte zwei Blitzlichtaufnahmen von ihm. Dann verschwand er wieder. In den ersten Tagen des Herbsts 1970 begegneten sie sich in der Nacht, als er im Sunderland auftrat, und tranken an einem Tisch im Hintergrund auf die Vergangenheit. Martel war schon Martel, und alle nannten ihn so, aber für den Krauskopf war er noch immer Téfano.

In den nächsten Tagen, sagte er zu Martel, fliege ich nach Madrid und komme im schwarzen Flugzeug mit Perón und Evita zurück.

Die Militärs werden Perón nicht reinlassen, sagte Martel. Und wo Evitas Leiche ist, weiß keiner, wenn sie sie nicht sowieso ins Meer geworfen haben.

Du wirst schon sehen, Téfano.

Monate später wurde Aramburu von einigen jungen Leuten entführt, die ihn in seinem eigenen Haus abholten. Zwei Tage lang machten sie ihm den Prozeß, und am frühen Morgen des dritten richteten sie ihn mit einer Kugel ins Herz. Wochenlang suchte man vergeblich nach den Entführern, bis an einem Julimorgen der cordobesische Ableger dieser kleinen Armee, die sich Montoneros nannte, das Bergdörfchen La Calera einnehmen wollte. Aramburus Entführung war ein militärstrategisches Meisterstück gewesen, die Einnahme von La Calera dagegen eine unschlagbare Stümperei. Zwei der Guerrilleros kamen ums Leben, andere wurden verletzt, und unter den Dokumenten, die der Polizei in die Hände fielen, befand sich auch die Lösung für Aramburus Entführung. Sämtliche Verschwörernamen konnten entschlüsselt werden außer einem, FAP. Die Armee-Ermittler glaubten, es handle sich um die Abkürzung einer anderen Organisation, Fuerzas Armadas Peronistas, die zwei Jahre zuvor in die Berge von Taco Ralo im südlichen Tucumán eingefallen war. Es waren jedoch die Initialen von Felipe Andrade Pérez alias das Magische Auge alias der Krauskopf.

Sechs Monate wohnte Andrade in einem Zimmer im Gelben Haus in der Calle Bucarelli. Bei Versammlungen, die bis zum Morgengrauen andauerten, diskutierte er dort mit den anderen Verschwörern über die Einzelheiten von Aramburus Entführung. Seine Aufgabe bestand darin, dem Besitzer des Gelben Hauses, der auf einem Auge blind war und auf dem zweiten auch kaum etwas sah, beim Zeichnen der Skizzen der Wohnung, wo der ehemalige Präsident lebte, behilflich zu sein und die angrenzende Garage in der Calle Montevideo, die Bar El Cisne an der Ecke und den Zeitschriftenstand in der Avenida Santa Fe zu fotografieren, wo es immer Leute gab. Sie prägten sich die

Fotos ein, machten sich Notizen und verbrannten dann die Negative. Zwei Wochen vor dem festgesetzten Entführungstermin entwarf der Krauskopf den Fluchtweg. Er fand auch das offene Gelände, wo der Gefangene von einem Fahrzeug ins andere umgeladen werden sollte, und er war es, der entschied, das letzte Fahrzeug, ein Gladiator-Lieferwagen, habe ein hohles Fuder Luzernenbündel zu transportieren, in dem sich der Entführte und seine Wächter befinden sollten. Das Wichtigste am ganzen Abenteuer war ihm, mit seiner Kamera jeden einzelnen Schritt aufnehmen zu können: Aramburu, von zwei falschen Armeeoffizieren bewacht, beim Verlassen des Hauses in der Calle Montevideo, den Schrecken auf seinem Gesicht im Gladiator-Lieferwagen, die Verhöre auf dem Landgut in Timote, wo er zur Aburteilung hingebracht wurde, die Verkündigung der Todesstrafe, den Moment der Hinrichtung. Aber im letzten Augenblick befahl man ihm, im Haus in der Calle Bucarelli zu bleiben, um einen eventuellen Rückzug zu befehligen. Die Verschwörer nahmen jedes einzelne Wort, das Aramburu in diesen Tagen sagte oder stammelte, auf Tonband auf, aber Fotos wurden keine gemacht. Der Leiter des Einsatzkommandos, ein Amateur, versuchte ihn vor einer weißen Wand zu knipsen, aber beim fünften Abdrücken riß der Rollfilm, und die Aufnahmen waren im Eimer.

Am Rande des Abenteuers bleiben zu müssen enttäuschte den Krauskopf so sehr, daß er ohne Ankündigung aus Parque Chas verschwand, wie schon so oft. Die Verschwörer befürchteten, er verpfeife sie, aber er war keine Verräternatur. Unter falschem Namen mietete er sich in einer elenden Pension ein, und eine Woche später ging er in die Calle Bucarelli zurück, um seine Kleider zu holen. Das Haus war leer. Im Fotolabor fand er über der Entwicklerwanne die Negative dreier Bilder, die zweifellos der unbeholfene halbblinde Hausbesitzer geschossen hatte. Er identifizierte die Fotos sogleich – seine Compañeros hatten sie an sämtliche Morgenzeitungen geschickt, und einige brachten sie auf der ersten Seite. Die eine bildete die beiden Parker-Kugelschreiber, den kleinen Terminkalender und die Krawattennadel ab, die Aramburu trug, als man ihn kidnappte. Eine andere zeigte seine Armbanduhr und die dritte einen im Mai 1955 vom 5. Infanterieregiment verliehenen Orden. Andrade dachte, es sei unglaublich nachlässig gewesen, die Negative nicht zu vernichten, und verbrannte sie an Ort und Stelle mit der Flamme seines Feuerzeugs. Er bemerkte nicht, daß ihm das kleine Rechteck mit dem Bild des Ordens durch eine fast unsichtbare Spalte zwischen der Entwicklerwanne und einer unverputzten Wand fiel. Vierzig Tage später fanden es dort die Armee-Ermittler, als das Debakel von La Calera schon die Lösung der Entführung gebracht hatte.

Hier müßte die Geschichte, die ich dir erzählt habe, eigentlich zu Ende sein, sagte Alcira, aber genau hier fängt sie erst an. Am Tag nach dem mißglückten Angriff der Montoneros, als alle Zeitungen die Namen und Fotos von Aramburus Entführern brachten, erschien der Krauskopf bei Martel und bat um Unterschlupf. Er sagte nicht, wovor er auf der Flucht war noch wer ihn verfolgte. Er sagte nur: Téfano, wenn du mich nicht versteckst, bring ich mich um. Er war verändert. Er hatte sich das Haar blond gefärbt, aber da es ihm stachelig zu Berge stand, ging er in der Menge nicht unter, sondern fiel auf wie ein Blitzlicht. Seine Nägel waren von der Entwicklersäure verdächtig rostrot, und auf der Oberlippe wuchs ihm ein borstiger Schnurrbart, der sich dem Färbemittel verweigerte. Die Stimme war noch immer unverwechselbar, aber er sprach fast nicht. Wenn er es doch tat, dann im Flüsterton – im Diskant freilich, schrill wie das Winseln eines sterbenden Hundes.

Zu dieser Zeit nahm Martel im Bestattungsinstitut Wetten für die Quiniela an und lebte am Rande des Gesetzes, immer in der Angst, ein gekränkter Wetter könnte ihn anzeigen. Auch er wollte von nichts wissen. Señora Olivia versteckte den Krauskopf im Nähzimmer, wo er sich von der Welt absonderte, das Radio ständig eingeschaltet, und ohne sich zu beunruhigen auf irgendeine Tragödie wartete. Es geschah nichts. In den darauffolgenden Tagen stand er immer pünktlich um sieben auf, machte Rumpfbeugen im Hof und zog sich wieder ins Nähzimmer zurück, um *Die Brüder Karamasow* zu lesen. Da ihn außer den Rundfunknachrichten nichts ablenkte, hatte er genügend Zeit, sich der ungewohnten Lektüre hinzugeben. Wenn Estéfano vom Bestattungsinstitut zurückkam, spielten sie Karten wie in der Jugend, und der Sänger legte ihm die Texte der prähistorischen Tangos vor, die er zu neuem Leben erweckt hatte. Eines Abends Anfang August verschwand der Krauskopf, ohne Erklärungen abzugeben, wie immer. Am Vorabend von Weihnachten, als Señora Andrade einen schweren Infarkt erlitt und als Notfall ins Krankenhaus eingeliefert wurde, erwartete ihn Estéfano zurück, aber obwohl ein Gesinnungsgenosse beim Fernsehen die Nachricht am Bildschirm verbreitete, ging er sie weder besuchen, noch erschien er zwei Tage später auf ihrer Beerdigung. Der Erdboden schien ihn verschluckt zu haben.

In den folgenden Jahren geschah Unglaubliches. Die Militärregierung gab Perón Evitas Mumie zurück, die wohlbehalten in einem unbekannten Mailänder Grab lag. Eine Zeitlang wußte der General nicht, was er damit anfangen sollte, und schließlich verwahrte er sie in der Dachstube seines Madrider Hauses. Dann kehrte er nach Buenos Aires zurück. Während ihn in der Nähe des Flughafens Ezeiza eine Million Menschen erwarteten, gingen die rivalisierenden peronistischen Gruppen mit Gewehren, Heugabeln und Schlagringen aufeinander los. Rund hundert Kombattanten kamen ums Leben, und das Flugzeug des Generals landete weitab vom Kampfgetümmel. Perón wurde ein drittes Mal zum Präsidenten der Republik gewählt, aber er war schon gebrochen, krank, auf Gedeih und Verderben seinem Sekretär und Astrologen López Rega ausgeliefert. Er regierte neun Monate, dann schmetterte ihn die Erschöpfung nieder. Der Astrologe und die Witwe, nicht gerade ein großes Kirchenlicht, rissen die Macht an sich. Mitte Oktober 1974 entführten die Montoneros den ehemaligen Präsidenten Aramburu zum zweiten Mal. Sie holten sich den Sarg aus seinem majestätischen Mausoleum im Recoleta-Friedhof und verlangten für seine Rückgabe, daß Evitas sterbliche Überreste heimgeschafft würden. Im November reiste der Astrologe in einem Sonderflugzeug der Aerolíneas Argentinas insgeheim nach Puerta de Hierro in Madrid und kam mit der illustren Mumie zurück. Am selben Morgen erschien Aramburus Sarg in einem weißen Lieferwagen, den jemand in der Calle Salguero hatte stehenlassen.

Alcira erzählte mir, am Abend vor dem Tauschhandel sei der Krauskopf Andrade bei Martel erschienen, so munter, als wäre er nie weg gewesen. Sein Haar war nicht mehr gefärbt, und er trug auch keinen Schnurrbart mehr, nur noch lange Koteletten, wie sie damals in Mode waren, dazu eine ausgestellte Hose. Er bat Señora Olivia, Nudeln mit Fleischsoße zu machen, trank zwei Flaschen Wein, und immer wenn man ihm eine Frage stellte, sang er mit seiner übernächtigten Quiekstimme die Verse aus *Caminito*: *Ich bin zum letzten Mal gekommen, ich bin gekommen, um dir mein Elend zu berichten*. Er nahm eine Dusche, und als er fertig war, fragte er, ob es im Sunderland immer noch diese angeregten Wochenendmilongas gebe. In dieser Nacht hatte Martel Wachdienst im Bestattungsinstitut, aber der Krauskopf hielt ihn davon ab. Er bügelte ihm den schwarzen Galaanzug, suchte ein weißes Hemd für ihn aus und sang dazu: *Jetzt, da es mit mir bergab geht / kann ich die verlorenen Illusionen / nicht mehr ausreißen.*

Er wollte seine Geschichte loswerden, erzählte Alcira. Je heiterer er wirkte, desto mehr zerriß ihn, was er erlebt hatte. Martel fand einen Tisch in einer einsamen Ecke des Sunderland, fern vom Menschengetümmel, und bestellte eine Flasche Gin.

Ich habe Aramburu entführt, sagte der Krauskopf nach dem ersten Glas mit unzerknautschter Stimme, als hätte er sie eben erst eingerichtet. Ich war bei der ersten und bei der zweiten Entführung dabei, derjenigen der Leiche. Aber jetzt ist alles vorüber. Morgen früh wird man den Sarg finden.

Martel war es, als ob die Paare mitten auf der Tanzfläche versteinerten, die Musik sich zurückzöge und die Zeit in ihrem Glas von nirgendwo einfröre. Er fürchtete, an den Nachbartischen habe man es mitbekommen, aber der Tango in den Lautsprechern erschlug alle andern Geräusche, und jedesmal, wenn das Orchester zum Schlußakkord gelangte, steckte sich der Krauskopf wortlos eine Zigarette an.

Sie blieben bis um fünf Uhr morgens sitzen, rauchten und tranken. Am Anfang hatte die Geschichte, die der Krauskopf erzählte, weder Hand noch Fuß, aber nach und nach bekam sie Sinn, obwohl Andrade nie verriet, wo er die letzten drei Jahre gewesen war noch warum ihn die Montoneros, nachdem sie ihn das Haus in der Calle Bucarelli hatten verlassen sehen, trotzdem an der zweiten Entführung teilnehmen ließen, die noch riskanter war. Einiges von dem, was er in dieser Nacht erzählte, war von den Beteiligten der ersten Entführung in einer Montonero-Zeitschrift veröffentlicht worden, aber das Ende der Aktion war damals nicht bekannt und wirkt auch heute noch unwahrscheinlich.

Ich bin ein Abenteurer, wie du weißt, die Militärdisziplin ist eine Beleidigung für mich, sagte der Krauskopf zu Martel, so Alcira. Ich habe wenig Freunde gehabt, und alle habe ich mit der Zeit verloren. Einer von ihnen ist in La Calera umgekommen, zwei weitere sind aus lauter Ungeschicklichkeit in einer Pizzeria in William Morris gefallen. Die Frauen, in die ich mich verliebt habe, haben mich ebenfalls eine nach der andern verlassen. Auch Perón hat mich verlassen, bei seinem Tod war das Land aus den Fugen und in den Händen einer hysterischen Witwe und eines mörderischen Hexers. Nur du bist mir geblieben – und einer, dessen Namen ich nicht nennen darf.

Vor drei Monaten habe ich einen Dichter kennengelernt. Nicht irgendeinen. Einen der großen. *Man sagt, ich sei der größte Dichter des Landes*, hat er geschrieben. *Das sagt man, und vielleicht stimmt es.* Wir trafen uns fast jeden Abend bei ihm in Belgrano, bei der Brücke, wo die Calle Ciudad de La Paz von den Eisenbahngleisen unterbrochen wird. Wir sprachen über Baudelaire, über René Char und über Boris Vian. Manchmal spielten wir Karten, wie du und ich in früheren Zeiten. Ich wußte, daß der Dichter kurz vor Peróns Rückkehr im Villa-Devoto-Gefängnis gesessen hatte und ein mythischer Aktivist gewesen war – das Gegenteil eines mystischen, Téfano, ein Liebhaber der Tafelfreuden, der Frauen, des Gins. Kleinbürgerlicher Bohemien nannte ich ihn. Und er antwortete: Klein niemals. Ich bin ein Großbürger.

Eines Abends fragte er mich nach einigen Gläsern Gin, ob ich mich vor der Dunkelheit fürchte. Ich lebe in der Dunkelheit, sagte ich. Ich bin Fotograf. Das Schummerlicht ist mein Element. Ich fürchte weder die Dunkelheit noch den Tod, noch das Eingeschlossensein. Dann bist du, sagte er, einer meiner Leute. Er hatte einen perfekten Plan ausgearbeitet, um Aramburus Leiche zu stehlen.

Wir begannen um sechs Uhr abends, zwei Tage danach. Wir waren vier Aktive. Ich habe nie erfahren und werde nie erfahren, wer die andern Waghälse waren. Wir betraten den Recoleta-Friedhof durch den Haupteingang und versteckten uns in einem der Mausoleen. Bis um ein Uhr früh regten wir uns nicht. Keiner sprach, keiner wagte zu husten. Zum Zeitvertreib flocht ich Zöpfe aus den Fäden einiger Altardeckchen, die ich auf dem Boden fand. Der Ort war sauber. Blumenduft erfüllte die Luft. Es war Mitte Oktober, die Nacht lau. Als wir unser Versteck verließen, waren unsere Beine starr. Das Schweigen verbrannte uns die Kehle. Aramburus Gruft befand sich in einer zentralen Allee, zwanzig Schritte entfernt. Sie aufzubrechen und den Sarg herauszuholen war einfach. Mehr Mühe bereiteten uns die Vorhängeschlösser des Friedhofs, die einen schrecklichen Lärm machten, als wir sie zersägten. Eine Eule flog über die Pappeln und stieß einen Pfiff aus. Draußen, in der Calle Vicente López, erwartete uns der in einem Beerdigungsinstitut gestohlene Lieferwagen. Die Straße war menschenleer. Es sah uns nur ein Paar, das aus einem der Stundenhotels in der Calle Azcuénaga kam. Als die beiden den Sarg erblickten, bekreuzigten sie sich und machten sich eilig davon.

Du wirst dich erinnern, sagte Alcira, daß Isabel und der »Hexer« genannte Astrologe López Rega in diesen Monaten einen Vaterländischen Altar errichten lassen wollten, um dort die Leichen der großen Führer zu vereinigen. Die Avenida Figueroa Alcorta war bei der Tagle unterbrochen, und die Autos verhedderten sich in einer von irgendeinem kubistischen Stadtplaner entworfenen Umleitung. Der geplante Bau war eine Pharaonenpyramide – am Eingang sollte das Mausoleum von San Martín zu stehen kommen. Dahinter diejenigen von Rosas und Aramburu. Zuoberst auf der Pyramide Perón und Evita als Symbol für Harmonie und Eintracht. Ohne Aramburu blieb das Projekt unvollständig. Als der Hexer merkte, daß ihm eine seiner Leichen stibitzt worden war, geriet er in Harnisch und ließ Polizisten ausschwärmen, um die Straßen von Buenos Aires nach der verlorenen Leiche zu durchkämmen. Wer weiß, wie viele Unschuldige in diesen Tagen umgebracht worden sind. Aber Aramburu war da, vor aller Augen.

Kurz vor dem Unternehmen im Recoleta-Friedhof – sagte der Krauskopf zu Martel, und Alcira erzählte es mir sehr viel später weiter – hatte der Dichter einen dieser Tanklastwagen requiriert, die man für den Transport von Benzin und Kerosin benutzt. Frag mich nicht, wie er das angestellt hat, er hat es uns nie erzählt. Ich weiß nur, daß den Laster mindestens einen Monat lang niemand vermißte. Er war neu, und die Mechaniker der Montoneros hatten eine Tür eingebaut, durch die man von unten in den Tank gelangte. Oben öffneten sich unsichtbar drei Luftlöcher, die neben Luft manchmal auch ein wenig Licht hereinließen. Der Dichter hatte die Idee gehabt, die Leiche hier zu verstecken und in der Stadt spazierenzufahren, vor den Augen der Häscher. Sollte ein Unfall geschehen, hätten wir die Trophäe mit unserem Leben zu verteidigen. Einer von uns würde im Tank drin Wache halten – mit einem Waffenlager für Notfälle. Wir berechneten für jeden eine Schicht von acht Tagen in der Dunkelheit und dann achtundvierzig Stunden am Lenkrad. Manchmal würden wir an einem sicheren Ort parken, manchmal würden wir uns durch Buenos Aires treiben lassen. Derjenige in der Fahrerkabine mußte immer auf der Hut sein. Der im Tank verfügte über eine Matratze und eine Latrine. Wie ich schon sagte, waren wir zu viert. Wir losten die Schichten aus. Der Dichter kam zuerst dran, ich zuletzt. Zugleich wollte der Zufall, daß ich die ersten achtundvierzig Stunden am Steuer säße.

Der Plan wurde ohne die geringsten Schwierigkeiten umgesetzt. Wir fuhren den Sarg ins Niemandsland zwischen dem River-Plate-Stadion und den Zielscheiben des Schießplatzes, wo wir ihn in den Tankwagen umluden. Der Dichter erlaubte mir, fünf Minuten lang zu fotografieren, aber bevor wir uns trennten, gab er die Kamera einem der Genossen in Obhut.

Wenn du dann einmal drin bist, kannst du so viele Fotos schießen, wie du willst, sagte er.

Ich setzte mich ans Steuer. Ich war allein in der Kabine. Im Handschuhfach befand sich eine 9-mm-Walther und in Griffnähe ein Walkie-talkie, mit dem ich in regelmäßigen Abständen melden konnte, wie alles lief. Ich durchquerte die Stadt von einem Ende zum andern, bis zum frühen Morgen. Der Lastwagen war gefügig und ließ sich elegant lenken. Zuerst fuhr ich die Avenida Callao hinunter, dann durch die Rodríguez Peña zurück und schließlich durch die Combate de los Pozos, Entre Ríos und Vélez Sársfield. Das war das erste Mal, daß ich mich ohne Ziel und ohne Fristen bewegte, und ich spürte, daß das Leben nur so die Mühe lohnt. Auf der Höhe des Instituto Malbrán bog ich in die Amancia Alcorta ein und peilte dann den Norden an, die Viertel Boedo und Caballito. Ich fuhr langsam, um Sprit zu sparen. Die Straßen waren mit Schlaglöchern gespickt, und es war schwierig, nicht ins Schlingern zu geraten. Die Stimme des Dichters schreckte mich auf:

Nirgends schreibt sich's besser als im Dunkeln, sagte er.

Ich hatte nicht gewußt, daß es eine Verbindung gab zwischen dem Tank und der Kabine, und zwar durch einen fast unsichtbaren Schlitz, den man hinter der Latrine öffnen konnte.

Ich fahr dich nach Parque Chas, sagte ich.

Das Ziel soll der Ausgangspunkt sein, antwortete er. Man wird immer uns die Schuld in die Schuhe schieben für alles, was in der Welt geschieht.

Als es langsam hell wurde, parkte ich den Tankwagen an der Ecke Pampa und Bucarelli und stieg aus, um Kaffee und Kekse zu kaufen. Dann überquerte ich die Eisenbahnschienen und hielt neben dem Fußballklub Comunicaciones an. Niemand konnte uns sehen. Ich öffnete den Tank und sagte zum Dichter, er solle aussteigen und sich die Beine vertreten.

Du hast mich aufgeweckt, beklagte er sich.

Wir halten selten an, sagte ich. Und du steigst besser jetzt aus und nicht erst, wenn dich die Klaustrophobie wahnsinnig macht.

Kaum hatte er sich ein paar Schritte entfernt, warf ich einen Blick ins Innere des Tanks. Trotz der Löcher war die Luft zum Schneiden, und auf Kopfhöhe hing in ihr ein saurer und zugleich trockener Geruch, der keinem andern glich. Ranzige Asche, dachte ich, aber jede Asche ist ranzig. Kalk und Blumen. Ich öffnete den Sarg und wunderte mich, daß das schützende Einlageblech fehlte, denn als wir ihn vom Friedhof entführt hatten, hatte ich keine Einzelteile scheppern hören. Der Schatten, der darin lag, konnte nur der von Aramburu sein. In dem, was einmal seine Finger waren, ruhte ein Rosenkranz, und auf der Brust trug er den Orden des 5. Infanterieregiments, dessen Bild in der Calle Bucarelli gefunden worden war. Das Totenhemd war fadenscheinig, und von der Leiche war nicht mehr viel übrig, fast nur die Brösel eines Kindes.

An ein Schutzblech des Lasters gelehnt, biß der Dichter in einen Keks.

Es ist sinnlos, so hin und her zu fahren, sagte er. Ich bin mir vorgekommen wie Madame Bovary, wie sie die ganze

Nacht mit ihrem Geliebten durch Rouen kutschiert worden ist.

Ich war der Kutscher, sagte ich, aber ich war nicht so irritiert wie der im Roman, daß ich bei einem Gasthaus ausgestiegen wäre.

Du wärst besser ausgestiegen und dann gleich dort geblieben. Ich habe mir die Zeit mit dem Schreiben eines Gedichts vertrieben, im Licht der Taschenlampe. Sobald wir auf eine monotone Straße kommen, les ich's dir vor.

Als wir wieder losfuhren, wählte ich die monotonste Strecke, die ich kenne: die Avenida General Paz an der Nord- und Westgrenze von Buenos Aires.

Sehr dunkel, um etwas zu sehen, sagte der Dichter im Tank. Die Batterien sind gleich alle. Ich bin sozusagen schon blind. *Ich sehe Prahlereien / und heimliche Demut und viel / verborgenes Leiden. Ich sehe den Scharfblick, / all dieser Ahnungslosen, ich sehe / sehe ein Zweiglein, welcher Farbe: ich kann's nicht sagen.*

Und so fort. Er las das vollständige Gedicht und danach weitere, bis die Taschenlampe flackerte und dann ganz ausging. *Ich sehe und möchte / ein wenig ruhn, natürlich.* Ich sehe wenig, sagte er. Etwa um sechs Uhr abends fuhren wir zum Auftanken ins Operationszentrum, stiegen einen Moment aus, um Kaffee zu trinken, und ich spürte das Gewicht des Tages in den Knochen. Müde war ich nicht, aber ich spürte weder Gefühle noch Wünsche, und ich möchte sogar sagen, daß ich nicht mehr dachte. Nur die Zeit bewegte sich in mir in irgendeiner Richtung, die ich nicht genauer bestimmen kann, die Zeit zog sich aus der kindheitslosen Kindheit zurück, die wir geteilt hatten, und versickerte aus irgendeinem Grund in etwas, was vielleicht mein Alter war, sagte der Krauskopf Andrade zu Martel, und Alcira erzählte es mir später weiter, in derselben ersten Person, die von einem zum andern weitergereicht worden war.

Ich sah den Dichter aus der Dunkelheit des Tanks klettern, so alt, als wäre er sein eigener Vater. Die Nähe des Todes hatte ihn erschüttert – wie immer fiel ihm ein Haarbüschel in die Stirn, aber es war verblichen und welk, und der breite Ochsenkiefer sackte ihm ab. An diesem Abend lagerten wir im Parque Centenario, und im Morgengrauen des nächsten Tages kurvte ich in Parque Chas umher, wo sich die Anwohner nicht weiter wunderten, wenn der Lastwagen immer wieder durch die Straßen mit den europäischen Namen fuhr – Berlín, Copenhague, Dublin, Londres, Cádiz –, in denen die Landschaft, obwohl immer gleich, einen Dunststreifen oder Hafengeruch hatte, als führen wir tatsächlich durch diese fernen Orte. Wieder verirrte ich mich in den verwickelten Straßen, aber an diesem Morgen tat ich es absichtlich, damit mir bei der Suche nach einem Ausweg die Zeit verging. Ich folgte der Kurve der Calle Londres, und unversehens befand ich mich schon im *dear dirty* Dublin von Jimmy Joy, ja, oder der Laster rollte gemächlich durch den Tiergarten Richtung Berliner Mauer und grüßte die gleichgültigen Bewohner, die längst daran gewöhnt waren, daß sich die Fahrzeuge in Parque Chas verirrten und von ihren Lenkern stehengelassen wurden.

Nachdem meine Lastwagenzeit abgelaufen war, schlief ich zwei Tage durch, und als ich mich eine Woche später wieder hinters Steuer setzte, war der Dichter aus dem Tank verschwunden. Ich stellte fest, daß uns der Tanz der Schichten erst am Ende wieder zusammenführen würde, wenn es an mir wäre, die Leiche zu bewachen. Anfang November brach über Buenos Aires eine glühende Sonne herein. Ich wartete einzig darauf, zur Ablösung gerufen zu werden, und schlief unter falschem Namen in heruntergekommenen Hotels des Bajo. Alle fünf Stunden rief ich im Operationszentrum an, um mitzuteilen, daß ich noch lebte. Gern hätte ich den Dichter besucht, aber ich wußte, daß das unklug gewesen wäre. Ich hörte, daß sich der Lastwagen fast immer in der Nähe des Hafens bewegte, wo er zwischen Hunderten anderer Laster, die auf den Docks zirkulierten, nicht auffiel, und daß das Leben im Tank unerträglich wurde. Vielleicht hatte auch Aramburu auf dieser ewigen Reise eine andere Hölle gefunden.

Eines Nachts gegen drei Uhr holten sie mich ab, damit ich meine achttägige Strafe im Tank absäße. Meine Fototasche mit zwei Kameras, zwölf Rollfilmen, zwei starken Taschenlampen samt Ersatzbatterien und einem Thermoskrug mit Kaffee war schon bereit. Man hatte mir gesagt, ich dürfe nachts nicht fotografieren und solle tagsüber sofort jede Arbeit unterbrechen, wenn die Sonne nicht mehr durch die Luftlöcher hereinsickere. Als ich in die Dunkelheit kletterte, mußte ich den Brechreiz unterdrücken. Obwohl der Tank frisch gereinigt und desinfiziert war, war der Gestank erstickend. Ich kam mir vor wie in einer dieser Höhlen, wo die Maulwürfe Insekten und Würmer horten. Tod, Schweiß und Fäkalien hatten die Luft zersetzt. Wie hatte der Dichter in dieser Dunkelheit seine Sprache finden können? *Ich möchte die Türen öffnen*, hatte er geschrieben, *die Augen / schließen und nicht über / meine Nasenspitze hinaussehen, nicht riechen, den Namen Gottes nicht mißbrauchen.*

Ich legte mich hin, um zu schlafen, bis es Tag würde. Auf der Matratze hatten sich Schluchten und Höcker gebildet, der Bezug war ein wenig schmierig, ich mochte mich aber nicht beklagen, ich spürte nicht, daß das das Ende der Jugend war. Nach kurzer Zeit erwachte ich wieder, weil der Lastwagen schlingerte, als führe der Genosse am Steuer unachtsam über einen morastigen Weg. Ich trat an den Belüftungsschlitz und sagte:

Soll ich singen, um dich ein wenig zu unterhalten? Ich habe eine einmalige Stimme. Ich war Solist im Schulchor.

Wenn du mir helfen willst, dann sprich nicht, sing nicht, wurde mir geantwortet. Es war ein junges Mädchen. Du hast keine Menschenstimme, du krächzt wie ein Tier.

Der die Fahrt mit mir begonnen hatte, war einer der beiden Unbekannten vom Friedhof gewesen. Ich wußte nicht, wann das junge Mädchen ihn ersetzt hatte. Oder vielleicht saßen in der Kabine zwei Personen.

Seid ihr zu zweit? fragte ich. Und der Dichter? Auf dieser Fahrt hätte er am Steuer sitzen sollen.

Niemand sagte etwas. Ich fühlte mich von aller Welt verlassen.

Wir fuhren weiter herum, ohne je anzuhalten. Ab und zu hörte ich Flugzeugmotoren, das rasche Rattern eines Zuges und Hundegebell. Ich konnte mich nicht einmal orientieren, als die Sonne aufging und ich die beiden Taschenlampen an zwei einander gegenüberliegenden Leisten fixierte, damit das Licht voll auf die Leiche fiele, sobald ich es anknipste. Die Person am Steuer, wer es auch sein mochte, war ungeschickt, ließ kein einziges Schlagloch aus und fiel auf jede Unebenheit herein. Ich befürchtete, bei dem ganzen Geholper die Taschenlampen nicht rechtzeitig ausmachen zu können, wenn wir irgendwo ins Halbdunkel gerieten.

Ich mache hier das Licht an, meldete ich durch das Belüftungsloch. Klopft zweimal, wenn wir in die Nähe eines Tunnels kommen.

Sie klopften zweimal, aber das Sonnenlicht drang noch weitere zehn, fünfzehn Minuten herein. Ich trank heißen Kaffee aus dem Thermoskrug und aß zwei Butterkekse. Dann prüfte ich die Ruhe meiner Hand. Das Objektiv mußte mindestens fünf unverzitterte Sekunden offen sein. Ich machte Licht. Erst jetzt bemerkte ich, daß unter Aramburus Leiche in einem spartanischen Holzsarg eine weitere lag. Sie war etwas größer und hatte weder Orden noch einen Rosenkranz, aber ihr Totenhemd war fast genau gleich. Hätte ich einige Wochen zuvor nicht die echten Überbleibsel gesehen, hätte ich nicht unterscheiden können, wer wer war, und selbst jetzt hatte ich Zweifel. Ich verknipste mindestens drei Filme von den Verstorbenen, in Totalen und in Nahaufnahmen. Nach dem Entwickeln würde ich Gewißheit haben. Anderthalb Stunden später legte ich mich wieder auf die Matratze. Wir hatten wer weiß wie lange nicht mehr angehalten. Bald mußten wir wieder beim Operationszentrum sein. Auf einmal ging es leicht aufwärts, so daß ich merkte, daß wir in Parque Chas waren. Nach einigen Runden im Kreis fuhr der Laster glatt geradeaus und verließ das Labyrinth. So ging es weiter bis zum Einbruch der Dunkelheit. Kaffee und Lebensmittel waren ausgetrunken und aufgegessen, die Beine schmerzten mich, und in meinem Kopf hing eine dicke Wolke, die mir die Sinne betäubte. Zunächst merkte ich es nicht einmal, als wir an hielten. Da es dauerte, bis die Tanktür geöffnet wurde, rief und rief ich, aber niemand zeigte sich. So verharrte ich lange und war schon darauf gefaßt, in Gesellschaft dieser beiden Toten zu sterben. Kurz vor dem Morgen wurde ich befreit. Mit Mühe und Not hielt ich mich im Hof des Operationszentrums neben dem Trittbrett der leeren Fahrerkabine auf den Beinen. Einer mit Chefallüren, ein rotbärtiger Winzling, den ich noch nie gesehen hatte, wies mir einen Strohsack in der Dachkammer zu und verbot mir, den Raum zu verlassen, ehe man mich riefe. Ich dachte, ich würde auf der Stelle einschlafen, aber die frische Luft hatte mich geweckt, und mit leerem Kopf schaute ich aus dem Fenster und in den Innenhof, während das Licht von Grau zu Rosa und von Rosa zu Gelb und zur morgendlichen Farbenpracht wechselte. Ein junges Mädchen mit einem Dickicht dunkler Locken ging, das Wasser der Dusche abschüttelnd wie ein Hündchen, zum Lastwagen und untersuchte den Tankinhalt. Ich nahm an, es sei die Fahrerin von zuvor, und verspürte ein Aufwallen von Scham, weil ich im Stumpfsinn der Erstickung vergessen hatte, meine Ausscheidungen zu beseitigen. Der Vormittag war schon fortgeschritten, als ein weißer Lieferwagen neben dem Tank parkte. Der Schlaf wollte mich übermannen, aber da stand ich, wach, und konnte die Augen nicht von dem Hof abwenden, dessen Fliesen zu brennen schienen. Vermutlich tat sich jenseits eine Straße oder ein Feld auf, ich weiß es nicht und werde es nie wissen. Drei unbekannte Männer luden Aramburus Sarg aus – ich erkannte ihn, schließlich hatte ich das Kruzifix auf dem Deckel mit dem goldenen Heiligenschein oberhalb der ausgebreiteten Arme Christi und darunter die karge Tafel mit dem Namen des Generals und dem Geburts- und Todesjahr bis zum Überdruß fotografiert. Das junge Mädchen mit den Locken dirigierte jede Bewegung der Leiche: Legt sie längsseits aufs Podest, langsam, zerkratzt das Holz nicht. Nehmt den Deckel ab. Legt auf die Matratze, was noch drin ist. Langsam, langsam. Es darf sich nichts verschieben.

Meine Benommenheit verschwand, als ich merkte, was da geschah. Man mußte ein dickes Fell haben, um kein Grauen zu empfinden angesichts der beiden offenen Särge – einer luxuriös, herrschaftlich, der andere elend, schlecht gefügt, wie die Notsärge, die in von der Pest heimgesuchten Städten gezimmert wurden – und angesichts der Überreste der beiden Toten unter freiem Himmel. Das Mädchen ordnete etwas an, was sich in meiner Dachkammer wie ein Tausch anhörte, obwohl ich jetzt nicht weiß, ob das, was ich sah, das ist, was ich gesehen zu haben glaube, oder bloß eine Sinnestäuschung, ein Nachglimmen meines tagelangen Eingeschlossenseins. Mit dem Fingerspitzengefühl eines Kunsttischlers nahm sie von der einen Leiche den Rosenkranz und den militärischen Orden und legte sie der anderen auf die Brust und zwischen die Finger. Was im einen Sarg gewesen war, kam jetzt in den andern und umgekehrt, ich bin mir dessen, was ich sage, nicht sicher – erzählte der Krauskopf Martel, und Alcira erzählte es mir weiter, und ich wiederum sage es in einer Sprache, die zweifellos nichts mehr mit der Originalerzählung zu tun hat, nichts mit der zittrigen Syntax oder der unzerknautschten Stimme, die in jener fernen Sunderlandnacht einige Stunden in der Kehle des Krauskopfs verharrte –, ich bin nur sicher, daß der luxuriöse Sarg im weißen Lieferwagen landete und der elende in den Tank zurückgeladen wurde, mit einer Leiche, die vielleicht nicht dieselbe war.

Ich schlief den ganzen Vormittag und erwachte gegen ein Uhr. Im Haus war es unglaublich still, und ich konnte rufen, so laut ich wollte, es kam niemand. Etwa um zwei Uhr erschien der Dichter in der Tür des Zimmers, in das man mich verbannt hatte. Ich umarmte ihn. Er war hager, verstört, als kehrte er von einer schweren Krankheit zurück. Ich begann zu erzählen, was ich gesehen hatte, und er sagte, ich solle schweigen, vergessen, die Dinge seien nie, wie sie schienen. *Ich bin nicht mehr von hier*, rezitierte er: *Ich fühle mich nur wie eine vorbeiziehende Erinnerung. Weder du noch ich gehören zu dieser elenden Welt, der wir das Leben hingeben, damit nichts so bleibt, wie es ist.* Es ist Zeit zu gehen, sagte er.

Er verband mir mit einem schwarzen Tuch die Augen und setzte eine dunkle Brille darauf. So verließ ich das Operationszentrum, blind, auf seine Schulter gestützt. Mehr als eine Stunde ließ ich mich über Wege führen, die nach Kühen und feuchter Weide rochen. Dann hüllte mich penetranter Benzingeruch ein. Wir blieben stehen. Die Dichterhand nahm mir die Brille und die schwarze Binde ab. Wir standen mitten in der Sonne, und meine Augen brauchten lange, um sich daran zu gewöhnen. In hundert Meter Entfernung sah ich die Tanks und Türme einer Erdölraffinerie. Vor dem Eingangstor stand eine lange Reihe Tankwagen, die völlig gleich aussahen wie der, den ich kannte, während alle fünf Minuten oder häufiger andere, ebenfalls gleich aussehende herausfuhren. Ich weiß nicht mehr, wie lange wir schweigend dort standen und dieses rhythmische, eintönige Hin und Her verfolgten.

Bleiben wir den ganzen Tag hier? fragte ich. Ich dachte, die Arbeit ist zu Ende.

Man weiß nie, wann etwas zu Ende ist.

In diesem Augenblick kam unser Laster aus der Raffinerie. Der Anblick war allzu vertraut, um ihn nicht wiederzuerkennen. Zudem hatten wir ihm einen kaum wahrnehmbaren gelben Streifen auf die Tanktür gemalt, den wir von unserem Standort aus in der Sonne aufblitzen sahen.

Folgen wir ihm? fragte ich.

Lassen wir ihn ziehen, sagte der Dichter. *Bis die Asche verblasen ist.*

Der mächtige Zylinder mit seinem schwappenden Benzinsee verlor sich auf der Straße. Er führte eine Leiche mit, die sich im Lauf der Jahre auflösen und nur noch Fäserchen in den unterirdischen Tanks der Zapfstellen und durch die Auspuffe in den ungelüfteten Lüften von Buenos Aires hinterlassen würde.

Ich fahre dich. Wohin willst du? fragte der Dichter.

Setz mich irgendwo in der Nähe von Villa Urquiza ab. Ich werde zu Fuß gehen.

Er wollte über den Sinn dessen nachdenken, was er getan hatte, wollte herausfinden, ob er vor etwas auf der Flucht war oder auf etwas zuging. *Meine Zuversicht stützt sich auf die tiefe Verachtung dieser elenden Welt*, hatte der Dichter zu mir gesagt. *Ich werde ihr mein Leben hingeben, damit nichts so bleibt, wie es ist.* Immer geben wir für Ideale, die wir nicht ganz verstehen, unser Leben her, nur damit nichts so bleibt, wie es ist, sagte der Krauskopf in jener Nacht im Sunderland zu Martel.

Rundum tanzten gleichgültig die Paare. Ein Schwarm kleiner Nachtfalter umflatterte die Scheinwerfer. Einige berührten sie und verendeten auf dem glühenden Glas. Martel war lange verwirrt. Die große Geschichte hatte den Krauskopf mit ihren Flügeln gestreift, und auch er hörte ihren Flug. Das Geräusch übertönte die Musik, war dominanter und lebhafter als das der Stadt. Es mußte das ganze Land umfassen und würde am nächsten oder übernächsten Tag auf der ersten Seite der Zeitungen stehen. Gern hätte er, wie Señora Olivia vor ihrem Tod, gesagt: Wie gering sind wir, was für ein Nichts in der Ewigkeit, aber er sagte bloß: Auch ich singe nur dafür – daß zurückkommt, was verschwunden ist, und daß nichts so bleibt, wie es ist.

Am nächsten Morgen, erzählte Alcira, bat der Krauskopf den Sänger, ihn zu dem Haus in der Calle Bucarelli zu begleiten, wo das Labyrinth seines eigenen Lebens angefangen hatte. Im Rundfunk wurden die Rückkehr von Evitas Leiche und der Fund des weißen Lieferwagens mit Aramburus Sarg gemeldet. Wenn es Andrades Absicht war, einen Schlußpunkt unter eine Geschichte zu setzen und sich aus der Vergangenheit zurückzuziehen, um von vorn anzufangen – wie er dem Sänger im Sunderland sagte –, dann blieb ihm nichts anderes übrig, als nach Parque Chas zurückzugehen und dort bei den Ruinen seines Lebens Wache zu halten.

Der Vormittag zerfloß ihnen in Enttäuschungen. Das Verschwörerhaus war von Polizeiabschrankungen umgeben, und den Eingang bewachte ein Streifenbeamter. In der Umgebung, in den sich kreisförmig öffnenden Straßen und auf den Gehwegen, war keine Menschenseele zu sehen, und die Stille war so bedrückend, daß sie den Atem stocken ließ. Nicht einmal die Hunde streckten ihre Schnauze zwischen den Vorhängen heraus. Martel und der Krauskopf konnten nicht stehenbleiben und zu den Fenstern des oberen Stocks hinaufschauen, um beim Streifenbeamten keinen Verdacht zu erwecken, so daß sie durch die Ballivian Richtung Calle Bauness gingen und dort wieder die Steigung zur Calle Pampa hinauf nahmen. Manchmal blickte Martel den Krauskopf an und sah, wie der immer betrübter wurde. Am liebsten hätte er ihn untergehakt, aber er fürchtete, jede Bewegung, jede Berührung würde den Freund in Tränen ausbrechen lassen.

Als sie zur Autobushaltestelle kamen, sagte Andrade, hier müßten sie sich trennen, er werde anderswo erwartet, aber Martel wußte, daß dieses Anderswo nichts war, das Verderben, daß ihm niemand blieb, den er um Unterschlupf hätte bitten können. Er versuchte ihn nicht einmal zurückzuhalten. Der Krauskopf schien zu sehr in Eile und löste sich aus seiner Umarmung, als löste er sich von sich selbst.

Erst elf Jahre später hörte er wieder von ihm, als einer der Überlebenden der Diktatur beiläufig erwähnte, ein hochgewachsener, kräftiger Mann mit Hahnenstimme sei in einer Sommernacht von den Gefängnissen des Club Atlético *überführt*, also in den Tod geführt worden. Der Zeuge kannte nicht einmal den richtigen Namen des Opfers, nur seine Decknamen, Rubén oder Magisches Auge, aber das mit der Stimme reichte Martel. Der Name Felipe Andrade Pérez erscheint auf keiner der unendlichen Listen von Verschwundenen, die seither in Umlauf gekommen sind, und auch nicht in den Akten des Prozesses gegen die Führer der Diktatur, als hätte es ihn nie gegeben. Die Geschichte, die er im Sunderland erzählt hatte, war für Martel jedoch höchst sinnvoll. Sie versinnbildlichte, was er selbst gern gelebt hätte, wenn er gekonnt hätte, und sie versinnbildlichte auch – dessen war er sich allerdings nicht so sicher – den Rebellentod, den er gern erlitten hätte. Aus diesem Grund, sagte Alcira, hat er sich das Haar schwarz färben lassen, in der Vorstellung, so kehrte er zu seinem Sein von vor siebenundzwanzig Jahren zurück, zog er die gestreifte Hose und den schwarzen Zweireiher der Konzerte an und ging eines Abends vor zwei Wochen an die Ecke Bucarelli und Ballivian, um vor dem Haus, das sie bei ihrem letzten Treffen nicht hatten betreten können, die Erinnerung an seinen Freund heraufzubeschwören.

Begleitet von Sabadells Gitarre, hat er *Sentencia* von Celedonio Flores gesungen. Trotz des Make-ups auf den Augenringen und Wangenknochen war er bleich, voller Wut auf den Körper, der ihn im Stich gelassen hatte, als er am meisten auf ihn angewiesen war. Ich dachte, er würde ohnmächtig, sagte Alcira. Er hat sich kräftig auf den Bauch gedrückt, als halte er etwas fest, was sonst hinuntergefallen wäre, und so hat er gesungen und gesungen: *Ich, Herr Richter, wurde in der Vorstadt geboren, / in der Vorstadt, wo einen das Elend verzweifeln läßt.* Der Tango ist lang, dauert über dreieinhalb Minuten. Ich hatte Angst, er kriege ihn nicht zu Ende. Die kleinen Koreanerinnen aus dem Keksladen haben Beifall geklatscht, wie sie einem Säbelschlucker Beifall geklatscht hätten. Drei vorbeiradelnde Jungs haben gerufen »Zugabe!« und sind wieder verschwunden. Vielleicht erscheint dir die Szene eher jämmerlich, sagte Alcira, aber im Grunde war sie fast tragisch: Der größte argentinische Sänger hat zum letzten Mal seine Schwingen ausgebreitet vor Leuten, die nicht verstanden haben, was da vor sich ging.

Sabadell zupfte eine Weile auf der Gitarre herum, sprang von einem Fragment von *La cumparsita* zu anderen von *Flor de fango* und *La morocha*, bis er bei *La casita de mis viejos* innehielt. Mehr als einmal ist Martel beim Singen dieses Tangos fast in Schluchzen ausgebrochen. Bestimmt hat ihm dann der Hals weh getan, vielleicht hat ihn die Erinnerung an einen Toten geschmerzt, der seinen Zustand nicht annehmen mochte, wie alle, die kein Grab haben. Warum hat er also nicht geweint, fragte Alcira sich und dann mich im Krankenhaus in der Calle Bulnes, warum hat er die Tränen zurückgehalten, die ihn vielleicht gerettet hätten? *Stilles Stadtviertel meines Gestern, / wie eine traurige Abenddämmerung, / an deine Straßenecke bin ich gealtert zurückgekehrt ...*

Er war in Schweiß gebadet. Ich sagte zu ihm, wir sollten gehen – erzählte Alcira –, wie ein dummes Huhn habe ich gesagt, zweifellos habe Felipe Andrade in seiner Ewigkeit schon mit ihm gesungen, aber er hat mich mit einer Bestimmtheit oder Wildheit zurückgewiesen, wie er sie vorher noch nie gezeigt hatte. Er sagte: Wenn es für alle andern zwei Tangos waren, warum sollten es dann für den Freund, den ich am meisten geliebt habe, ebenfalls zwei sein?

Zweifellos hatte er darüber mit Sabadell gesprochen, denn der Gitarrist brachte mich mit dem Präludium zu *Como dos extraños* zum Schweigen. Der Text dieses Liedes ist ein Bannspruch gegen die heile Vergangenheit, die Martel wieder zum Leben erwecken wollte, sagte Alcira. Aber an diesem Abend ist in seiner Stimme eine Vergangenheit geflossen, die nicht tot war – wie ja nicht tot sein kann, was bloß verschwunden ist und dauert und überdauert. Die Vergangenheit dieses Abends hat sich hartnäckig in der Gegenwart gehalten, während er sie besungen hat, er war die Nachtigall, wie eine Lerche aus uralten Zeiten, der Sänger aller Gesänge. Ich kann heute noch nicht verstehen, wie er atmen konnte, woher er die Kraft hatte, nicht ohnmächtig zu werden. Ich habe gemerkt, wie ich weinte, als ich ihn zum zweiten Mal sagen hörte: *Und jetzt, da ich vor dir stehe, / scheinen wir zwei Fremde, wie du siehst: / eine Lektion, die ich endlich gelernt habe. / Wie sich mit den Jahren alles verändert!* Ich selbst habe erinnert, was ich nie erlebt hatte.

Mit dem letzten Wort von *Como dos extraños* ist Martel zusammengebrochen, während die Menschen von Parque Chas noch einen Tango und noch einen verlangten. Als er in meine Arme fiel, habe ich ihn entkräftet sagen hören: Bring mich ins Krankenhaus, Alcira, ich kann nicht mehr, bring mich hin, ich sterbe.

Ich weiß nicht mehr, ob mir Alcira diese Episode erzählte, als ich sie das letzte Mal im Fernández-Krankenhaus besuchte, oder Wochen später, im Café La Paz. Ich erinnere mich nur noch an die Dezembermitternacht mit dem Himmel in Flammen, und Alcira neben mir, erschöpft, vor der Krankenschwester stehend, die sie zu trösten versuchte und nicht wußte, wie, und das Schweigen, das sich auf den Warteraum senkte, und den Geruch nach ranzigen Blumen, der den Raum der Wirklichkeit einnahm.

Schluß

Dezember 2001

In diesen verrückten Tagen kaufte ich einige Stadtpläne von Buenos Aires und zog darauf bunte Linien zwischen den Orten, wo Martel gesungen hatte, in der Hoffnung, so zu einer Zeichnung zu gelangen, die mir seine Absichten enthüllen würde, vergleichbar dem Rhombus, mit dem Borges in *Der Tod und der Kompaß* den Fall löst. Bekanntlich verändern sich unregelmäßige geometrische Figuren je nach der Art, wie man die Punkte miteinander verbindet. Wenn ich von der Pension in der Calle Garay ausging, wo ich gewohnt hatte, konnte ich den Umriß einer Alraune entdecken oder ein etwas verbogenes Ypsilon, das dem *Caput Draconis* der Geomantie glich, oder sogar ein dem magischen Kreis von Eliphas Levi verwandtes Mandala. Ich sah, was ich sehen wollte.

Ich nahm meine Stadtpläne überallhin mit und komponierte neue Zeichnungen, wenn mich die Kaffeehauslektüre langweilte. Ich verband die Orte, an denen Martel laut dem Buchhändler Virgili vor meinem Eintreffen in Buenos Aires gesungen hatte, mit Linien: die Stundenhotels in der Calle Azcuénaga gegenüber dem Recoleta-Friedhof mit der Unterführung unter dem Obelisken auf der Plaza de la República. In der Zeitungssammlung der Nationalbibliothek – wohin sich vor Monaten Grete Amundsen verirrt hatte – suchte ich nach Hinweisen, warum Martel gerade diese Orte ausgewählt hatte. Die einzigen einschlägigen Berichte, die ich fand, erzählten von einem Ende der sechziger Jahre in einer Absteige mitten im Beischlaf ermordeten Paar sowie von einer willkürlichen Erschießung beim

Obelisken in den ersten Monaten der Diktatur. Die beiden Ereignisse schienen keinerlei Beziehung zueinander zu haben. Der Hotelmörder war ein eifersüchtiger Ehemann, den die Polizei angerufen hatte, da Ehebrecher zu jener Zeit denunziert wurden. Er wurde nicht einmal gerichtlich verfolgt – drei Ärzte beglaubigten, er habe einen Wahnsinnsanfall erlitten, und nach wenigen Monaten sprach ihn der Richter frei. Und der stumme Tod beim Obelisken war einer von vielen, die sich zwischen 1976 und 1980 ereigneten. Obwohl es sich um ein schreckliches Beispiel von Außergesetzlichkeit handelte, berichtete keine einzige argentinische Zeitung darüber. Ich erfuhr davon per Zufall in *The Economist*, wo der Korrespondent in Buenos Aires schrieb, an einem Sonntag im Juni 1976 – am 18., glaube ich – sei am frühen Morgen eine Gruppe Männer mit Stahlhelmen in einem Auto ohne polizeiliches Kennzeichen auf die Plaza de la República eingefahren. Ein unbekannter junger Mann sei über den Platz geschleift, an den weißen Granit des riesigen Obelisken gelehnt und mit einer Schrapnellsalve erschossen worden. Die Mörder hätten die Leiche an Ort und Stelle liegenlassen und seien mit demselben Auto wieder weggefahren, und man habe nichts mehr von ihnen gehört.

Allmählich merkte ich, daß ich, solange ich nicht wußte, an welchen andern Orten in Buenos Aires Martel gesungen hatte, die Zeichnung niemals vervollständigen könnte – wenn es denn überhaupt eine solche Zeichnung gab –, und ich getraute mich auch nicht, Alcira mit etwas zu belästigen, was vielleicht eine verrückte Idee war. Sie war so angegriffen von dem, was sich in der Intensivstation abspielte, daß sie nur einige Namen stammelte, wenn ich sie fragte, ob sie wisse, wo Martel, abgesehen von den Orten, die wir schon kannten, sonst noch für sich selbst gesungen habe: Mataderos, die Tunnel, der Wasserpalast;

dann ging sie davon. Ich versuche mich zu erinnern, sagte sie einmal. Ich werde eine Liste der Orte zusammenstellen und dir geben. Sie tat es erst viel später, als ich schon im Begriff stand, Buenos Aires zu verlassen.

Viele meiner Abende waren leer, von Apathie verseucht. Je näher Weihnachten rückte, desto öfter sagte ich mir, es sei endlich an der Zeit, nach Hause zu fahren. Ich hatte einige Karten von Freunden bekommen, die meine Abwesenheit am Thanksgiving Day Ende November beklagten. Damit beschäftigt, Bonorino irgendwie aus dem Alephkeller wegzukriegen, hatte ich überhaupt nicht an das Fest gedacht. Ich war nicht bei der Sache und begann mir Sorgen zu machen. Wenn das so weitergeht, dachte ich, sind meine Stipendien aufgebraucht, und ich habe nicht einmal ein Drittel der Dissertation geschrieben.

Ich las, daß im kleinen Saal des Theaters San Martín, wo ich einige Meisterwerke des argentinischen Films gesehen hatte, *Tango!* gezeigt würde, angekündigt als »unser erster Tonfilm«. Er stammte aus dem Jahr 1933, sechs Jahre nachdem Al Jolson in *The Jazz Singer* gesungen hatte. Ich hielt die Behauptung für falsch. Und sie war es auch. In den beiden vorangehenden Jahren war in Buenos Aires das eine oder andere gesprochene Melodrama gedreht worden, etwa *Muñequitas porteñas*, wo erfolglos versucht worden war, mit Schallplatten Dialog und Bild in Übereinstimmung zu bringen. Entscheidend ist aber, daß ich, als ich *Tango!* sah, überzeugt war, das sei die argentinische Verabschiedung der Stummfilmzeit gewesen.

Die Handlung war harmlos, und das einzig Interessante war die Abfolge von Duos, Trios, Quintetten und typischen Orchestern, die ihren Vortrag manchmal unterbrachen, damit die Schauspieler ihre Tiraden deklamieren konnten. *The Jazz Singer* hatte einen unsterblichen Satz zur Filmkunst beigesteuert, *You ain't heard nothing yet.* In der ersten Szene von *Tango!* legte eine stämmige, als Bösewicht verkleidete Sängerin mit einem Vers los, der sogleich einen Sturm an Bedeutungen entfesselte: *Buenos Aires, als ich fern von dir war.* Der erste Ton des argentinischen Films war also dieses Wortpaar gewesen, *Buenos Aires.*

Während ich mir zerstreut den Streifen ansah, dessen Dialoge ich nicht mitbekam, ich weiß nicht, ob wegen der undeutlichen Aussprache der Schauspieler oder weil die Tangospur sehr schlecht war, hatte ich Angst, die Stadt könnte sich eines Tages von mir zurückziehen und dann wäre nichts mehr so, wie es gewesen war. Ich hörte auf zu atmen und hoffte, die Gegenwart möchte nicht aus dem Gleichgewicht geraten. Am Ende hatte ich das Gefühl, nirgends zu sein, ohne Zeit, an die ich mich anklammern könnte. Was ich gewesen war, hatte sich irgendwo verloren, und ich wußte nicht, wie ich es wiederfinden sollte. Auch der Film verwirrte mich, denn er hatte eine Kreisstruktur, bei der alles an seinen Ausgangspunkt zurückkehrte, selbst die als Bösewicht verkleidete Dicke, die in der letzten Minute wieder erschien und eine Milonga sang, welche – so glaubte ich – auf die Stadt Buenos Aires anspielte: *Ich weiß nicht, warum alle von ihr sprechen / wo ich sie doch nicht vergessen kann.*

Als ich nach der Vorführung auf den 102er-Bus wartete, der mich jeweils in die Nähe des Fernández-Krankenhauses brachte, merkte ich, daß sich etwas in der Atmosphäre der Stadt veränderte. Anfänglich dachte ich, das immer so intensive, so gelbe Abendlicht sei blaßrosa geworden. Es sah aus, als hätte die Dämmerung zu früh eingesetzt. In dieser Jahreszeit wurde es immer um neun Uhr dunkel. Und es war noch kaum halb sieben. Ich hatte den Eindruck, die Laune von Buenos Aires sei im Umschlagen begriffen, und zugleich fand ich es absurd, so etwas von einer Stadt zu sagen. Wenige Tage zuvor war ich über die Plaza

Vicente López gegangen, und ich hatte den Platz nicht so in Erinnerung, wie ich ihn jetzt sah: mit einigen kahlen, niedrigen Bäumen und anderen voller Blüten, die flatterten und in Zeitlupe zu Boden fielen. Die Trupps des städtischen Gartenamts mußten einige Äste bis zum Ansatz abgesäbelt haben. Ich verstand diese grausame Unsitte nicht, die ich auch in andern baumbestandenen Straßen und selbst im Park von Palermo beobachtet hatte, wo ich einen von gewalttätiger Beschneidung hingerichteten Flaschenbaum gesehen hatte.

Auf einer Seite des Recoleta-Friedhofs überquerten sechs lebende Statuen mit Köfferchen in der Hand die Straße. Ich fand es seltsam, daß sie so schnell gingen, ohne sich darum zu kümmern, welches Staunen sie erweckten. Die Illusion der Unbeweglichkeit, die den ganzen Reiz ihrer ansonsten geringen Kunst ausmachte, verflog mit jedem Schritt. Sie waren lächerlich in ihrer goldenen und granitenen Gewandung und mit der dick aufgetragenen Schminke in Haar und Gesicht – eine unbegreifliche Nachlässigkeit bei ihnen, die sich sonst immer im verborgenen abschminkten. Vielleicht waren sie aus der Umgebung der Pilar-Kirche, wo sie normalerweise auftraten, vertrieben worden, obwohl so etwas bisher nie geschehen war.

Als ich vis-à-vis dem Parque Las Heras ausstieg, sah ich, wie einige Hundemeuten sich gegen die Burschen zur Wehr setzten, die sie an langen Leinen ausführten. An diesem Ort hatten sich grauenhafte Geschichten abgespielt, und noch war das Nachbeben des Schreckens zu spüren. Um sich von der Lauferei mit den Hunden auszuruhen, pflegten sich ihre Hüter in einer schattigen Ecke des Parks, wo sich früher der Hof der Nationalen Strafanstalt befunden hatte, zu versammeln und zu schwatzen. Jeder von ihnen hielt sieben oder acht Tiere an der Leine und ließ einen der Hunde frei laufen, den erfahrensten, der die Meute anführte. Vermutlich wußte keiner von ihnen, daß an dieser Stelle 1931 der Anarchist Severino Di Giovanni erschossen worden war und fünfundzwanzig Jahre später General Juan José Valle, der einen bewaffneten Aufstand durchgeführt hatte, um dem Peronismus wieder an die Macht zu verhelfen. Und falls sie es wußten, was sollte es sie kümmern? Manchmal war der Wind hier quälender als an andern Stellen des Parks, und die Hunde, verängstigt von einem Geruch, den sie nicht deuten konnten – dem Geruch nach menschlichem Kummer, der aus der Vergangenheit rührte –, lösten sich von den Leinen und suchten das Weite. Mehr als einmal hatte ich bei meinen täglichen Besuchen im Fernández-Krankenhaus gesehen, wie die Burschen sie verfolgten und dann wieder zusammenscharten, aber statt davonzulaufen, umzingelten die Hunde an diesem Abend immer wieder ihre Hüter, bis diese komplett in die Leinen eingewickelt waren und hinfielen. Die Leittiere stellten sich auf die Hinterbeine und jaulten, während sich der Rest der Meute geifernd einige Meter von ihren gestürzten Hütern entfernte und dann wieder zurückkam, als wollten die Hunde sie von diesem Ort wegzerren.

Ich kam im Krankenhaus an mit dem Gefühl, die Stadt sei nicht mehr dieselbe, ich sei nicht mehr derselbe. Ich fürchtete, Martel sei gestorben, während ich im Kino die Zeit verplemperte, und rannte beinahe zum Warteraum hinauf. Alcira unterhielt sich ganz ruhig mit einem Arzt und rief mich zu sich, als sie mich eintreten sah.

Es geht ihm wieder besser, Bruno. Vor einer Weile bin ich in sein Zimmer getreten, er hat mich gebeten, ihn zu umarmen, und hat mich so kräftig umarmt wie einer, der fest entschlossen ist zu leben. Er hat mich umarmt, ohne sich um all die Kanülen zu kümmern, die in seinem Körper stecken. Womöglich steht er auf wie andere Male und singt wieder.

Der Arzt – ein kleiner Mann mit kahlgeschorenem Kopf – klopfte ihr leicht auf die Schulter.

Darauf müssen wir noch ein paar Wochen warten, sagte er. Er muß sich erst von der ganzen Medikation entgiften, die wir ihm gegeben haben. Die Leber hilft nicht eben viel mit.

Aber heute morgen war er noch ganz kraftlos, und schauen Sie ihn sich jetzt an, Doktor, antwortete Alcira. Heute morgen sind seine Arme runtergefallen, und er hat kaum den Kopf heben können, wie ein Neugeborenes. Und jetzt hat er mich umarmt. Nur ich weiß, wieviel Leben man haben muß, um jemand so zu umarmen.

Ich fragte, ob ich zu Martel hineindürfe und bei ihm bleiben. Seit Tagen wartete ich darauf, daß man mich mit ihm sprechen ließ.

Das ist jetzt nicht ratsam, sagte der Arzt. Er lebt wieder auf, ist aber immer noch sehr schwach. Morgen vielleicht. Wenn Sie ihn besuchen, stellen Sie ihm keine Fragen. Sagen Sie nichts, was ihn erregen könnte.

Einige Leute gingen mit Kopfhörern durch die Korridore. Wahrscheinlich hörten sie Radio – wenn sie sich kreuzten, kommentierten sie aufgeregt Nachrichten von Dingen, die sich anderswo ereigneten. Jetzt sind es schon drei in Rosario! hörte ich eine Frau sagen, die sich auf einen dreifußförmigen Stock stützte. Und das mit Cipoletti? Hast du das mit Cipoletti gesehen? gab eine andere zur Antwort. Noch mehr Tote, mein Gott! bemerkte eine Krankenschwester, die von der dritten Etage herunterkam. Heute nacht werde ich mich nicht von der Unfallstation losreißen können.

Alcira befürchtete, der Strom könnte ausfallen. Während des Mittagessens hatte sie in einem Lokal im Fernsehen verzweifelte Menschen gesehen, die Supermärkte plünderten und Lebensmittel mitgehen ließen. Tausende von Feuern loderten in Quilmes, in Lanús, in Ciudadela vor den Toren von Buenos Aires. Von Unruhen in der Stadt sprach niemand. Sie fragte mich, ob ich etwas gesehen hätte.

Alles wirkt ruhig, sagte ich. Ich mochte nicht von den Zeichen des Unbehagens sprechen, die mich erschreckt hatten, der Farbe des Himmels, den lebenden Statuen.

Sie war zu nervös, um sich zu unterhalten. Sie kam mir fremd vor, völlig abwesend. Tiefe Augenringe überschatteten ihr Gesicht, das nichts ausdrückte, weder Gedanken noch Gefühle. Es schien, als wäre alles, was in ihr war, mit einem Mal verschwunden.

Als ich mit dem Bus zum Hotel zurückfuhr, sah ich die Leute aufgeregt durch die Straßen laufen. Die meisten waren fast nackt. Die Männer hatten die Brust entblößt und trugen kurze Hosen und Sandalen, die Frauen aufgeknöpfte Blusen oder zwanglose, leichte Kleider. An der Ecke Callao und Guido stieg ein alter Mann mit haarfestigergehärtetem Haar ein, der nicht zu den andern Fahrgästen gepaßt hätte, wäre sein Anzug an den Ellbogen nicht so glänzend und abgetragen gewesen. Als wir zur Calle Uruguay gelangten, blockierte eine Demonstration den Verkehr. Der Busfahrer versuchte sich mit Hupen einen Weg zu bahnen, aber je lauter er sich bemerkbar machte, desto undurchdringlicher wurde die Umzingelung. Der Alte, bis dahin zurückhaltend, streckte den Kopf zum Fenster hinaus und rief: Werft diese Scheißkerle endlich raus! Werft sie alle raus! Dann wandte er sich nach links zu mir um und sagte temperamentvoll, vielleicht auch stolz: Heute morgen habe ich es mir geleistet, einen Stein aufs Auto des Präsidenten zu werfen. Ich habe ihm die Windschutzscheibe eingeschlagen. Am liebsten hätte ich ihm den Schädel eingeschlagen.

Was sich da abspielte, war für mich nicht nur unerwartet,

sondern auch unverständlich. Seit Wochen wurde in einem immer gewalttätigeren Ton auf die Politiker geschimpft, und einige von ihnen waren sogar tätlich angegriffen worden, aber im Erscheinungsbild hatte sich nichts geändert. Die Überfälle auf die Supermärkte erschienen mir unwahrscheinlich, die Polizei patrouillierte ja rund um die Uhr, so daß ich sie als weitere Erfindung der Fernsehanstalten abtat, die um Einschaltquoten rangen. Seit meiner Ankunft in Buenos Aires hatte ich nur unzufriedene Stimmen gehört, wenn nicht wegen des Klimas, dann wegen der Not – die schon allenthalben zu sehen war, sogar in denjenigen Straßen, die früher eitel Wohlstand gewesen waren wie die Florida oder die Santa Fe –, aber weiter waren die Klagen nie gegangen. Jetzt hingegen wurden schneidende Worte laut, die auf Zerstörung dessen aus waren, was sie beim Namen nannten. Werft diese Scheißkerle raus! sagten die Menschen, und obwohl sich die Scheißkerle nicht rührten, war die Wirklichkeit so angespannt, so nahe am Zerplatzen, daß die Erschütterung der Beschimpfung den Politikern ans Leder ging. Oder wenigstens erschien es mir so.

Sogar der Präsident der Republik wurde mit Steinen beworfen. Ob das wohl stimmte? Vielleicht spielte sich der Alte aus dem Bus nur auf. Wenn er das Auto mit Steinen beworfen und alle es gesehen hatten, wie konnte er denn jetzt so zufrieden dasitzen, ohne daß ihm etwas geschehen war? Manchmal befand sich für mich das Labyrinth der Stadt nicht in den Straßen oder den Verwirrungen der Zeit, sondern im unerwarteten Verhalten der Menschen, die da lebten.

Ich wartete eine halbe Stunde und beschloß dann, zu Fuß zu gehen, da der Verkehrsstau anhielt. Ich nahm die Uruguay zur Córdoba und bog danach in die Callao ein, Richtung Hotel. Eigentlich wollte ich gar nicht in mein stickiges Zimmer zurück, aber ich wußte nicht, wohin sonst. Die Geschäfte ließen ihre Jalousien herunter, die Cafés waren leer, nachdem eben auch die letzten Gäste gegangen waren. Und die Stadt zu durchqueren, um mich ins Británico zu flüchten, war Wahnsinn. Die Menschenfluten ebbten nicht ab. Alles war geschlossen, aber die Straßen brannten, und ich fühlte mich einsam wie ein Hund, wenn denn Hunde die Einsamkeit fühlen. Es war schon spät, neun Uhr oder vielleicht auch später, und all die hin und her laufenden Leute erweckten den Eindruck, gerade aufgestanden zu sein. Sie hatten Holzlöffel, Kasserollen, alte Bratpfannen bei sich.

Allmählich bekam ich Hunger und bereute es, im Krankenhaus nichts zu essen gekauft zu haben. In meinem Hotel war das Rollgitter geschlossen, und ich mußte wiederholt klingeln, bis man mich einließ. Auch der Portier trug nur eine Unterhose. Sein riesiger, von einem Haardickicht überwucherter Bauch glänzte schweißnaß.

Schauen Sie sich das an, Mr. Cogan, sagte er. Schauen Sie sich die Katastrophe an, die im Constitución-Viertel geschehen ist.

Hinter dem Empfangstisch beim Eingang lief ein winziger Fernseher. In Direktübertragung wurde die Plünderung eines Supermarkts gezeigt. Die Leute rannten mit Reissäcken, Öldosen und büschelweise Paprikawürsten zwischen Rauchfahnen davon. Eine Frau ungewissen Alters, das Gesicht ein einziger Runzelatlas, fiel direkt vor einem Ventilator auf den Hintern. Mit der einen Hand begann sie sich die offene Kopfwunde abzuwischen, während sie mit der anderen den Rock an die Beine drückte, damit ihn der Wind nicht heben konnte. Eine Hand zog den Stecker des Ventilators aus und nahm diesen mit, aber die Alte schützte sich noch immer vor dem Wind, den es nicht mehr gab, als schwebte sie auf der andern Seite der

Zeit. In Bogenformation und Sechsergruppen rückten die Polizisten vor, geschützt durch Helme mit Visier, die ihnen Kinn und Hals bedeckten. Einige teilten mit schweren Stöcken Hiebe aus, andere verschossen Tränengas.

Schauen Sie, die dort hinter den Bäumen, sagte der Portier. Die verwunden die Leute mit Gummigeschossen.

Lauft! Lauft, diese Dreckskerle bringen uns um, schrie eine Frau den Kameramännern des Fernsehens zu, während sie im Rauch verschwand.

Überwältigt setzte ich mich in den Empfangsraum des Hotels. Ich hatte nichts von dem gefunden, was zu suchen ich nach Buenos Aires gekommen war, und jetzt fühlte ich mich zu allem Elend auch fern von der Stadt, fern von der Welt, fern von mir. In dem, was da draußen geschah, erahnte ich eine Geburt, einen Anfang der Geschichte – oder ein Ende –, und ich verstand es nicht, ich dachte einzig und allein an Martels Stimme, die ich nie gehört hatte und vielleicht auch nie hören würde. Der Fernseher wiederholte flüchtige, nur Sekunden dauernde Szenen, aber wenn die Erinnerung sämtliche Bilder bündelte, dann war das ein Sturm.

Ich glaube, ich schlief ein. Etwa um elf Uhr schüttelte mich ein Beben metallischer Klänge, das mit nichts zu vergleichen war, was ich kannte. Ich hatte den Eindruck, der Wind oder der Regen spiele verrückt und Buenos Aires werde demontiert. Ich werde in dieser Stadt sterben, dachte ich. Heute ist der letzte Tag der Welt.

Der Portier brabbelte überstürzte Sätze, von denen ich nicht viel mitbekam. Er sagte etwas von einer Drohrede des Präsidenten der Republik. Wir und eine gewalttätige Bande! Hat der Idiot gesagt, Mr. Cogan. Gewalttätige Bande am Arsch. Feind der Ordnung, sagt er. Der Feind der Ordnung ist der Kerl selber, das kann ich Ihnen sagen.

Das Tremolieren auf der Straße weckte mich. Ich hatte

Durst und ging ins kleine WC beim Eingang, wusch mir das Gesicht und trank aus der hohlen Hand.

Als ich herauskam, sprang der Portier die heimtückischen Treppen hoch, von deren lockeren Stufen ich schon mehrmals gefallen war, und rief aufgeregt: Kommen Sie her und schaun Sie sich das an, Cogan! Was für ein Auflauf, mamma mia, was für ein Durcheinander auf der Straße.

Wir traten auf einen kleinen Balkon im dritten Stock hinaus. Die Menschenfluten wogten auf den Kongreßpalast zu und klapperten dabei mit Kasserollendeckeln und schlugen auf Emailleschüsseln ein, ohne daß der Rhythmus je aus dem Gleis geriet, als schauten sie alle in dieselben Noten. Mit rauhen Stimmen wiederholten sie einen Kampfruf: *Alle sollen gehn! / Kein einziger bleibt hier!*

Ein junger Bursche mit schwarzfeuchten Augen wie die des Tucumaners führte eine Gruppe von fünfzehn oder zwanzig Leuten an, mehrheitlich Frauen mit ihren Kindern im Arm oder rittlings im Nacken. Als uns eine von ihnen auf dem Balkon erblickte, rief sie herauf: Hey, Leute, selber mitmachen und nicht bloß glotzen

Ich spürte einen wehmütigen Stich wegen meines Freundes, den ich seit der Schließung der Pension in der Calle Garay nicht mehr gesehen hatte, und ahnte irgendwie, daß ich ihn im Gebrodel auf der Straße unten finden würde. Ich stellte mir vor, er würde mich hören, wo er auch wäre, wenn ich nur mit dem ganzen Verlangen, das ich in mir hatte, nach ihm riefe. Also schrie ich zurück: Ich komme, ich komme! Wo versammelt ihr euch? Beim Kongreßpalast, auf der Plaza de Mayo, überall, antworteten sie. Wir gehen überallhin.

Ich versuchte den Portier zu überreden, sich dem Strom ebenfalls anzuschließen, aber er mochte das Hotel nicht ohne Wache lassen und sich auch nicht anziehen. Er begleitete mich zur Tür und sagte, ich solle nicht viel reden.

Mensch, du hast vielleicht einen Akzent am Leib – Yankee bis zum Gehtnichtmehr! Paß auf dich auf! Er gab mir ein himmelblau-weiß gestreiftes T-Shirt wie das der argentinischen Fußballnationalmannschaft, und so tarnte ich mich in der Menge.

Inzwischen weiß jedermann, was in den darauffolgenden Tagen geschah – die Zeitungen sprachen ja von nichts anderem als von den Opfern einer brutalen Polizei, die mehr als dreißig Tote hinterließ, und von den unablässig dröhnenden Kasserollen. Ich schlief nicht und ging nicht ins Hotel zurück. Ich sah, wie der Präsident in einem Helikopter flüchtete, der über einer Menge aufstieg, die ihm die Faust zeigte, und in derselben Nacht sah ich einen Mann auf der Treppe des Kongreßpalasts verbluten, während er mit den Armen das Elend verscheuchte, das über ihn hereinbrach, und dann seine Taschen und die Erinnerungen durchforstete, um zu sehen, ob alles in Ordnung war, die Identität und die Vergangenheiten seines Lebens. Verlaß uns nicht, rief ich ihm zu, halt durch und verlaß uns nicht, aber ich wußte, daß ich es gar nicht zu ihm sagte. Ich sagte es zum Tucumaner, zu Buenos Aires, und ich sagte es auch zu mir selbst, einmal mehr.

Ich lief auf der Plaza de Mayo herum, dann durch die Diagonal Norte, wo die Massen die Bankenfassaden verwüsteten, und ging danach sogar zum Británico, wo ich einen Milchkaffee trank und ein Sandwich verzehrte, ohne Schachspieler rundherum und ohne Schauspieler, die vom Theater kamen. Alles schien so ruhig, so gedämpft, und dennoch schlief niemand. Auf Gehsteigen und Plätzen verlief das Getöse des Lebens, als begänne der Tag. Und der Tag begann immer, ob um vier Uhr nachmittags oder um Mitternacht oder um sechs Uhr früh.

Ich würde lügen, wenn ich sagte, ich hätte während meines Herumlaufens an Martel gedacht. Manchmal erinnerte ich mich an Alcira, ja, an sie dachte ich, und wenn ich auf den Avenidas die umgeworfenen Blumeneimer um die Kioske herum sah, dachte ich daran, einen Strauß aufzuheben und ihr zu bringen.

Am Freitag morgen kehrte ich ins Hotel zurück, fünfunddreißig Stunden nachdem ich hinuntergegangen war, um nach dem Demonstranten mit den feuchten Augen zu suchen – den ich nie wiedersah –, und da ich annahm, alles sei zu Ende, schlief ich bis spätabends. In diesen Tagen folgten sich die Präsidenten auf den Fersen, fünf insgesamt, wenn man den dazurechnet, den ich im Helikopter hatte flüchten sehen, und alle außer dem letzten endeten einsam und verlassen und versteckten sich vor der öffentlichen Wut. Der dritte hielt sich eine Woche, teilte sogar Weihnachtsgrüße aus und hätte um ein Haar neues Geld gedruckt, das die elf oder zwölf verschiedenen Sorten ersetzen sollte, welche im Umlauf waren. Angesichts des unendlichen Unglücks lächelte er unermüdlich, vielleicht weil er Feuer sah, wo für alle andern nur Asche war.

Am Abend bevor dieser Joker auftauchte, an einem Samstag, überquerte ich die Schienen einer Eisenbahn, die es nicht mehr gab, und spazierte, die pechschwarze Dunkelheit des Südens herausfordernd, zum Fluß. Ein riesiges Schiff, dessen sämtliche Lichter brannten, fuhr zu meiner Rechten vorbei, jenseits der Fuente de las Nereidas, deren brünstige Figuren Gabriele d'Annunzios quälendes Verlangen geweckt hatten. Ich hatte den Eindruck, das Schiff zerteile langsam die Straßen der Stadt. Es bewegte sich zwischen den Häusern im Rhythmus eines Geisterkamels vorwärts, während die Nacht ihre Hand öffnete und das Sternengeflecht freiließ. Nachdem das Schiff verschwunden war und die Dunkelheit mich wieder umfangen hatte, legte ich mich auf die Steinbrüstung vor den Gebüschen am Fluß und schaute zum Himmel empor. Ich entdeckte, daß sich neben dem Labyrinth der Gestirne, zwischen Orion und Stier und, jenseits davon, zwischen Canopus und Chamäleon, ein weiteres, noch rätselhafteres Labyrinth mit leeren Korridoren auftat, Räume ohne Himmelskörper, und ich verstand – oder glaubte zu verstehen –, was Bonorino an dem Abend, als er mich um den Prestel-Band bat, in der Pension zu mir gesagt hatte: daß die Form eines Labyrinths nicht in den Linien liegt, aus denen es besteht, sondern in den Räumen zwischen diesen Linien. Ich versuchte, am Himmel weiterführende Gänge zu finden, aber immer versperrte ein Sternbild oder ein einzelner Stern den Weg. Im Mittelalter hatte man angenommen, die Figuren am Himmel wiederholten sich in den Figuren auf der Erde, und so war es jetzt auch in Buenos Aires – wenn ich in einer Richtung vorwärtsging, ging mich die Geschichte in der Gegenrichtung zurück, die Hoffnungen zerflossen in Hoffnungslosigkeit, und die Freuden des Nachmittags verflogen bei Einbruch der Dunkelheit wieder. Das Stadtleben war ein Labyrinth.

Feuchte Hitzewellen begannen mich zu quälen. In den Binsen am Fluß quakten die Frösche. Ich mußte gehen, die Mücken fraßen mich auf.

Am nächsten Mittag klopfte der Portier bei mir an und lud mich zum Mate und zum Fernsehen ein, da die vom Joker ernannten Minister vereidigt würden.

Ich hätte Sie ja früher geweckt, Mr. Cogan, aber mir war, ich weiß nicht, wie. Wie das Jüngste Gericht, unglaublich, jetzt haben wir einen super Präsidenten. Sie stellen sich nicht vor, was der für eine Rede geschwungen hat.

Im Fernseher sah ich zwei Politanalytiker paradieren, die den Joker als einen »Arbeitswirbelwind« definierten, als jemanden, »der in drei Monaten erledigen wird, was in zehn Jahren nicht getan wurde«. Und so sah er auch aus. Wenn sich die Kameras auf ihn richteten, zeigte er sich locker, leutselig, und alle Augenblicke wiederholte er: Na, verstehen Sie mich wohl endlich – ich bin der Präsident, haben Sie gehört? Der Prä-si-dent.

Wohin er sich auch wandte, es folgte ihm ein Schwarm von subalternen Beamten mit Kassettengeräten und Aktentaschen. Zweimal bat er, allein gelassen zu werden, um zu meditieren. Durch die angelehnte Tür seines Büros sah man ihn mit aneinandergelegten Händen zur Decke emporblicken. Einer seiner Getreuen fiel mir auf, als er durch die Korridore des Regierungsgebäudes entschritt. Er hatte einen leicht wiegenden Gang wie der Tucumaner und sah diesem von hinten zum Verwechseln ähnlich – er war groß, hatte einen kräftigen Hals, breite Schultern und dichtes schwarzes Haar, aber schon seit Tagen sah ich den Tucumaner überall und wußte nicht, wie ich die Sinnestäuschung loswerden sollte.

Das Vorzimmer des Jokers war voller Geistlicher. Einige Madres von der Plaza de Mayo mit ihren weißen Kopftüchern blieben ebenfalls noch dort, nachdem ihnen der Präsident in einem unverhofften Gespräch Gerechtigkeit zugesichert hatte. Ich sah zwei Persönlichkeiten vom Fernsehen und die Minister, die sich auf den Eid vorbereiteten. Ich langweilte mich bereits, da schwenkten die Kameras im Nu zu einem Saal, an dessen Stirnseite die Büste der Republik zu sehen war. Hunderte versuchten auf dem Podium der Vereidigungen einen Platz zu ergattern und gleichzeitig den Weg für den Joker freizuhalten. Sie sahen sehr steif aus in ihren extravaganten Anzügen und konnten noch kaum fassen, was für eine Bedeutung es plötzlich wie Manna auf sie herabgeregnet hatte. Sie trugen Schlipse, deren Glitzern die Kameraleute irritierte, Mokassins mit Bischofstroddeln, Seidendünste, welche von den elektromagnetischen Wellen des Fernsehens nicht in Schranken gehalten werden konnten, schwere Ringe, die das Scheinwerferlicht ablenkten. Dieser ganze Prunk konnte nur ein Bankett ankündigen, obwohl nirgends zu sehen war, was verschlungen werden sollte. Es hätte mich ergötzt, ihre Gespräche mit anzuhören, denn nie würde ich Gelegenheit haben, das Aufblitzen der Macht anders zu sehen als in der Vergänglichkeit der Tagesschauen, und an diesem Mittag zeigte sie sich mit Pracht und Macht, der Ewigkeit gewiß, die der Joker errungen hatte. Aber die Mikrophone fingen nur das Stimmengewoge ein, den wirbelnden Applaus für einen krummen, dummen Prahlhans und die Tränen der Kinderchen, die gewaltsam herbeigeschafft worden waren, auf daß der Joker sie küsse in ihren gestärkten Hemdchen und fältchenbesetzten Spitzenröckchen.

Nicht auf dem Podium, aber in der ersten Reihe der Teilnehmer, zwischen den Honoratioren, erblickte ich den Tucumaner. Die Kamera nahm ihn kurz ins Visier, und ich zweifelte, ob er es wirklich war, doch wenige Sekunden später konnte ich in einer anderen Einstellung seine Verwandlung bestaunen. Er war mit Brillantine gekämmt, trug einen glänzenden senfgelben Anzug, in dem er nicht wiederzuerkennen war, eine Krawatte mit barocken Würmchenmustern und zwischen den Beinen eine steife Aktentasche. Dazu eine schwarze Brille. Das Blitzlichtgewitter meißelte seine Hollywoodstarlässigkeit. Er ist auf dem Flügel gegangen, und jetzt nimmt er seinen Platz in der Mitte ein, dachte ich. Ob er das dem Aleph zu verdanken hatte? Ich kam nicht umhin, des Jokers Loblied zu singen, da er fähig war, derlei Wunder zu wirken. Einer der künftigen Minister erklärte feierlich, der Präsident habe eine Handvoll brillanter Männer um sich geschart, um das Land aus dem Abgrund zu erretten. Die Kamera warf einen Blick auf die Retter und verließ sie wieder, geblendet vom Gefunkel. Sie waren kleine Sonnen in senffarbener, elfenbeinerner, himmelblauer und gelblichgrüner Seide. Alle schützten sich mit dunklen Brillen, vielleicht vor dem eigenen Phosphoreszieren. Ich seufzte. Mit einem raschen Zucken meines Herzens schob ich den Tucumaner für immer beiseite. Die Macht entzog ihn meiner Reichweite, und ich mochte mich nicht von dem Windstoß mitreißen lassen, zu dem sein Leben geworden war.

Ich hatte mehrmals im Krankenhaus angerufen, um mich zu erkundigen, wie es Martel ging. Einmal tat ich es, als ich von meiner langen, von Kasserollen begleiteten Nachtschwärmerei heimkehrte, und danach alle zwei Stunden, hartnäckig, von dem Moment an, in dem ich am späten Freitagabend erwachte. Immer bekam ich dieselbe Antwort. Dem Kranken geht es soweit gut.

Dieser Satz hörte sich so entmutigend, so unheilvoll an. Wo lag für diese Stimme die Grenzlinie zwischen der Gesundheit und dem Tod? Zweimal wagte ich nach Alcira zu fragen, aber ich schaffte es nie, daß man ihr meine Nachrichten weitergab.

Am Sonntag ging ich an die Schauplätze der Tumulte zurück. Noch waren die Verheerungen der Schlacht zu sehen. Was sage ich: Die Erinnerung an die Schlacht hatte sich gar nicht bewegt. Sie würde wohl für weiß Gott wie lange über der Stadt schweben. Die Glassplitter, die von den Stöcken eingebeulten Jalousien, die Kasserollendeckel, die Brunnen mit den ausgebrochenen Rändern, die verwüsteten Telefonzellen, die verbrannten und auf dem Asphalt noch schwelenden Reifen, das Blut, die Spuren des weggespülten Blutes, die von der Kavallerie und den niederträchtigen Wasserwerfern abgerissenen Transparente, der Nachhall des Wehklagens überall. Alle sollen gehn. Alle sollen gehn.

Die Katastrophen blieben, die Alle auch. Die Tage vergingen, und sie verharrten, im Schatten des Jokers.

An der Ecke Diagonal Norte und Florida wüteten zwei Gruppen mit Stöcken, die ihren Drang, die Banken zu strafen, noch nicht gestillt hatten. Sie wollten sie von Hand niederreißen, Stein für Stein. Entmutigt hörte ich einen Mann immer wieder sagen: Dieses Land ist am Ende. Wenn sie nicht gehen, dann gehen doch wir. Aber wohin denn. Wenn ich nur wüßte, wohin.

Ich ging durchs Bajo-Viertel zur Callao und bog in die Avenida General Las Heras ein. Die Sonne brannte mörderisch, aber ich spürte sie nicht mehr. Ich kann mich an keine so tiefe Einsamkeit erinnern, die mich so sehr verbrannte und schmerzte wie die an diesem Nachmittag.

Ich möchte zu Alcira Villar, sagte ich im Empfang des Krankenhauses.

Villar Alcira, Villar, steht nicht auf der Liste. Zum Personal gehört sie nicht, sagte die Frau im Empfang. Ist sie Patientin? Bis morgen sind die Besuchszeiten gestrichen.

Was wissen Sie von Julio Martel? Intensivstation. Bett vierzehn, glaube ich.

Ich sah sie im Computer suchen, flink und freundlich. Da ist keine Veränderung angegeben, antwortete sie. Es geht ihm soweit gut. Sicher sogar besser, oder so wie immer.

Ich ging ins Café an der Ecke und setzte mich in einen Winkel. Bald ist Neujahr, dachte ich. 2002. Die Zahl mit den hochgezogenen Brauen. In den drei Monaten zuvor war alles geschehen, was geschehen konnte: die Flugzeuge, die Tage nach meinem Abflug vom John F. Kennedy Airport an den Twin Towers zerschellten, Buenos Aires, das vor meinen Augen stündlich alterte, ich, der ich abstumpfte im Unnichts dessen, was ich nicht tat. Zurück nach Hause. Wie oft wollte ich mir das noch sagen. Zurück nach Hause, fahr nach Hause zurück. Worauf wartete ich? Daß Martel stirbt, dachte ich. Ich bin der Rabe, der über dem besten Sänger dieser untergehenden Nation krächzt. Ich dachte an Truman Capote, der darauf wartete, daß Perry und Dick, die Mörder in *Kaltblütig*, gehängt würden, um den Schlußpunkt hinter seinen Roman zu setzen. Auch ich flog über der Asche einer Leiche. *Quoth the Raven. Laß mit meinem Schmerze mich allein*, rezitierte ich. *Leave my loneliness unbroken!*

Aber es konnte noch etwas Weiteres geschehen. Alcira kam ins Café. Sie setzte sich ans Fenster und bestellte ein Bier, zündete sich eine Zigarette an. Niemand war in diesen Tagen er selbst, und auch sie war nicht sie selbst. Ich hatte mir vorgestellt, sie trinke nur Tee und Mineralwasser und sei Nichtraucherin. Meine Intuitionen zerschellten am Boden.

Sie war zerstreut. Sie warf einen Blick auf die Nachrichten in der Zeitung, die sie bei sich hatte, las sie aber nicht. Entmutigt schob sie die Seiten von sich. Die Leute, die wir vorbeigehen sahen, wirkten nicht bedrückt, eher ungläubig. Das Land geht in die Binsen, sagten alle, aber es war da. Kann eine Nation denn untergehen? So viele sind untergegangen, und andere haben in der Asche wieder zu atmen begonnen.

Ich beschloß, an ihren Tisch zu treten. Ich fühlte mich leer. Als sie zu mir aufblickte, sah ich, welche Verwüstungen die letzten Tage bei ihr angerichtet hatten. Sie hatte sich die Lippen geschminkt und etwas Rouge auf die Wangenknochen aufgelegt, aber das Unglück stand ihr in die Augenringe geschrieben, die sie alt machten. Ich erzählte ihr, ich hätte immer wieder im Krankenhaus angerufen, um nach Martel zu fragen. Ich wollte hinkommen, um dir Gesellschaft zu leisten, sagte ich, aber man hat mich nicht zu dir gelassen. Immer wieder hieß es, Besuche seien verboten und dem Kranken gehe es soweit gut.

Soweit gut? Ich weiß nicht mehr, wie ich ihm Mut machen soll, Bruno. Seine Milz ist geschwollen, er uriniert fast nicht, er ist aufgeschwemmt. Vor drei Tagen sah es aus, als sei er genesen. Gegen sechs Uhr abends mußte ich mich zu ihm setzen. Wir haben uns eine Stunde lang unterhalten, vielleicht auch länger. Er hat mir beigebracht, Zahlen zu memorieren und zu kombinieren. Drei ist ein Vogel, dreiunddreißig sind zwei Vögel, nulldrei sind sämtliche Vögel der Welt. Das ist eine sehr alte Kunst, sagte er. Er hat zehn oder zwölf Zahlen auf verschiedene Art kombiniert und dann rückwärts vermischt. Er hat in dem monotonen Rhythmus gesprochen wie die Croupiers in den Kasinos. Als wäre er bei einem Auftritt. Ich verstand nicht, warum er es tat, und mochte ihn auch nicht fragen.

Vielleicht, um sich lebendig zu fühlen. Um sich zu erinnern, wer Martel einmal war.

Ja, das muß es sein. Er will bald aufstehen, hat er gesagt, und wieder singen. Er hat mich gebeten, Sabadell für ein Konzert in der Costanera Sur zu verpflichten. Das ist eine Illusion, wie dir ja auch klar ist. Er weiß nicht einmal, wann er wieder auf den Beinen stehen kann. Was ist mit der Costanera? habe ich ihn gefragt. Dieser Ort ist jetzt eine Wüste. Wie bitte, Alcirita, hat er geantwortet. Hast du denn keine Zeitung gelesen? Da habe ich mich daran erinnert, daß ich in der Hose, mit der er ins Krankenhaus eingeliefert worden ist, einen Ausschnitt gefunden habe, aber ich habe nur den Titel lesen können. Etwas über eine nackte Leiche in den Binsen.

Und seither geht es ihm schlechter? Du sagst, es ist ihm schlechter gegangen?

Noch in dieser Nacht ist er zusammengebrochen. Er kann kaum atmen. Ich glaube, sie wollen ihm einen Kanal öffnen. Ich will nicht, daß sie ihn noch mehr quälen, aber ich habe auch nicht das Recht, das zu sagen. Seit Jahren bin ich mit Martel zusammen, aber für sie bin ich noch immer nichts.

Sag ihnen jedenfalls, was du fühlst.

Was ich fühle.

Ja, die Ärzte versuchen die Leute immer am Leben zu erhalten, hier und überall. Darin liegt so etwas wie Stolz.

Ich fühle, daß er keinen Grund hat, jetzt zu sterben. Das soll ich ihnen sagen? Sie werden mich hinter meinem Rücken auslachen. Ich denke nicht an den Tod. Wenn sie ihm den Hals aufschneiden wollen, um ihn zu intubieren, wie kann ich ihnen erklären, daß er so seine Stimme verlieren würde und daß er ohne seine Stimme ein anderer wäre? Er würde sich sterben lassen, sobald er gemerkt hätte, was geschehen ist. An jenem Abend vor drei Tagen habe ich ihm von dir erzählt. Das hab ich dir gesagt, nicht?

Nein, hast du nicht.

Ich hab ihm erzählt, daß du ihn seit Monaten suchst. Jetzt weiß er ja, wo ich bin, hat er gesagt. Also soll er kommen und mit mir sprechen. Bruno kann kommen, wann er will.

Man wird mich nicht zu ihm lassen.

Jetzt nicht. Du wirst warten müssen, bis es ihm wieder besser geht. Wenn du die ganze Zeit hier wärst, könntest du sehen, wie er manchmal mit solcher Kraft zurückkehrt, daß du sagen würdest: Jetzt ist es soweit, er wird nie wieder einen Rückfall haben.

Könnte ich doch immer im Krankenhaus sein. Aber du weißt, daß das nicht von mir abhängt.

Seit einer Weile schaute ich sie an, als wollte ich mich nicht von ihr lösen. Die Müdigkeit ihrer Augen, die Glätte ihrer Haut, das schwarze, von den Orkanen der Seele zerzauste Haar hielten mich fest. Ich hatte das Gefühl, diese Kennzeichen faßten die der ganzen menschlichen Spezies zusammen. Manchmal starrte ich sie so intensiv an, daß sie wegschaute. Ich hätte ihr gern erklärt, daß nicht sie es war, die mich anzog, sondern die Lichter, die Martel auf ihrem

Gesicht hinterlassen hatte und die ich halbwegs erraten konnte, die Strahlungen der sterbenden Stimme, welche sich ihrem Körper eingeschrieben hatten. Auf einmal beugte sich Alcira nieder, um sich die flachen weißen Krankenhausschuhe zu binden. Als sie sich wieder aufrichtete, schaute sie auf die Uhr, wie wenn sie eben erwachte.

Wie spät es geworden ist, sagte sie. Martel hat sicher schon nach mir gefragt.

Du bist nur fünf Minuten hier gewesen, sagte ich. Früher bist du jeweils länger geblieben.

Früher war nichts von dem geschehen, was jetzt geschehen ist. Jetzt bewegen wir uns alle wie auf Glas. Fünf Minuten sind ein ganzes Leben.

Ich sah sie davongehen, und mir wurde klar, daß ich nichts zu tun hatte, wenn ich nicht bei ihr war. Ich mochte nicht zwischen Lagerfeuern und Bettlern ins Hotel zurückkehren. Wenigstens wußte ich jetzt, daß Martel auf seinem hypothetischen Stadtplan einen weiteren Punkt bezeichnet hatte: die Costanera Sur, durch die ich am Samstag abend gegangen war, ohne mir dessen bewußt zu sein. Ein nackter Körper in den Binsen. Vielleicht fand sich in den Zeitungsarchiven etwas darüber. Ich erinnerte mich daran, daß alle geschlossen waren und daß die Brände bei einem von ihnen bis vor die Tür gelangt waren. Die von Martel erwähnte Episode konnte jedoch nicht so weit zurückliegen. Der Zeitungsausschnitt befand sich noch in seiner Hosentasche. Einen Moment beflügelte mich die Idee, Alcira könnte mich ihn sehen lassen, aber ich wußte, daß sie außerstande war, einen solchen Treuebruch zu begehen.

Ich schlug die Zeitung auf, die vergessen auf dem Tisch lag, und blätterte sie ebenfalls entmutigt durch: die düsteren, blutigen Nachrichten. Ein langer Artikel, mit Fotos von fast nackten Kindern und Männern zwischen Müllhaufen, stach mir in die Augen. »Ich wandte mich um und sah, daß es Kugeln waren«, lautete der trotzige Titel. Darüber in großen Lettern: »Fuerte Apache, zwei Tage danach«. Es war eine minutiöse Beschreibung des Viertels, wo Bonorino und meine anderen Mitbewohner der Pension gelandet waren. Anscheinend waren von dort die ersten Supermarktplünderer gekommen, und jetzt bewachten sie ihre Toten.

Soviel ich der Lektüre entnehmen konnte, mußte Fuerte Apache eine Festung sein: drei zehnstöckige, miteinander verbundene Türme auf einem Gelände von zehn Hektar, sechs Häuserblocks westlich der Avenida General Paz, direkt an der Peripherie von Buenos Aires. Um die Türme herum waren einige langgezogene, dreistöckige Häuschen gebaut worden, die als »Streifen« bekannt waren. Ich dachte an den Bibliothekar, der sich mit seinem Bündel Karteikarten wie ein Maulwurf von einem Häuschen zum andern bewegt hatte. »Rund um die Uhr«, hieß es in dem Artikel, »erdröhnt Musik. Cumbia, Salsa – die jungen Leute tanzen auf den morastigen Wegen mit Bierpullen in der Hand.« Ich fragte mich, ob mit den »Bierpullen« die Umgangssprache nun auch in den Zeitungen Einzug hielt. »Fuerte Apache war für zweiundzwanzigtausend Einwohner projektiert worden, aber Ende 2000 lebten dort schon über sechzigtausend. Eine genaue Zahl ist unmöglich anzugeben. In die Kreuzungen der internen Galerien wagen sich weder Volkszähler noch die Polizei. Gestern gab es vor den ›Streifen‹ rund zehn Aufbahrungsräume. In einigen galt die Totenwache den Einwohnern, die während der Plünderungen von der Polizei oder den Supermarktinhabern niedergeschossen worden waren, in andern den Opfern von verirrten Kugeln oder von Streitereien zwischen Gangs in den Türmen.«

Am Ende des Artikels folgte in einem knappen Kästchen die Liste der Toten. Mit Entsetzen entdeckte ich den Namen Sesostris Bonorino, städtischer Angestellter. Ich war gelähmt. Schlagartig überfiel mich eine Kette quälender Erinnerungen. Ich erinnerte mich an den Rap, den der Bibliothekar händeklatschend getanzt hatte, bevor wir uns in der Pension voneinander verabschiedet hatten: *Du wirst schon sehn, in Fuerte Apache / wird alles bald zu Matsche. / Wenn ich lebe, leb ich elend wie ein Schwein. / Wenn ich sterbe, wird es an einer verirrten Kugel sein.* Nun mußte ich mir eingestehen, daß eine so überspannte Szene kein Zufall sein konnte. Bonorino hatte mir zu verstehen gegeben, daß er sein eigenes Ende hatte voraussehen können, daß er es nicht vermeiden konnte und daß es ihm auch nichts ausmachte. Entgegen meinen läppischen Annahmen war es also möglich, in der *kleinen, von blendendem Licht schillernden Kugel* die Zukunft zu lesen. Das Aleph existierte. Es existierte. Es tat mir leid, daß ihm das Epitaph in der Zeitung so wenig gerecht wurde. Bonorino war einer der wenigen Privilegierten gewesen – wenn nicht der einzige –, die sich bei der Betrachtung des Aleph der Gestalt Gottes von Angesicht zu Angesicht gegenübergesehen hatten.

Ich verspürte den Impuls, nach Fuerte Apache zu fahren, um herauszufinden, was geschehen war. Ich konnte es nicht fassen, daß ein so harmloser Mensch einen so brutalen Tod gefunden hatte. Ich beherrschte mich. Selbst wenn ich in die Aufbahrungsräume hineinkäme, nützte das nichts mehr. Ich schickte mich in die Vorstellung, daß der Bibliothekar alles hatte sehen können: meine Nacht mit dem Tucumaner im Hotel Plaza Francia, den hinterhältigen Brief, den ich geschrieben hatte, und die unnütze Folge dieser Hinterhältigkeit. Es verwirrte mich, daß er mir, obwohl er das alles wußte, das Buchhaltungsbuch mit den Aufzeichnungen für das vaterländische Lexikon anvertraut hatte, das sein Lebenswerk war. Was brachte es ihm, wenn ich oder ein anderer es hatte? Warum hatte er gerade mir Vertrauen geschenkt?

Das einzig Sinnvolle war jetzt, das Aleph wiederzubekommen. Wenn ich es fand, könnte ich nicht nur die beiden Gründungen von Buenos Aires sehen, das morastige Dorf mit seinen Salzfleischfabriken, die Revolution vom Mai 1810, die Verbrechen im Mazorca-Gefängnis und die Verbrechen hundertvierzig Jahre später, die Ankunft der Einwanderer, die Hundertjahrfeiern, den Zeppelin, der die stolze Stadt überflog. Ich würde auch Martel an all den Orten hören können, wo er gesungen hatte, und genau wissen, in welchem Moment er klar denken konnte, damit wir uns unterhalten könnten.

Ich nahm den ersten Bus, der nach Süden fuhr, und marschierte dann fast atemlos zur Pension in der Calle Garay. Wenn dort noch jemand wohnte, würde ich unter irgendeinem Vorwand in den Keller hinuntergehen, mich auf den Rücken legen und zur neunzehnten Stufe emporschauen. Ich würde das ganze Universum an einem einzigen Punkt, den Sturzbach der Geschichte in einem winzigen Sekundenbruchteil sehen. Und wenn die Pension geschlossen wäre, würde ich die Tür aufbrechen oder das alte Schloß aufschließen. Vorsorglicherweise hatte ich die Schlüssel behalten.

Ich war auf alles gefaßt, nur nicht auf das, was ich vorfand. Die Pension war ein Schutthaufen. Im ehemaligen Empfangsraum stand ein massiger Bulldozer. Noch überlebte das unterste Stück der Treppe, die zu meinem Zimmer hinaufgeführt hatte. Auf der Straße gähnte neben dem Bürgersteig ein Bauschuttcontainer. Es war schon dunkle Nacht, und der Ort wurde weder von einem Aufseher noch von Scheinwerfern überwacht. Ich tastete mich im Dunkeln zwischen den Balken und den Resten Mauerwerk vor, im Wissen, daß sich da und dort Löcher auftaten, in die ich nicht fallen durfte, wollte ich mir nicht zwangsläufig etwas brechen. Aber ich mußte unbedingt in den Keller.

Ich wich zwei vom Mauerskelett herabstürzenden Backsteinen aus. Ich war sicher, mich selbst in dieser Trostlosigkeit, aus der sämtliche Bezugspunkte getilgt waren, zurechtfinden zu können. Der Empfangstisch, dachte ich, die Überreste des Säulengeländers, Enriquetas Kabäuschen. Zehn oder zwölf Schritte weiter links mußte sich das Rechteck befinden, durch das ich so oft den halslosen Kahlkopf des Bibliothekars hatte herausschauen sehen. Ich sprang über einige Bretter hinweg, die mit Nägeln und scharfen Scherben gespickt waren. Dann stieß ich an eine hölzerne Abschrankung, hinter der sich eine Grube öffnete. Die Dunkelheit war so umfassend, daß ich mehr erahnte, als ich sah. Handelte es sich wirklich um eine Grube? Ich dachte, ich müßte hinunter, um sie zu erforschen, aber ich hatte nicht den Mut dazu. Ich warf ein Stück Schutt hinunter, und es prallte sozusagen im gleichen Moment auf anderen Steinen auf. Also war sie nicht sehr tief. Vielleicht könnte ich mit Hilfe einer Fackel hinunter, wie behelfsmäßig sie auch wäre. Ich hatte nicht einmal ein elendes Streichholz bei mir. Längst war der Mond hinter einem Wolkentumult verschwunden. Er nahm zu, war schon beinahe voll. Ich beschloß zu warten, bis sich der Himmel aufklärte. Ich berührte die Abschrankung und spürte ein zerknülltes, klebriges Stück Papier. Ich versuchte es abzustreifen, aber es blieb an mir haften. Es war von dichter, rauher Konsistenz, wie bei einem Zementsack oder einem billigen Schreibkärtchen. Im flüchtigen Scheinwerferlicht eines vorbeifahrenden Autos konnte ich erkennen, was es war: eine Karteikarte von Bonorino, die der Zerstörung, dem Staub und den Löffelbaggern getrotzt hatte. Darauf konnte ich drei Buchstaben entziffern: I A O. Vielleicht bedeuteten sie nichts. Vielleicht entsprachen sie, wenn nicht der Zufall sie so hingezeichnet hatte, der Vorstellung des Absoluten, die sich in der *Pistis Sophia* findet, den heiligen Büchern der Gnostiker. Ich hatte nicht einmal Zeit, darüber nachzudenken. In diesem Augenblick riß der Himmel auf, und deutlich erschien die Grube vor mir. An ihren Dimensionen und der Lage sah ich, daß sie sich an der Stelle des ehemaligen Kellers befand. Wo die neunzehnstufige Treppe gewesen war, erkannte man jetzt ein Gerippe aus Eisenstäben. Genau in dem Moment, wo es in einem zusammenbrechenden Buenos Aires keinem Menschen in den Sinn kam zu bauen, war meine Pension vom Verhängnis abgerissen worden. Das Aleph, das Aleph, sagte ich. Ich versuchte, zu sehen, ob es noch irgendeine Spur gab. Untröstlich betrachtete ich die Häufchen umgebaggerter Erde, die Betonblocks, die gleichgültige Luft. Lange blieb ich ungläubig vor den Ruinen stehen. Wenige Wochen zuvor, als wir uns in der Pension verabschiedet hatten, hatte mich Bonorino herausgefordert, mich unter der neunzehnten Stufe auf den Rücken zu legen, wohl wissend, daß ich es nicht täte. Da er alles wußte, wußte er auch, daß ich mich weigern würde. Er hatte das Wüten der Bulldozer auf dem Schutt der Pension vorausgesehen, die Leere, das Haus, das noch nicht gebaut worden war, und das, das hundert Jahre später dort stehen würde. Er hatte gesehen, wie die kleine Kugel, die das Universum enthielt, für immer unter einem Müllhaufen verschwand. Damals um Mitternacht in der Pension hatte ich meine einzige Chance vertan. Es würde keine weitere geben. Ich schrie, setzte mich hin und weinte, ich erinnere mich gar nicht mehr, was ich tat. Ich streifte ziellos durch die Nacht von Buenos Aires, bis ich kurz vor dem Morgengrauen ins Hotel zurückkehrte. Wie Borges sah ich mich unerträglichen schlaflosen

Nächten gegenüber, und erst jetzt beginnt mich *das Vergessen zu überfallen*.

Der Tag nach diesem Unglück war der vor Neujahr. Ich nahm frühmorgens eine rasche Dusche und trank nur eine Tasse Kaffee, um möglichst schnell im Krankenhaus zu sein. Ich hinterließ in der Intensivstation eine Nachricht, in der ich Alcira mitteilte, ich harre auf der Eingangstreppe oder im Warteraum eines Rufs von Martel. Ich gedachte mich nicht vom Fleck zu rühren. Das Hinterlassen von Nachrichten, die Dienstleistungen, alles schien sich wieder normalisiert zu haben. In der Vornacht aber hatten die Kasserollen erneut geklappert. Der x-te Ausbruch des Volkszorns hatte den Joker von der Macht vertrieben, zusammen mit seinem ganzen Schwarm von Mitarbeitern und Ministern. Ich fragte mich, ob der Tucumaner wohl seine unsichere Arbeit in Ezeiza wiederaufgenommen hatte, verwarf den Gedanken aber sogleich wieder. Eine Sonne, die so hell geschienen hat, läßt sich nicht abschießen.

Im getreuen Bus 102 wurde nur vom Joker – der genauso geflohen war wie der Helikopterpräsident – und vom zugrunde gerichteten Land gesprochen. Niemand glaubte daran, daß es sich je von seiner Hinfälligkeit erholen könnte. Die noch etwas zu verkaufen hatten, weigerten sich, es zu tun, da der Wert der Dinge nicht mehr festzustellen war. Ich fühlte mich schon außerhalb der Wirklichkeit – oder besser: in diese fremde Wirklichkeit versunken, die das mit dem Tod ringende Leben eines Tangosängers war.

Ich ging durch die Korridore des Krankenhauses, ohne daß mich jemand aufhielt. Als ich den Warteraum im zweiten Stock betrat, erkannte ich den Arzt mit dem kahlgeschorenen Kopf, dem ich wenige Tage zuvor begegnet war. Er unterhielt sich leise mit zwei Alten, die das Gesicht in den Händen bargen und weinten, voller Scham über ihre Pein. Wie er es bei Alcira getan hatte, klopfte der Arzt auch ihnen leicht auf die Schulter. Als das Gespräch zu Ende war, lief ich ihm nach und fragte ihn, ob ich an diesem Tag Martel besuchen dürfe.

Seien Sie vorsichtig, sagte er. Warten Sie. Heute erscheint mir der Kranke ein wenig niedergeschlagen. Sind Sie ein Angehöriger?

Ich wußte nicht, was ich ihm antworten sollte. Ich bin nichts, sagte ich. Dann korrigierte ich mich zögernd: Ich bin ein Freund von Alcira.

Dann lassen Sie die Señora entscheiden. Der Patient hat starke Beruhigungsmittel genommen. Ich nehme an, Sie wissen von den Komplikation, die er jetzt hat. Fortgeschrittene Nekrose der Leberzellen.

Alcira hat mir gesagt, daß es ihm manchmal besser geht und es aussieht, als wäre er gesund. Bei einem dieser Male hat er sich nach mir erkundigt. Sie hat gesagt, ich dürfe zu ihm hinein.

Wann hat sie Ihnen das gesagt?

Gestern, aber auf Grund von etwas, was vor drei Tagen oder noch früher geschehen ist.

Heute morgen hat er nicht atmen können. Die Lösung wäre gewesen, ihn zu intubieren, aber kaum hat er dieses Wort gehört, hat er aus dem Nichts Kraft geschöpft und geschrien, dann sterbe er lieber. Ich glaube, die Señora hat seit Tagen kein Auge mehr zugetan.

Ganz offensichtlich hatte Alcira mit Martel über das Thema gesprochen, und gemeinsam hatten sie entschieden, sich dagegen zu wehren. Ich bedankte mich bei dem Arzt. Eine andere Antwort fiel mir nicht ein. Also war mein Sänger am Ende, und ich würde nie mehr Gelegenheit haben, ihn zu hören. Ich wurde vom Pech verfolgt. Seit die Pension in der Calle Garay geschlossen worden war, spürte ich, daß ich sämtliche Chancen des Lebens verpaßte. Um mich von der Niedergeschlagenheit abzulenken, las ich seit Wochen *Der Graf von Monte Christo* in der Laffont-Ausgabe. Immer wenn ich den Roman aufschlug, vergaß ich das ganze Unglück rundherum. Diesmal nicht – diesmal spürte ich, daß mich nichts von dem Verhängnis würde abrücken können, das uns wie ein Rabe umschwirrte und sich über kurz oder lang von unserem Aas ernähren würde.

Ich bat eine Krankenschwester, Alcira zu rufen.

Nach fünf Minuten sah ich sie kommen, mit einer jahrhundertealten Müdigkeit. Schon am Vortag im Café hatte ich bemerkt, daß die Martel-Tragödie sie zu verwandeln begann. Sie bewegte sich langsam, als schleppte sie das ganze Leiden der menschlichen Natur mit sich herum. Sie fragte mich:

Kannst du bleiben, Bruno? Ich bin ganz allein, und Julio geht es schlecht, ich weiß nicht, was ich tun soll, um ihn aufzumuntern. Ein solcher Kampf, der Ärmste. Zweimal hat er keine Luft mehr gekriegt, mit einem Ausdruck des Schmerzes, den ich nicht noch einmal sehen will. Vor einer Weile hat er gesagt: Ich halt's nicht mehr aus, Negrita. Was heißt, du hältst es nicht mehr aus? habe ich geantwortet. Und die Konzerte, die noch ausstehen? Ich habe Sabadell schon benachrichtigt, daß das nächste in der Costanera Sur stattfindet. Wir wollen ihn doch nicht frustrieren, oder? Einen Augenblick dachte ich, er würde lächeln. Aber er hat die Augen wieder geschlossen. Er hat keine Kraft mehr. Du wirst mich doch nicht allein lassen, Bruno, nicht wahr? Laß mich nicht allein, bitte. Wenn du dableibst und liest und auf mich wartest, werden wir uns weniger hilflos fühlen. Bitte.

Was sollte ich sagen. Auch wenn sie mich nicht darum gebeten hätte, wäre ich geblieben. Ich erbot mich, etwas zu essen kaufen zu gehen. Wer weiß, wie lange sie schon nichts mehr zu sich genommen hatte. Nein, hielt sie mich zurück. Ich habe keinen Hunger. Je leerer und reiner der Körper innerlich ist, desto wacher werde ich mich fühlen. Du wirst es mir nicht glauben, aber ich bin seit drei Tagen nicht mehr nach Hause gegangen. Drei Tage, ohne mich zu waschen. Ich glaube, noch nie habe ich soviel Zeit verstreichen lassen, vielleicht als ich noch sehr klein war. Und am merkwürdigsten ist, daß ich den Schmutz nicht spüre. Ich muß schrecklich riechen, oder? Es ist mir nicht egal, aber zugleich ist es mir auch egal. Es ist, als würde mich alles läutern, was mir widerfährt, als würde ich mich darauf vorbereiten, kein Leben mehr zu haben.

Dieser Wortschwall erstaunte mich. Ebenso das Geständnis, dessen ich sie nicht für fähig gehalten hätte. Wir kannten uns erst seit ganz kurzer Zeit. Wir wußten kaum etwas voneinander, und auf einmal standen wir uns gegenüber und sprachen über ihre Körpergerüche. Ich war verwirrt, wie so oft. Ich weiß, ich habe es vorhin schon gesagt, aber ich muß immer wieder denken, daß das wirkliche Labyrinth von Buenos Aires seine Menschen sind. So nah und gleichzeitig so fern. Äußerlich so einheitlich und innerlich so verschieden. So voller Scham, wie Borges das Wesen des Argentiniers charakterisierte, und zugleich so schamlos. Auch Alcira erschien mir unbegreifbar. Ich glaube, sie war die einzige Frau in meinem ganzen Leben, mit der ich hätte ins Bett gehen wollen. Nicht aus Neugier, sondern aus Liebe. Und nicht aus körperlicher Liebe, sondern aus einem tieferen Grund: aus Notwendigkeit, aus dem Verlangen, ihren Abgrund auszuloten. Und jetzt wußte ich nicht weiter, als ich sie so untröstlich sah. Am liebsten hätte ich sie getröstet, an meine Brust gedrückt, aber ich blieb reglos, ließ die Arme sinken und sah, wie sie sich Richtung Martels Bett entfernte.

Ich weiß nicht, wie viele Stunden ich auf diesem Krankenhausstuhl saß. Manchmal fühlte ich mich wie in der Schwebe, las Dumas, ganz Aufmerksamkeit für die subtilen Racheintrigen, die der Graf ausheckte. Ich kannte sie ja schon, und doch überraschte mich immer wieder die perfekte Architektur der Erzählung. Als es dunkel wurde, kurz vor Valentine de Villeforts Vergiftung, schlief ich ein. Der Hunger weckte mich wieder, und ich ging ins Café an der Ecke, um ein Sandwich zu kaufen. Das Lokal wollte eben schließen, und man bediente mich nur mit Ach und Krach. Die Leute hatten es eilig, nach Hause zu kommen, und die Rollgitter der Geschäfte sausten sozusagen unisono herunter. Aber die Wirklichkeit des Krankenhauses schien anderswohin zu gehören, als wäre ihr Inhalt zu groß für seine Form. Damit meine ich, daß es an diesem Ort mehr Gefühle gab, als in einem einzigen Nachmittag und Abend Platz hatten.

Ich kehrte zu meinem Roman zurück, und als ich aufschaute, war alles, was durchs Fenster zu sehen war, in goldenes Licht getaucht. Die Sonne fiel mit so ungeheurer Kraft auf die Stadt nieder wie an jenem Morgen im Hotel Plaza Francia. Befremdet stellte ich fest, daß ich auch jetzt wieder hoffnungslose Betrübnis verspürte. Abermals schlief ich eine Weile, vielleicht zwei Stunden. Die Knallkörper, die die Nacht zerrissen, und der Radau des Feuerwerks ließen mich auffahren. Noch nie hatte ich die Neujahrsfeiern gemocht, und wiederholt hatte ich, nachdem ich im Fernsehen die Menschenmassen auf dem Times Square hatte die Sekunden zählen hören und die Jahr für Jahr immergleiche Lichtkugel in ihre Zeitkapsel hatte fallen sehen, die Nachttischlampe ausgeknipst und mich im Bett auf die Seite gedreht, um zu schlafen.

War es schon Mitternacht? Nein, wahrscheinlich noch nicht einmal zehn. Die Krankenschwestern zogen sich eine nach der andern zurück, wie die Musiker in Haydns *Abschiedssinfonie*, und ich blieb allein im Warteraum unter zwei Neonröhren zurück. In der Ferne hörte ich ein Schluchzen und ein monotones Gebet. Ich bemerkte nicht einmal, daß Alcira hereingekommen war und mir zulächelte. Sie nahm mich am Arm und sagte:

Martel erwartet dich, Bruno. Seit längerem hat er keine Probleme mehr beim Atmen. Der diensttuende Arzt sagt, darauf sei kein Verlaß, es könne sich um eine bloß vorübergehende Besserung handeln, aber ich bin sicher, er ist außer Gefahr. Er hat eine solche Willensanstrengung unternommen, daß er den Kampf schließlich gewonnen hat.

Ich ließ mich führen. Wir passierten zwei Schwingtüren und betraten einen langen Saal mit lauter kleinen Zimmern, die durch dünne Zwischenwände abgetrennt waren. Obwohl der Ort isoliert war und im Halbdunkel lag, taten mir die sich bei jedem Schritt wiederholenden Geräusche der Krankheit in den Ohren weh. Wohin ich auch schaute, sah ich Patienten, die an Atem- oder Infusionsgeräte angeschlossen waren. Das letzte Zimmerchen rechts war dasjenige Martels.

In all dem indirekten Licht, das von den Maschinen ausstrahlte, konnte ich kaum seine Gestalt erkennen, so daß mein erster Eindruck der war, den ich schon in Erinnerung hatte, nämlich der eines kleingewachsenen Mannes mit kurzem Hals und dichtem schwarzen Haar, den ich Monate zuvor in der Nähe des Kongreßpalasts in ein Taxi hatte steigen sehen. Ich weiß nicht, warum ich ihn mir ähnlich wie Gardel vorgestellt hatte. Davon konnte keine Rede sein: Seine Lippen waren dick, die Nase breit, und in den großen dunklen Augen stand ein ängstlicher Ausdruck, wie bei einem Menschen, der der Zeit hinterherrennt. Die Haarwurzeln, die er seit wer weiß wie lange nicht mehr nachgefärbt hatte, waren aschgrau geworden, und da und dort machten sich Kahlstellen bemerkbar.

Mit einer matten Handbewegung deutete er auf einen Stuhl neben dem Bett. Aus der Nähe gesehen, bildeten die Runzeln weiche Netzwerke auf der Haut. Sein Atem war asthmatisch, stockend. Sein jetziger Zustand war unmöglich mit dem des Vormittags zu vergleichen, als ihn der Arzt »etwas niedergeschlagen« gefunden hatte – was ich sah, genügte, um Alciras Optimismus nicht zu teilen. Martels Körper erlosch schneller als das Jahr.

Cogan, sagte er mit hauchdünner Stimme. Ich habe gehört, Sie schreiben ein Buch über mich.

Ich mochte ihn nicht kränken.

Über Sie, antwortete ich, und über das, was der Tango zu Beginn des vorigen Jahrhunderts war. Ich habe herausgefunden, daß es in Ihrem Repertoire viele von diesen Werken gab, und bin hergefahren, um Sie zu sehen. Als ich ankam, Ende August, habe ich erfahren, daß Sie nicht mehr singen.

Meine Worte schienen ihm zu mißfallen, und er gab Alcira ein Zeichen, mich zu korrigieren.

Martel hat nie aufgehört zu singen, sagte sie gehorsam. Er hat sich geweigert, weiterhin Konzerte für Leute zu geben, die ihn nicht verstehen.

Das weiß ich schon. Ich war diese ganzen Monate hinter Ihnen her. Eines Mittags habe ich in den Kolonnaden von Mataderos auf Sie gewartet, vergeblich, und zu spät erfahren, daß Sie an einer Ecke in Parque Chas gesungen haben. Ich wäre schon zufrieden gewesen, wenn ich nur eine Strophe von Ihnen gehört hätte. Aber es gibt nirgends Spuren von Ihnen. Es gibt keine Aufnahmen. Es gibt keine Videos. Nur die Erinnerung einiger Menschen.

Bald wird es nicht einmal mehr das geben, sagte er.

Sein Körper dünstete einen chemischen Geruch aus,

und ich hätte schwören können, daß er auch nach Blut roch. Ich mochte ihn nicht mit direkten Fragen ermüden. Ich spürte, daß wir für nichts weiter Zeit hatten.

Mehr als einmal habe ich gedacht, Ihre Konzerte folgen einer Art Ordnung, sagte ich. Aber ich habe nicht herausfinden können, was hinter dieser Ordnung steckt. Ich habe mir vieles vorgestellt. Ich habe sogar gedacht, die Orte, die Sie ausgesucht haben, bilden einen Stadtplan des Buenos Aires, das niemand kennt.

Stimmt, sagte er.

Er machte Alcira, die mit verschränkten Armen an einem Bettende stand, ein fast unmerkliches Zeichen.

Es ist spät, Bruno. Wir wollen ihn schlafen lassen.

Ich hatte den Eindruck, Martel wolle eine Hand heben, aber ich gewahrte, daß die Hände als erstes an ihm gestorben waren. Sie waren geschwollen und steif. Ich stand auf.

Warten Sie, junger Mann, sagte er. An was von mir werden Sie sich erinnern?

Die Frage überraschte mich so sehr, daß ich das erstbeste antwortete, was mir in den Sinn kam:

An Ihre Stimme. Das, woran ich mich am stärksten erinnern werde, ist das, was ich nie gehabt habe.

Nähern Sie Ihr Ohr, sagte er.

Ich ahnte, daß er mir endlich sagen würde, worauf ich so lange gewartet hatte. Ich ahnte, daß meine Reise allein wegen dieses Augenblicks nicht umsonst gewesen sein würde. Vorsichtig beugte ich mich hinab, oder wenigstens war das meine Absicht. Ich habe keine klare Vorstellung dessen, was ich tat – ich war nicht in mir, und an der Stelle des meinen gab es einen andern Körper, der sich zitternd über Martel neigte.

Als ich nahe genug war, begann er zu singen. In der Vergangenheit mußte das eine wundervolle Stimme gewesen sein, ohne Wunden, voll wie eine Kugel, denn was noch von ihr übrig war, hatte, selbst von der Krankheit verdünnt, eine Lieblichkeit, wie es sie in keiner andern Stimme dieser Welt gab. Er sang nur:

Buenos Aires, als ich fern war von dir.

Und er hielt inne. Es waren die ersten Worte, die im argentinischen Film zu hören gewesen waren. Ich wußte nicht, was sie für Martel bedeuteten, aber für mich umfaßten sie alles, was ich suchen gekommen war – es waren die letzten, die aus seinem Mund kamen. *Buenos Aires, als ich fern war von dir.* Zuerst hatte ich gedacht, das sei seine Art, sich von der Stadt zu verabschieden. Jetzt sehe ich es nicht mehr so. Ich glaube, die Stadt hatte ihn schon aufgegeben, und verzweifelt bat er sie nur noch, ihn nicht zu verlassen.

Zwei Tage später bestatteten wir ihn auf dem Chacarita-Friedhof. Das einzige, was Alcira hatte bekommen können, war ein Nischengrab im ersten Stock eines Pantheons, wo auch andere Musiker beerdigt waren. Obwohl ich eine Todesanzeige in die Zeitungen gesetzt hatte in der Hoffnung, es würden dann einige Leute in den Aufbahrungsraum kommen, blieben Alcira, Sabadell und ich die ganze Zeit bei der Leiche allein. Bevor wir uns zum Friedhof aufmachten, bestellte ich in aller Eile einen Kamelienkranz, und ich erinnere mich noch, wie ich damit zur Nische ging, ohne zu wissen, wo ich ihn hinlegen sollte. Alcira war so traurig, daß ihr alles egal war, aber Sabadell beklagte sich bitter über die Undankbarkeit der Menschen. Ich weiß nicht mehr, wie oft ich ihn vor der Beisetzung daran hinderte, den Club del Vino und das Sunderland anzurufen. Als ich auf einem Stuhl einschlief, holte er es nach, um drei Uhr nachts, aber niemand ging ans Telefon.

Eine Reihe von zufälligen Gegebenheiten verschworen sich, um Martels Tod zu einem Witz des Schicksals werden zu lassen. Erst Tage später, als ich die Rechnung des Bestattungsinstituts beglich, bemerkte ich, daß der Verstorbene in der Todesanzeige bei seinem bürgerlichen Namen genannt wurde, Estéfano Esteban Cacacce. Bestimmt erinnerte sich kein Mensch mehr daran, daß der Sänger so geheißen hatte, was die Einsamkeit seiner Bestattung erklärte, aber nun war es zu spät, um den Schaden wiedergutzumachen. Lange Zeit danach, im Sommer in Manhattan, begegnete ich in der Fifth Avenue Tano Virgili, und wir gingen auf einen Eiskaffee ins Starbucks. Er erzählte mir, er habe die Todesanzeige gesehen und der Name sei ihm irgendwie bekannt vorgekommen, aber am Beerdigungstag sei der fünfte Präsident der Republik vereidigt worden, man habe die Währungsabwertung erwartet und niemand habe an etwas anderes denken können.

In dem Augenblick, als Sabadell und ich den Sarg in die Nische schoben, fielen fünfzehn oder zwanzig Störenfriede in den Friedhof ein und blieben in einer Entfernung von wenigen Metern stehen. Angeführt wurde die Gruppe von einem jungen Mann mit schadhaften Zähnen und einer stark geschminkten Frau, die ein Stöckchen schwang. Der junge Mann trug ein kleines Mädchen mit spindeldürren Beinchen im Arm, das einen Spitzenrock und ein Kränzchen aus Plastikblumen trug.

Heilige, ein Wunder, die Kleine geht! rief die Frau.

Der mit den Zähnen stellte die Kleine vor eines der Nischengräber und befahl ihr:

Geh, Dalmita, damit dich die Heilige sehen kann.

Er half ihr, einen Schritt zu tun, und rief dann ebenfalls: Habt ihr das Wunder gesehen?

Ich versuchte näher zu treten, um zu sehen, wen sie da verehrten, aber Alcira hielt mich am Arm zurück. Da wir darauf warteten, daß die Platte zu Martels Nische geschlossen würde, konnten wir in diesem Moment nicht weg.

Das sind Anhänger der Gilda, erklärte der wortkarge Sabadell. Diese Frau ist vor sieben, acht Jahren bei einem Verkehrsunfall umgekommen. Zu ihren Lebzeiten waren ihre Cumbias nicht sehr populär, aber schauen Sie jetzt.

Ich hätte diese Gläubigen gern gebeten zu schweigen, aber ich sah, daß es unnütz gewesen wäre. Eine Riesin mit blondem Haarturm und purpurfarben vergrößerten Lippen zog aus ihrer Handtasche etwas, was wie die Hülse eines Deodorants aussah und hielt es sich als Mikrophon vor den Mund:

Los, Mädels, laßt uns alle unserer Gilda singen!

Dann setzte sie in falschen Tönen zu einer Cumbia an, die so begann: *Ich bereue diese Lieeebe nicht, / obwohl sie mich das Heeerz kostet.* Der Chor dauerte fünf endlose Minuten an. Schon lange vor dem Ende begleiteten sie den Refrain mit Applaus, bis eine der Wallfahrerinnen – oder was sie sein mochten – rief: Große, Wilde Dame!

Eine Viertelstunde später gingen wir trostloser davon, als wir gekommen waren, und fühlten uns schuldig, weil wir Martel in einer Ewigkeit so voll von feindseliger Musik zurückließen.

Es beschäftigte mich, daß Alcira allein blieb, und ich lud sie ein, sich abends um sieben mit mir im Café La Paz zu treffen. Sie erschien pünktlich, in ihrer auffälligen Schönheit, die einen zwang, sich nach ihr umzuschauen, und die den Eindruck erweckte, als wäre sie vom Sturm des vergangenen Monats nicht berührt worden. Ich ließ sie ihr Herz ausschütten – sie erzählte mir, wie sie sich beim ersten Mal, als sie ihn im Rufián Melancólico gehört hatte, in Martel verliebt und nach und nach die Widerstände überwunden hatte, die er ihr entgegensetzte, und die Angst davor, daß sie seinen hilflosen, kranken Körper entdecke. Er war einsam, widerborstig, sagte sie, und sie brauchte Monate, bis er ihr nicht mehr mit Mißtrauen begegnete. Als sie das endlich geschafft hatte, fiel er in eine immer größere Abhängigkeit. Manchmal rief er sie mitten in der Nacht an, um ihr seine Träume zu erzählen, später brachte er ihr bei, ihm in beinahe unsichtbare, schon allzu versehrte Adern Spritzen zu geben, und am Ende ließ er sie gar nicht mehr weg und quälte sie mit Eifersuchtsszenen. Schließlich lebten sie zusammen in Alciras Mietwohnung in der Calle Rincón, in der Nähe des Kongreßpalasts. Alles in der Wohnung, die Martel mit Señora Olivia in Villa Urquiza geteilt hatte, bröckelte ab, und sie mußten sie für weniger verkaufen, als die Erinnerungen daran wert waren.

Ein Gespräch zog ein weiteres nach sich, und ich weiß nicht mehr, ob es noch an diesem oder schon am nächsten Tag war, als Alcira mir ausführlich Martels einsame Konzerte zu schildern begann. Sie wußte von Anfang an, warum er jeden einzelnen Ort aussuchte, und empfahl ihm sogar welche, die er ablehnte, weil sie nicht genau in seinen Stadtplan paßten.

Ein Jahr bevor ich nach Buenos Aires kam, hatte er an der Ecke Paseo Colón und Calle Garay gesungen, nur drei Straßenecken von der Pension entfernt. Ein paar wenige Metallsilhouetten, die sich an eine Brücke klammerten, waren die einzige Spur der Folterkammer, welche während der Diktatur als Club Atlético bekannt geworden war. Kurz bevor man das Gebäude abriß, um die Autobahn nach Ezeiza zu bauen, konnte Martel noch das Skelett der Kerker sehen, wo Hunderte Gefangene den Tod gefunden hatten, sei es, nachdem sie auf riesigen Metalltischen gefoltert worden waren, wenige Schritte von den Zellen entfernt, sei es, weil man sie an Haken aufhängte, bis sie verbluteten.

An einem frühen Sommermorgen sang er vor der jüdischen Krankensozialversicherung in der Calle Pasteur, wo im Juli 1994 ein Lastwagen mit Sprengkörpern explodiert war, so daß das Haus einstürzte und sechsundachtzig Menschen ums Leben kamen. Immer wieder dachte man, die Mörder stünden kurz vor der Verhaftung, und es hieß sogar, die iranische Botschaft habe sich ihrer angenommen, aber jedesmal wenn die Untersuchung voranschritt, tauchten sogleich unüberwindliche Schwierigkeiten auf. Monate nach Martels Konzert brachte *The New York Times* auf der ersten Seite die Nachricht, der damalige argentinische Präsident habe möglicherweise zehn Millionen Dollar bekommen, wenn dafür das Verbrechen ungesühnt bliebe. Falls das stimmte, erklärte es alles.

Er sang auch an der Ecke Carlos Pellegrini und Arenales, wo im Juli 1974 ein geheimer Einsatztrupp der Polizei aus einem hellgrünen Ford Fairlane heraus, der zur Flotte von Peróns Astrologen López Rega gehört hatte, den Abgeordneten Rodolfo Ortega Peña erschossen hatte. Martel war dort vorbeigekommen, als die Leiche noch auf dem Gehweg lag und das Blut auf die Fahrbahn floß und eine Frau mit einem Lippendurchschuß den Toten bat, bitte nicht zu sterben. An diesem Ort mochte er keinen Tango singen, sagte Alcira. Als einziges stimmte er ein langes Lamento an, eine Wehklage, die bis zum Sonnenuntergang andauerte. Dann verstummte er *wie ein Kind unter den dicken Geiern.*

Und er sang – aber das war vor allem anderen – vor der ehemaligen Metallhütte Vasena, im San-Cristóbal-Viertel, wo die Polizei während des Aufstands, den man noch als Tragische Woche von 1919 in Erinnerung hat, dreißig streikende Arbeiter ermordete. Vielleicht hätte er auch für die Toten des unheilvollen Dezembers gesungen, in dem er selber starb, aber niemand sagte ihm, was vor sich ging.

An diesem unerträglich heißen Sommertag, als sich die Menschen schon an das unablässige Elend zu gewöhnen schienen, erzählte mir Alcira, kurz vor dem unseligen Konzert in Parque Chas habe Martel die Geschichte eines Verbrechens gelesen, das zwischen 1978 und 1979 begangen worden war, und er habe den Zeitungsausschnitt behalten, um auch dort eines seiner einsamen Konzerte zu geben. Die von Zeitungen der Zeit zensierte Meldung sprach von einer in den Binsen der Costanera Sur neben der Pergola der alten Badeanstalt gestrandeten Leiche. Sie hatte verbrannte Finger, ein verstümmeltes Gesicht und wies keinerlei Merkmale auf, die eine Identifizierung ermöglicht hätten. Gegen zehn Jahre später erfuhr man dank des Geständnisses eines Korvettenkapitäns, der mit anderen Seeleuten kollaboriert hatte, daß der Verstorbene lebend ins Wasser des Río de la Plata geworfen worden war und daß die Leiche, von einer Gegenströmung davongetragen, einfach nicht habe untergehen, von den Fischen gefressen oder wie so viele andere ans Ostufer geschwemmt werden wollen. Laut dem Zeitungsbericht war der Verstorbene verhaftet worden, als er mit Rubén, dem Magischen Auge oder Felipe Andrade Pérez zusammengewesen war. Martel wollte um alles in der Welt zu Ehren dieses Unglücklichen singen, und wenn er sich so lange gegen das Sterben gesträubt hat, sagte Alcira, dann nur in der Hoffnung, noch zur Pergola am Flußufer zu gelangen.

Das Muster, das sich so ergab, war einfacher, als ich mir vorgestellt hatte. Es zeichnete keine alchimistische Figur, noch verbarg es den Namen Gottes oder wiederholte die Zahlen der Kabbala, sondern es verfolgte nach dem Zufallsprinzip den Weg der ungesühnten Verbrechen, die in der Stadt Buenos Aires begangen worden waren. So entstand eine Liste von Namen, die nicht vergessen werden sollten, und das war es, was Martel am meisten angezogen hatte – der endlosen Kette namenloser Grausamkeiten und Ungerechtigkeiten beschwörend Namen entgegenzusetzen.

Da erzählte ich Alcira, ich hätte für Ende Januar meinen Rückflug nach New York gebucht, und fragte sie, ob sie nicht mitkommen wolle. Ich wußte noch nicht, wie wir beide von meinem mageren Stipendium leben sollten, aber ich wußte jedenfalls, daß ich sie bei mir haben wollte. Eine Frau, die Martel so geliebt hatte, war fähig, jedermanns Leben zu erleuchten, selbst ein so graues wie meines. Sie ergriff meine Hände, bedankte sich mit einer Zärtlichkeit, die mich noch immer schmerzt, und verneinte. Was soll aus mir werden in einem Land, mit dem ich nichts zu tun habe, sagte sie. Ich kann ja nicht einmal Englisch.

Mit mir zusammenleben, sagte ich dümmlich.

Du hast viele Lichtjahre vor dir, Bruno. Und um mich herum ist nur Dunkelheit. Es wäre nicht gut, die Dinge zu vermischen.

Sie machte Anstalten aufzustehen, aber ich bat sie, noch einen Moment zu bleiben. Ich mochte nicht wieder in die anonyme Stadt hinaus. Ich wußte nicht, wie ich ihr sagen sollte, was ich schließlich dann doch sagte:

Da gibt es noch eine Frage. Ich wollte sie dir schon lange stellen, aber vielleicht weißt du keine Antwort.

Ich gestand ihr meinen Verrat an Bonorino, erzählte ihr von seinem Tod in Fuerte Apache und verriet ihr alles, was ich über das Aleph wußte. Ich möchte verstehen, sagte ich, warum mir der Bibliothekar ein Buch anvertraut hat, das auch sein Leben war.

Weil du ihn nicht noch einmal verraten würdest.

Das allein kann es nicht sein. Da ist noch was anderes.

Weil wir Menschen, so unbedeutend wir auch sind, immer überdauern wollen. Auf irgendeine Art wollen wir den Tod besiegen, eine Form von Ewigkeit finden. Bonorino hatte keine Freunde. Nur du bist ihm geblieben. Er wußte, daß du früher oder später seinen Namen in ein Buch setzen würdest.

Ich werde mich verloren fühlen ohne dich, sagte ich. Ich werde mich weniger verloren fühlen, wenn wir uns ab und zu schreiben.

Ich will nichts anderes mehr schreiben als meine Erinnerungen an Martel, antwortete sie, ohne mich anzuschauen.

Also ist das das Ende.

Warum? sagte sie. Es gibt kein Ende. Wie kann man wissen, wann das Ende ist?

Ich ging auf die Toilette, und als ich zurückkam, war sie weg.

Bis zum Abend meines Abflugs rief ich sie zehn-, zwanzigmal an. Nie antwortete sie. Am ersten Tag hörte ich noch eine unpersönliche Ansage, die bloß ihre Telefonnummer wiederholte. Dann klingelte es nur noch ins Leere.

Sämtliche Flugzeuge nach New York starteten nachts, so daß ich mich nicht von dem Buenos Aires verabschiedete, wie ich es mir aus der Vogelperspektive vorgestellt hatte, sondern vom Strahlen seiner Lichter. Bevor sie Richtung Norden abbog, stieg die Maschine über dem Fluß auf und streifte die Stadt an einer ihrer Flanken. Sie war riesig, flach, und ich weiß nicht, wie viele Minuten wir brauchten, um sie zu überqueren. Ich hatte so oft davon geträumt, die ganze Anlage einmal von oben zu sehen, daß mich die Wirklichkeit verwirrte. Ich stellte sie mir ähnlich dem Plan des Palasts von Knossos oder dem rechteckigen Mosaik von Sousse vor, das die warnende Inschrift enthält: *Hic inclusus vitam perdit.* Wer hier gefangen ist, wird sein Leben verlieren.

Die Stadt war ein Labyrinth, genau wie ich vermutet hatte, und Alcira war in einer ihrer Sackgassen gefangen. Die Nacht erlaubte mir, zu sehen, daß das wirkliche Labyrinth, genauso, wie Bonorino angenommen hatte, nicht von den Lichtern abgesteckt wurde, wo es nur Wege gab, die nirgends hinführten, sondern von den Linien der Dunkelheit, die die Räume kennzeichneten, wo Menschen lebten. Da kam mir ein Baudelaire-Gedicht in den Sinn, »Die Leuchttürme«: *Ces malédictions, ces blasphèmes, ces plaintes, / Ces extases, ces cris, ces pleurs, ces Te Deum, / Sont un écho redit par mille labyrinthes.* Diese Verwünschungen, diese Lästerungen, diese Klagen, diese Ekstasen, diese Schreie, diese Tränen, diese Tedeums sind ein Echo, das in tausend Labyrinthen widerhallt. Ich konnte all diese Stimmen nicht mehr hören, und das Labyrinth hatte sich in der Nacht verloren. Trotzdem wiederholte ich das Gedicht, bis ich einschlief.

Wenige Wochen nach meiner Rückkehr erhielt ich in Manhattan einige drängende Briefe der Fulbright-Stiftung, die einen Bericht über die Verwendung meines Stipendiums verlangten. Ich versuchte es in förmlichen Schreiben zu erklären, die ich aufsetzte und wieder zerriß, bis ich es aufgab. Ich baute darauf, daß man über kurz oder lang nicht mehr wüßte, was man mit meinem Schweigen anfangen sollte.

An einem Mittag im Mai ging ich aus dem Haus und spazierte zerstreut über den Broadway. Bei Tower Records blieb ich stehen in der unmöglichen Vorstellung, irgendeine Martel-Aufnahme zu finden. Den Versuch hatte ich schon öfter unternommen. Dienstbereit suchten die Angestellten stets im Computer nach Angaben und riefen sogar Experten in südamerikanischer Musik an. Niemand hatte je von ihm gehört, und nicht einmal in den Anthologien gab es die winzigste Aufnahme. All das wußte ich natürlich, aber ich weigere mich immer noch, es zu glauben.

Ich wandte mich zum University Place, und als ich durch die Universitätsbuchhandlung streifte, erinnerte ich mich daran, daß ich *Das Passagenwerk* von Walter Benjamin hatte kaufen wollen. Das Buch kostete vierzig Dollar, und seit Wochen wehrte ich mich dagegen, aber an diesem Tag ließ ich das Schicksal die Entscheidung für mich übernehmen. Ich hielt mich eine Weile damit auf, die Philosophieregale durchzusehen, und fand ein Exemplar von *Intellectual Trust* von Richard Foley. Man wird sagen, all das sei nicht von Belang, und vielleicht ist es das auch nicht, aber ich möchte nicht das kleinste Detail weglassen. Ich nahm wieder das Buch von Benjamin und las aufs Geratewohl in einem Absatz mit dem Titel *Theorie des Fortschritts* folgende Zeile: »Erkenntnis gibt es nur blitzhaft. Der Text ist der langnachrollende Donner.« Der Satz erinnerte mich an Buenos Aires, das mir wie eine Offenbarung vorgekommen war, deren Blitze in Worte umzusetzen ich jetzt aber unfähig war.

Als ich mit dem Benjamin unter dem Arm wieder hinausging, begegnete ich Foley höchstpersönlich. Ich kenne ihn kaum, aber er ist der Dekan von Kunst und Wissenschaft meiner Universität, und ich grüße ihn immer respektvoll. Er wußte von meiner Reise nach Buenos Aires. Er fragte mich, was das für eine Erfahrung gewesen sei. Ich antwortete unbeholfen, verhaspelte mich. Ich erzählte ihm, ich hätte schlechte Zeiten erwischt, in zehn Tagen hätten sich fünf Präsidenten abgelöst, und erwähnte beiläufig, der Tangosänger, über den ich hätte schreiben wollen, sei noch am selben Abend gestorben, an dem ich ihn zum erstenmal gesehen hätte.

Laß dich dadurch nicht entmutigen, Bruno, sagte Foley. Was man auf der einen Seite verliert, gewinnt man manchmal auf der andern zurück. Im Juli bin ich zehn Tage in Buenos Aires gewesen. Ich habe keinen Sänger gesucht, dafür aber einen außerordentlichen gefunden. Er hat im Club del Vino Tangos von vor einem Jahrhundert gesungen. Vielleicht kennst du ihn, er heißt Jaime Taurel. Die Stimme ist ergreifend, durchsichtig, so lebendig, daß man, wenn man die Hand ausstreckt, das Gefühl hat, man könnte sie berühren. Als ich das Lokal verließ, sagten einige Leute, er sei besser als Gardel. Du solltest zurück, nur um ihn zu hören.

In dieser Nacht konnte ich nicht schlafen. Als es hell wurde, setzte ich mich an den PC und schrieb die ersten Seiten dieses Buches.

Außer Jean Franco und Richard Foley sind alle Personen dieses Romans fiktiv, selbst die, die wirklich scheinen.

Anmerkungen

11 Soy tremendo, El fierrazo, Con qué tropieza que no dentra, La clavada: Ich bin der Größte, Der Bums, Wogegen man stößt, so daß man nicht reinkann, Das Pudern.

15 Wenn du die Silben vertauschst: Im argentinischen Argot werden oft die Silben vertauscht, was man mit »vesre« bezeichnet, seinerseits eine Umkehrung von »(al) revés«, »umgekehrt«.

17 Milonga: Volkstanz, der an der Entstehung des Tangos wesentlichen Anteil hatte und längere Zeit mit ihm identisch war. M. bezeichnet aber vor allem auch ein Lokal, in dem Tango getanzt wird und wo man sich trifft, und die Tanzveranstaltung an sich.

18 Boedo: Stadtviertel von Buenos Aires.

19 Cumbia: kolumbianischer Volkstanz. Practica: Eine Art offener Kurs, wo jedermann willkommen ist und wo Lehrer zur Verfügung stehen.

20 Corte, Quebrada: Elemente des Tangos. Corte (»Schnitt«) bezeichnet den plötzlichen Abbruch einer Serie von Schritten, Quebrada (»Bruch») choreographische Elemente eines Partners, oft ein übertriebenes Hüftewiegen. Corte und Quebrada waren in bürgerlichen Milieus verpönt oder sogar verboten.

23 Riachuelo: Kleiner Fluß, der bei Buenos Aires in den Rio de la Plata mündet.

26 El Entrerriano, La Morocha: Der Mann aus Entre Rios, Die Brünette.

30 Quiniela: Glücksspiel, bei dem Geld auf die letzten Ziffern der ersten Lotterietreffer gesetzt wird. Man setzt auf eine, zwei oder drei Ziffern, und entsprechend erhöht sich der Betrag eines Treffers, wenn man richtig gesetzt hat. Ebenfalls gesetzt wird auf Pferderennen. Offiziell zugelassen sind die Quinielas seit 1974.

31 Mano a mano: Hand in Hand.

32 En esta tarde gris: An diesem grauen Nachmittag.

34 Sabana Grande: Fußgängerzone in Caracas mit Nachtklubs, Bars und Cafés.

35 Me ensucié con levadura, Me empaché de tu pesebre: Ich habe mich mit deinem Pilz besudelt, Ich bin übersatt von deinem Muff.

36 Die Enthauptung der Unitarier, die heftige Liebe Manuelita Rosas'

zu ihrem Vater: Juan Manuel Rosas, Gouverneur von Buenos Aires, ließ zwischen 1838 und 1841 durch seine Polizei Mazorca, eine Art Gestapo der Zeit, Hunderte von politischen Gegnern köpfen. Zu diesen gehörten die Unitarier, progressiv-liberale Kaufleute. Rosas' Tochter war ihrem Vater blind ergeben, versuchte aber einige seiner grauenvollen Entscheidungen abzuschwächen. – Die Revolution im Park: Revolutionärer Aufstand von 1890 mit einer blutigen Konfrontation zwischen Revolutionären und Regierungsstreitkräften. – Die Tragische Woche von 1919: Blutige Kämpfe zwischen streikenden Arbeitern und der Staatsgewalt in Buenos Aires. Nachdem bei einem ersten Schußwechsel die Arbeiter die Polizei überwältigen konnten, befahl die Regierung das Militär in die Stadt. Die Gewerkschaften organisierten einen Generalstreik. Gruppen rechter Bürger gingen gemeinsam mit der Polizei und dem Militär gegen die Arbeiterviertel vor. Laut sozialistischer Presse gab es am Ende 700 Tote und 4000 Verletzte. – Pedro Henríquez Ureña (1884-1946): Dichter, Literaturkritiker, Essayist und Lehrer. Starb an einem Herzstillstand oder einer Embolie, kurz nachdem er im Constitución-Bahnhof den Zug nach La Plata bestiegen hatte, wo er eine Vorlesung halten sollte. – Die zensurierenden Striche des Diktators Onganía in Bachs *Magnificat*: Onganía verbot die Proben zu Bachs *Magnificat* in einem Theater in der Calle Florida, wobei er sich auf ein Dekret über Lärmbelästigung berief, da die Anwohner nachts nicht schlafen konnten. – Die Hexereien von Noé, Deira und de la Vega: Die Gemälde dieser drei Maler schlugen die Menschen in ihren Bann. – Das vom Elektrizitätshersteller Di Tella gesponserte Kulturinstitut Instituto Di Tella förderte alles, was jung, aufregend und zukunftsweisend war. Es war ein Anziehungspunkt für internationale und nationale Künstler, vergab Preise und Stipendien, stellte junge Künstler aus und holte die Crème de la crème des weltweiten Kunstgeschehens nach Buenos Aires.

40 Caminito: Kleiner Weg.

43 Schwarzer Weg: Straße am Riachuelo, die durch eine einsame Gegend führt und wo es oft Überfälle gibt.

89 Ranchera: Name verschiedener Volkstänze und -lieder.

90 Faena: Schlachten (von Vieh).

95 Tomo y obligo, Silencio: Ich nehme und verpflichte, Schweigen.

100 Volver: Rückkehr.

146 Pibe Cabeza: Werk von Leopoldo Torre Nilsson, in dem einige Episoden aus dem Leben von Roberto (oder Rogelio) Gordillo (1910-

1937) erzählt werden, besser bekannt als Pibe Cabeza. Er war Anführer einer Gruppe von Pistolenhelden, die in den Provinzen von Buenos Aires, Córdoba und Santa Fe aktiv war. Er galt als »Staatsfeind Nr. 1«.

157 Rechiflao en mi tristeza: Bescheuert in meiner Traurigkeit.

159 Cambalache: Trödelladen. Yira: Prostituierte.

162 FAP, Fuerzas Armadas Peronistas: Peronistische Streitkräfte.

183 Sentencia: Urteil. La cumparsita, Flor de fango, La morocha, La casita de mis viejos: Die kleine Gauklerin, Sumpfblume, Die Brünette, Das Häuschen meiner Eltern.

184 Como dos extraños: Wie zwei Fremde.

211 Hundertjahrfeiern: 1910 wurden hundert Jahre Mairevolution gefeiert (25. 5. 1810).

Tomás Eloy Martínez
Santa Evita

Roman. Aus dem Spanischen von Peter Schwaar

432 Seiten. Gebunden und st 2849

In ihrem Leben und ihrem melodramatisch zelebrierten Tod hat Eva Perón die lebhaftesten Vorstellungen auf sich gezogen. Tomás Eloy Martínez formt diesen abenteuerlichen Stoff temperamentvoll und intelligent zu einem funkelnden Roman.

»Hier ist endlich der Roman, den ich immer lesen wollte.« *Gabriel García Márquez*

Tomás Eloy Martínez
Der General findet keine Ruhe

Roman. Aus dem Spanischen von Peter Schwaar

480 Seiten. Gebunden

20. Juni 1973. General Perón sitzt im Flugzeug, das ihn aus seinem Madrider Exil nach Buenos Aires bringen soll. Der Flug aus dem europäischen Sommer in den argentinischen Winter wird zur politischen Groteske.

Tomás Eloy Martínez
Der Flug der Königin

Roman. Aus dem Spanischen von Peter Schwaar

288 Seiten. Gebunden

C. M. Camargo, der wirkungsmächtige Zeitungskönig, sucht nach ebenbürtigen Gegnern – der gewiefte Präsident der Republik?, die junge Journalistin an seiner Seite? –, bis seine Machtphantasie schließlich ins kriminell Wahnhafte umschlägt. Virtuos erzählt Tomás Eloy Martínez die Geschichte einer verzehrenden Obsession.

Tango. Verweigerung und Trauer

von Dieter Reichardt

Mit Abbildungen. 450 Seiten. st 1087

Dieter Reichardt geht auf die historische und kulturelle Entwicklung des Tangos in seinen Ursprungsländern Argentinien und Uruguay ein. Einen großen Teil des Buches nehmen Tangotexte im spanischen Original mit nebenstehender Übersetzung ein, die von Träumen und Hoffnungen, Liebe und Erotik sprechen und die Lebenswirklichkeit der Tango-Anhänger widerspiegeln.